Can't Stop Fall in Love 3

キャントストップフォーリンラブ

Mizuki & Akito

桧垣森輪

Moriwa Higaki

EB

エタニティ文庫

目　次

Can't Stop Fall in Love 3
キャントストップフォーリンラブ 3

プロローグ　晴れのよき日に

よく晴れた、とある日曜の午後。

白亜(はくあ)のチャペルの前に並んだ人々は、色とりどりの花びらを手に本日の主役を待ちわびていた。

やがて大きな木目の扉が開かれ、真っ白い衣装に身を包んだ新郎新婦が現れる。

つい先ほど、神様の前で永遠の愛を誓った二人は、大勢の列席者(れっせきしゃ)の視線も気にせず見つめ合っていた。

「おめでとう！」

「おめでとうございます！　お幸せに！」

降り注(そそ)ぐフラワーシャワーの中を、満面の笑みを浮かべた二人がゆっくりと進んでいく。

「――おめでとう、お兄ちゃん！　沙紀(さき)さん！」

私も、両手いっぱいに抱えた花びらを、天高く放り投げた。

でっかい婚約指輪（カナブン）が止まっている、その手で……

私は、羽田野美月（はたのみづき）、二十三歳。

昨年の春に大学を卒業、株式会社ＳＵＺＡＫＩ（すざき）商事に入社して間もなく一年が経とうとしている。

そして今日は、かねてより婚約中だった兄の結婚式。

兄と沙紀さんの結婚式は雲ひとつない好天に恵まれた。一軒家を貸し切りにした会場で行われるガーデンウエディング。二人の友人はもちろん、父の知り合いや仕事上の関係者も多数出席して、それはそれは盛大なものになった。

「今日の式、羽田野家の来賓（らいひん）がほとんどじゃない？　美月の時もこれくらいの人数になるとすれば……残念ながら美月が望むような『ささやか』な式は挙げられそうにないね」

私の隣に立つ彼——須崎輝翔（すざきあきと）さんは、披露宴（ひろうえん）の様子を眺めながらやけにニヤニヤしている。

「今日の式の参列者が百人。俺たちの結婚式で予想されるのは五百人。そう大差ないんじゃない？」

「……どこがですか」

今日の式がこれほど大規模になったのは、兄が父の事務所の跡取り息子だからだ。嫁に出る私の時は、こんなに大規模になるわけじゃない。

私の希望は、親族とごく親しい友人たちだけを招いた、ささやかだけど家庭的な温かい結婚式。

でも、相手が須崎グループの御曹司ともなれば、『ささやか』な式は挙げられそうもない……

私がSUZAKI商事を取り仕切る須崎グループの御曹司である輝翔さんと出会ったのは十年前のこと。私の父が須崎グループの顧問弁護士をしているのが縁で、輝翔さんと私の兄は学生時代からの親友なのだ。そして、ある日ひょっこりうちに遊びに来た輝翔さんに、私はすっかり魅了されてしまった。容姿端麗、頭脳明晰、おまけにセレブという王子様のような彼に、初心な中学生だった私がときめかないはずがない。

――まさかその時、輝翔さんも私に対して恋愛感情を抱いてくれていたとは知らなかったけど。

そして時は流れ……なんの進展もなかった私たちの関係が変わったのは、去年の私の誕生日。突然、輝翔さんから結婚前提のお付き合いを申し込まれたことを皮切りに、輝翔さんのお母様によって秘書課に転属命令が出され、家督を巡る問題で輝翔さんに結婚を迫っていた女王様こと百合子さんの出現から始まるお家騒動を乗り越えて……無事？輝翔さんからのプロポーズを受け、私は正式に彼の婚約者となった。

どうよ、この怒涛の成り上がりストーリーは？

以来、結婚の話を具体的に進めようとする輝翔さんと、急な展開に怖気付きなんとかそれをかわそうとする私の攻防が続いている。

「でも、結婚式が小規模だと、その後の挨拶回りとか顔見せとかが面倒になるよ？　披露宴で一気に済ませてしまったほうが、楽だと思うんだけど」

「それはそうかもしれませんが、セレブな式なんて私には無理です」

どこにいてもなにを着ても絵になる容姿の輝翔さんはいいでしょうよ。だけど、輝翔さんの隣で身の丈に合わないような、とんでもなく長いヴェールを引きずって歩く私の姿なんて、考えただけでも恐ろしい。

私は長い間ずっと、自分は輝翔さんの相手として相応しくないと思っていた。父や兄は弁護士という華やかな職業に就いているけど、私自身は地味な庶民派ＯＬでしかない。でもジェットコースターのように急に訪れた、あれやこれやを乗り越えて、今ではその考えを改めた。そして、これから先も輝翔さんと一緒にいたいと強く思うようにはなったけど、それでも人間にはそれぞれ適材適所というものがあるはずだ。

――晒し者になるのだけは、まっぴらご免なの！

「別に長いヴェールを引きずらなくてもいいじゃん。沙紀みたいなミニスカドレスだってあるんだから」

輝翔さんの視線の先には、長くて細い足を大胆に露出した花嫁姿の沙紀さんがいる。彼女は友人たちに囲まれて記念撮影をしていた。

確かに、あの大人しそうな沙紀さんが、こういうドレスをチョイスするとは、意外だった。

外見は清楚で可愛らしい印象の義姉だから、定番のプリンセスラインとかマーメイドラインとかのウエディングドレスが似合いそうだし、そういうのを着るものだと思っていた。だから私は控室でのお披露目の時に度肝を抜かれたのだ。すると、私にこっそり近寄った沙紀さんが耳元でささやいた。

『……こういうギャップに、悠一さんは弱いのよ？』

ふふふっと黒い笑みを浮かべた沙紀さんを思い出し、私は小さく溜め息を吐いた。

兄の好みはさておき、弁護士という割とお堅い職業の妻になるのだから、ちゃんとしなきゃと気負ってしまうこともあるだろう。それでも、自分の意見を貫き通した沙紀さんには尊敬の念しかない。

……私もきちんと自分の考えを持てるようになりたい。

ミニスカドレスが着たいわけじゃない。でも、結婚式の主役は花嫁さんだし、その日くらいは自分の理想通りの衣装を着て、希望に沿った規模のものにしたいと思う。

いや、その前に、『その日』自体も、ちゃんと自分で決めたいじゃない？

「輝翔さんは、私が人前で大胆に露出してもいいんですね？」

「いや、それはダメ」

独占欲の強い輝翔さんのことだから、そう言うと思いました。

私だって、あのドレスを着る勇気はない。……自信ないもん。

「ミニスカートは困るけど、綺麗で可愛らしい花嫁をみんなに見てもらいたいとは思うよ？」

輝翔さんの攻撃はなおも続く。

イケメン御曹司に熱烈に結婚を迫られるなんて、乙女ゲームの世界みたいで身に余る光栄だとは思うけど、いい加減ウザい。

「私は、輝翔さんに見てもらえるだけいいです」

私だって、いつまでも振り回されているわけではないもんね。

輝翔さんは私たちの結婚式について、近々予定のある決定事項のように話しているけれど、具体的なことを約束しているわけではない。正直、私にはまだ実感なんてないのだ。

結婚式の内容もさることながら、結婚前に解決すべき問題だってあるし、やらなければいけないこともある。それらを全部片付けるまで、私たちの戦いはしばらく続くことだろう。

「どうせいつかするんだから、時間稼ぎしなくてもいいのに」

ポツリと呟いた言葉だって、聞き逃したりしませんよ？

「あんまりしつこかったら、結婚する気がなくなるかもしれませんけどね」

にっこりと微笑みかけると、輝翔さんはようやく黙った。

結婚式を迎えたカップルにも、その日までにいろいろな出来事があったに違いない。

それに、結婚がゴールというわけでもない。二人が添い遂げるためには、その後も試練に見舞われるだろう。

それに、私が輝翔さんからプロポーズされたのは、全裸で攻められている時。

そんなの、はっきり言って脅迫じゃないか！

焦らされるのがもどかしくて『いつか』ということでプロポーズを受けると返事したけど……できることなら、あのプロポーズだけはやり直してもらいたい。手の込んだサプライズ的な演出でなくていいから、せめてもう少しロマンティックなものがよかった。

だから、自分が納得できる時まで、本当の返事は待ってもらう。

「今さらなかったことにされるなんて、それは困るな」

誰に聞かせるでもなくそう呟いた輝翔さんは、突然スタスタと歩き出し、大勢の人に囲まれる新郎新婦に近づいていった。そして、彼女の耳元でなにやらごにょごにょと話をする。沙紀さんの黒い笑みと、兄の微妙な表情に、嫌な予感しかしてこない。

しばらくすると、輝翔さんは沙紀さんの手から真っ白いブーケの束を受け取った。

──ああ、やっぱり予感的中だ……

やわらかな春の陽射しのなか、絵本から抜け出してきたような王子様が花束を手にこちらへと近づいてくる。

やがて私の前まで進み、スーツが汚れることも厭わず、その場に跪いた。

差し出されたブーケは、次の花嫁になるための切符。

「ずっと前から君のことが好きだった。俺と、結婚してください」

そりゃ、やり直してもらいたいとは思ったけどさ……

突然の公開プロポーズに、周囲の視線が私たちに一気に集まる。本日の主役であるはずの花嫁も観客となり、期待に満ちた表情でこちらを見つめている。私の父と兄は参ったとでも言いたげに頭を抱え、母は呑気にシャンパンを呑み干していた。

これは、前回ベッドの上で受けたプロポーズ以上に追いつめられてる気が……

熱っぽく私を見上げる輝翔さんの瞳には、甘さと黒さが入り混じっていた。

──この、確信犯め！

「……よろしくお願いします」

そっと受け取ると、輝翔さんは嬉しそうに満面の笑みを浮かべた。

ずっと憧（あこが）れていた王子様は、予想外に意地悪で嫉妬（しっと）深くて独占欲も強い腹黒王子だった。

だけど、どんなに強引な手段を使われたとしても、私がこの人を嫌いになることだけはない。

知らなかった輝翔さんを知るたびに、私は何度だって恋をする――

――晴れのよき日に。

祝福の声に包まれながら、輝翔さんは私の身体を高々と抱き上げた。

1　同棲、始めます

「さて、始めますか」

　薄手のカットソーとジーンズに身を包んだ私は、腕まくりをしながら目の前の荷物に向かって宣言をした。

　まとまった休みの取れた、とある日。輝翔さんとの同棲に向け、今日は自分のアパートの片付け作業に取り掛かることにした。明日はいよいよ引っ越しの日だ。

　輝翔さんとの同棲を了承したのが二月のこと。なぜ今日まで二ヶ月も先延ばしになっていたのかといえば、それにはちょっとした理由がある。

　輝翔さんは、プロポーズの返事を聞くとすぐ、恐ろしいスピードで引っ越しの手続きをしようとした。

　それに『ちょっと待ったー！』と手を挙げたのは、もちろん私。

　二ヶ月前の、ある日の休日。輝翔さんのマンションのリビングでくつろいでいた時に、この話になった。

『……どうして？』

そう言った輝翔さんはジト目になっていた。きっと心の中で、『なんだよ美月、ノリ悪ぃな』と悪態をついていたに違いない。

『返事をした昨日の今日で引っ越しは、さすがに早過ぎやしませんか？　輝翔さんと一緒に住むなら、うちの両親に報告をして、ちゃんと承諾を得ておきたいんです』

『悠介先生からの許可はもらってるけど？』

『それは輝翔さんが勝手にうちのお父さんに……』

あ、また。なんでそんなに睨むんですか。

輝翔さんから同棲の申し出を受けたのはもうかなり前のことで、抜かりのない王子様はその日のうちに私の父に電話をしていた。その後、家に帰った私は父に『他にいい男もいないんだから大人しく輝翔くんにしておけ』的な発言をされてヘソを曲げ……現在に至る。

『これはケジメなんです。私ももう大人だし、そういうことは自分の口からきちんと説明したいんですよ。この期に及んでやっぱりやめた、なんて言いませんから』

一緒に暮らすと決めたのは私自身だから、今さら嫌だと言うつもりはない。

輝翔さんとの交際について、なぜかすでにお互いの両親は容認している。それでも、嫁入り前に同棲するんだから、事前にきちんと話をしておくべきだと思う。

『それに、ですね。一緒に暮らす前に、やらなきゃいけないことはまだあるじゃないですか』

輝翔さんの隣に座っていた私は立ち上がり、寝室の横の扉を開く。滅多に開けられることのないその部屋は、段ボールの山だらけ。

この状況で、私はどこに住むと言うのさ!?

『私の荷物を運び込むには、まずはこの部屋をなんとかしないと！』

輝翔さんの部屋はマンションの最上階にあるペントハウスで、一応２ＬＤＫという間取り。だが、リビングと寝室はともかくこの部屋は、完全なる倉庫と化していた。

この物置き部屋は、私が今住んでいる１ＤＫのアパートよりも遥かに広い。でも、私のベッドやらタンスやらコタツやらを運び込もうにも、寸分の隙間もない状況だからどうしようもない。

『……美月の部屋の家具を持ってくる必要はないだろう？　全部処分して、衣類とか化粧品とかだけ持ってくればいいじゃん』

『なんてことを言うんですか！』

これだからセレブは困る。私の部屋の家具は就職を機に一人暮らしをすることになってから購入したものと、実家で愛用していたものとで構成されている。どれも思い入れのあるものばかりだ。

特にコタツ、あれだけは絶対に手放したくない。

ハイセンスな輝翔さんの部屋は、床暖房完備で足元あったかである。だけど、畳の国で育った私は、冬は赤外線の灯を浴びないと嫌なんだってば。それに、まだまだ使えるのに処分するなんて、もったいないったらありゃしない！

『ものを大切にできない人は他人にも優しくできないんですよ!? 私の部屋のものは絶対に捨てません！ 持ってきちゃダメというなら、同棲の話はなかったことにしてください！』

腰に手を当てながらビシッと指をさすと、さすがに輝翔さんも諦めてくれたようだ。観念したように下を向く様子を見て、心の中でよっしゃ、とガッツポーズした。

いくら一緒に暮らすとはいえ、自分だけのプライベート空間が欲しいじゃない？ 私だって、たまには一人でぐっすり眠りたい時もある。毎夜毎夜、輝翔さんに付き合っていたら、身がもたんわ。

だから、コタツとベッドだけは、絶対死守するぞー！

『……わかったよ。片付ければいいんだろ。美月も手伝ってくれる？』

『それは、もちろん』

——汚部屋の住人の輝翔さん一人でできるとは、これっぽっちも思っていませんから。

そういうやり取りがあって、私の引っ越しは延び延びになっていた。途中、輝翔さんが痺れを切らして『どうせ片付けるなら、もっと広いところに引っ越しする！』とかセレブ発言をし始めたけど、なんとか説得。そして仕事の合間に倉庫部屋にあった段ボールの山をせっせと整理して、私のものを運び込む部屋がその姿を現すこととなったのは、三月ももう終わりを迎える頃だった。

その間に兄の結婚式は終わり、新婚旅行からも無事に帰国した。私が暮らしていたアパートの荷物はさほど量がなかったので、明日は兄がレンタカーのトラックで運び出しを手伝ってくれることになっている。輝翔さんの部屋に持って行かない荷物は、実家に置いてもらうことにしていた。

あ、両親への報告ですか？　それはもう、アッサリサッパリと終わりましたよ。なんだ今さら、みたいな顔した父に舌打ちされた時には、腹が立ちましたけど。

なにはともあれ、今日中に梱包作業と掃除は終わらせないといけない。

早速取り掛かろうとすると、インターホンが来客を告げた。

郵便か、宅配便か、はたまた作業を手伝いに来てくれた母か……急いでドアを開けると、そこには、戦力にならない人が立っていた。

「やあ、美月。手伝いに来たよ」

今日は一日作業に徹するから会えないと言っておいたのに……

「――輝翔さん」

あなたがいると、片付かないんだってば！

「段ボールに荷物を詰めるくらいは俺にだってできるよ」

がっくりと肩を落とした私に、輝翔さんはクスクスと笑いかける。今日の彼は、グレーのカットソーにジーンズという軽装だ。

そうですね、段ボールは得意ですよね。だって輝翔さんの部屋の荷物は、つい最近まで、大半が段ボールの中を居場所としていましたからね。

「じゃあ、本の梱包をお願いしてもいいですか？」

渋々お願いすると、輝翔さんはオッケーと軽く言って本棚の前に座り込み、作業を始めた。

まあ、本を詰めるくらいなら片付けが極度に苦手な彼にだってできるだろう。リビングの本棚は輝翔さんに任せて、私はひとまず台所の整理に取り掛かる。

輝翔さんの部屋の調理器具は足りないものも多いので、うちで使っているものはすべて持って行くつもりだ。お皿とかマグカップとか、一人暮らし用にひとつずつしかないものもあるけど、輝翔さんがいない時の食事用に使えるので、新聞紙に包んで割れないようにきちんとしまった。

シンクやガス台なんかも綺麗にすること約一時間。台所での作業を終えてリビングに戻ると、輝翔さんは、まだ本棚の前に座り込んでいた。

「……なにしてるんですか？」

背後から覗き込むと、輝翔さんの手は私のアルバムを開いている。

「んー。つい見ちゃってさ」

はい、出た～。片付けの途中でうっかり本とかアルバムとか見ちゃって、ちっとも作業が進まないあるある……って、人が働いてる間になにしとんのじゃあ！

「いや、美月の子供の頃の写真って見たことなかったから興味があって」

輝翔さんが見ているのは、私が幼稚園とか小学校の頃の写真だ。

「俺たちが知り合ったのは美月が中学生の時だったから、この頃のことは知らないだろう？」

可愛いなぁ、なんてお世辞を呟きながら、熱心に見ていますけどね？　輝翔さんが、私の子供の時の写真なんか見てたりすると、またもあの疑惑が頭をかすめるといいますか……あ、また睨まれた。

だってさ、輝翔さんには幼女趣味疑惑が……！

「……ったく、美月の頭の中が透けて見えるようだよ。俺はただ、俺たちに娘が生まれたらこんな感じかなって想像してただけだ」

「む、娘!?」

そっちのほうが生々しいじゃないか！

まだ結婚もしてないうちに、二人の間に生まれた子供のことを考えるとか、気が早すぎますって。

「俺は一人っ子だったから、絶対に二人以上は欲しいな」

「そういえば、輝翔さんもお母様も百合子さんも一人っ子ですよね」

みんなきょうだいがいないのには、なにか理由があるのだろうか。

なんとなく思い浮かんだ共通点を口にすると、輝翔さんはこう答えた。

「ああ……母親の場合は、じいさんたちの件があったからだろう。下手に兄弟がいると跡目争いなんかに発展して、いろいろと面倒だからね。俺が一人っ子なのも、詳しく聞いたことはないけど、多分そうじゃないかな？　単に仕事が忙しかったっていうのもあるかもしれないけど」

「そう、ですか……」

輝翔さんのおじいさんの件というのは、例の、百合子さんの家とのことだ。

本来家を継ぐはずだった長男と、次男との間に起きた世襲問題。次男で、つまり分家である輝翔さんのおじいさんが須崎グループを継いだことに端を発する。その問題は子供の代にまで引き継がれ……そして百合子さんと輝翔さんにもつきまとっていた。百合子さんのお父さんは、輝翔さんと自分の娘を結婚させて、もう一度自分の家を権力の中枢に座らせようと画策したのだ。今となっては、その目論見も失敗に終わったけれど。

輝翔さんが子供を二人以上欲しいと思っても、やっぱりその後のことを考えたら、慎重になったほうがいいんじゃないかな。

ところで、生まれた時からこんな大企業である須崎グループの後継者ってどういう気持ちなんだろう。子供にはそれぞれ生まれ持った資質や可能性があるのに、将来の仕事が決まってるってことだよね。意に沿わなかったらグレちゃったりしないかな。

そもそも輝翔さんは、今の自分に満足してるのかな……？

「輝翔さんの子供の頃の夢はなんですか？」

「夢、ねぇ。んー、パイロットとかには憧れてたかな」

パイロット……！　ああ、なんて子供らしくて素敵な夢！　それに機長の制服を着た輝翔さんとか、想像するだけで萌える！

「でも、社長になるんだって漠然と思ってたから、そんなに執着しなかったけどね」

「そうですか……」

やっぱり、自然と諦めざるをえないと悟ってしまうものなのね。歌舞伎役者の家の子とか、すごいなって思うんだ。

だが、そんな心配をする前に、ちゃんと跡取りを産めなかったらどうしよう。よく、梨園の妻は男の子を産めなかったらご贔屓筋にネチネチ嫌味を言われるとか聞くじゃん!?

「男の子、産まないと……」

ぽつりと口をついて出た言葉に、輝翔さんもまた何気なく反応する。

「そう？　俺は娘がいいな」

「でも、跡取りといえば男の子でしょう？」

「うちの母親は女でも跡取りになったよ。だからそこは気にしなくても大丈夫」

そう言われれば、そうでした。輝翔さんのお母様は、狸オヤジみたいな並み居る敵を寄せ付けずにその座におられる方でした。

でも、お母様ほどの才覚のある女傑もなかなかいないと思う。私のＤＮＡが受け継がれた子供が、社長の資質を持って生まれてくるのか？

輝翔さんのいいところをまるで受け継がずに、私そっくりの子供が生まれちゃったらどうすればいいの⁉

――って、私の考えも飛躍しちゃってるし！

まだ結婚すらしてないのに、なにを馬鹿なこと考えてるんだ、私。

「男でもいいけど、最初は美月に似た可愛い娘がいいな。男の子だと、美月を巡って争いが起きそうじゃん？」

なにその、私を巡っての争いって。自分の息子にまで嫉妬するとか、どんだけ心が狭いんだ。

「……そんなの、娘だったら、輝翔さんを巡って私が争わなきゃいけなくなるじゃないですか」

「それは大丈夫。子供は世界で二番目に好きな人で、一番は美月だから」

真面目な顔して赤面するようなセリフは勘弁(かんべん)してください。

「そ……そんなの、わからないじゃないですか」

世の中には、子供を産んだ途端に妻を母としか思えなくなる男性もいるというし。まだ生まれてもいない状態での二番目に好き発言は、無効だ。

「俺は美月が変わっていくのも楽しみなんだ。だから、心配しなくていいよ」

ふわりと笑う輝翔さんは素敵すぎて直視できず、思わず俯(うつむ)いてしまった。

本当に、私にはもったいないくらいの人だ。輝翔さんに「しておけ」なんて父は言ったけど、我が身には贅沢(ぜいたく)すぎる選択というもの。

これから先、他の誰と出会っても、輝翔さん以上の男性などいないだろう。

私は他の誰にも満足できない。

私には、輝翔さんしかいないのだから。

いつか、輝翔さんと私、そして娘と息子。家族四人で仲良く暮らせる日がきたら、それはきっと、とても幸せで満ち足りた時間だろう。

そんなおめでたいことを考えていると、輝翔さんから横槍(よこやり)が入った。

「ま、ちょっと気が早いけどね」

――だから、それを、あんたが言うなぁ！

「あ、この頃からはもう知ってる」

人の妄想を煽るだけ煽ってさっさと現実に戻った輝翔さんは、なおもアルバムのページを捲る。

次のページには、中学校の制服に身を包んだ私がいた。

「幼いですね……」

写真の私は、入学式の看板をバックにブカブカのセーラー服姿で緊張した顔のまま正面を向いている。今よりもさらに丸い顔にパッツン前髪とか、子供感満載だ。

こんな幼い私に、輝翔さんはよく恋してくれたもんだ。

輝翔さんは出会った頃から私に惹かれていたらしいんだけど、この当時の自分のどこにそんな要素があったのか皆目見当がつかない。

やはり、ロリか……？　って、なんだか隣から、ただならぬ冷気を感じるぞ。

「ぶっちゃけ、美月だってこの頃すでに俺のこと好きだったよね？」

――ぎゃあっ！　冷気のついでに攻撃された！

中学入学直後のある日、家に訪ねてきた兄の友人を一目見て、心を奪われたのは事実だ。

でも、自分には手の届かない存在であると知っていたから、私は自分の恋心に蓋をした。

「入学した時はこんなに幼かったのに、少しずつ成長して女性らしくなっているよね？　ずっと隣にいて、美月が変化していくのを見るのも楽しかったんだ」

パラパラとアルバムのページを捲りながら、輝翔さんは懐かしそうに目を細める。

……私的には、さほど大人っぽくはなってないと思うんですけどね？

「輝翔さんは私に対して、全然そんな素振りを見せてくれなかったですよね？」

『少しでも、女らしく』。それが当時の私のスローガンだった。

憧れの先輩に家庭教師になってもらって、同じ高校に入るために勉強を頑張っていたけれど、毎週部屋にやって来る先輩を迎えるための努力も怠らなかった。部屋の掃除をして、いい匂いのする芳香剤を置いて、身支度だってきちんと整えた。

なのに輝翔さんは、髪を切ってもなにも言ってくれないし、友人に勧められたメイクをしても無反応だし……。自分の女子力はそんなに低いのかと落ち込んだくらいだ。

「それは、ほら……俺もまだ若かったし……髪を切ったこともいい匂いがしていることもわかってたけど、あえて触れないようにしていたんだよ。いろいろ自制してないとヤバかったし」

あら、やだ。耳が赤くなっちゃった。

顔を背けてぼそそと呟いてますけどね。自制って、こんな子供相手になにを制御してたんですか。やっぱりロリ……って、ああ、ごめんなさいごめんなさいごめんなさい！

「なにより、この頃の美月は俺に対して一歩引いてたしね。変なことをして嫌われないようにするので精一杯だったんだよ」

変なことって、子供相手になにを……って、すいません、ほんと、すいません！

確かに、この頃の私は矛盾に満ちていた。嫌われないように必死だったくせに、その一方では、憧れを飛び越して一歩踏み出してしまわないようにと距離を取っていた。

そうしていれば、私と輝翔さんの関係は、高校生になって家庭教師をしてもらう必要がなくなった後も長く続くと思っていたから……

続くページには、高校のブレザー姿の私がいる。

「本当は、制服姿の美月と学校帰りにデートなんてのもしてみたかったな。クレープ食べたり、映画観たり、カラオケ行ったりのベタなやつ」

輝翔さんの願望は、割と健全だった。

でも、万が一お付き合いを申し込まれていたとしても、きっと私は断っていた。

この時すでに輝翔さんは大学生。高校生だった私には、大学生は大人のような存在で、元々あった二人の身分の差も相まって大きな隔たりを感じていたから。恋愛に強い興味はあっても、自分よりも大人な存在の輝翔さんとどうこうなりたいなんて、おこがましくて到底考えてもいなかった。

それに、いつかはお別れしてしまう可能性のある恋人よりも、いつまでもずっと傍にいられる後輩のポジションのほうがいいと、思っていたんだ。

今の状況は、長い年月をかけたからこそ受け入れられたところも大きい。

輝翔さんとのお付き合いはまだまだ夢物語みたいだけど、いつかは、胸を張っていられる自分になりたい。

とにかく今は、それより他にやるべきことがあるんだよねぇ……

「輝翔さん、そろそろ仕事に移ってもらえませんか？」

いつまでもアルバムに見入っていたら、ちっとも引っ越し作業が進まないじゃないか！

「……ねえ、美月。この部屋のものは捨てずに全部持っていくんだっけ？」

「そうですよ……ああ、でも、冷蔵庫とかは二つもいらないんで、ひとまず実家に運びますけど」

まだまだやることは山積みだ。それなのに、輝翔さんは相変わらずアルバムに視線を落としたまま動こうとしない。手伝う気がないんだったら、せめてその場所だけでも譲って欲しい。

「だったら、この写真も持っていくんだね？」

そう言って目の前に突き付けられたのは……

——げえええっ！　元カレとの、ツーショット写真!?

しまった。就職してからいろいろと忙しかったから、アルバム整理のことなんてすっかり忘れてた！

元カレとは、就職を機にフワッと別れてしまったものだから感慨もあまりなく、処分するのさえ忘れていた。

同じゼミだった元カレと一緒に写った写真は多い。グループ写真もあれば、お互いに頬をくっつけてピースサインなんかしているツーショットもある。輝翔さんが手にしているのなんかは、まさに後者だ……

ああ、部屋の温度が急激に下がった気がする！　なのに輝翔さんの背後には、なんか黒い炎みたいなのが見える！　これはもう、お怒りＭＡＸだ！

「すすす捨てます、処分します、持っていきません！　ってゆーか、輝翔さんが勝手にアルバムなんか見るから、こんなものを見つけることになったんでしょう!?」

そうだ、元はといえば輝翔さんが作業をサボってそんなもの見てるから悪いんじゃない！　私に罪はない、冤罪だ、プライバシーの侵害だ！

「へえ、捨てちゃうの？　大事にとっておいたものなのに？　ものを大事にしない人は他人に優しくできないのに？」

わああ……顔は笑ってるけど、内心では絶対怒ってる！

「大事になんてしてませんよ!?　そこにあるのもすっかり忘れてましたよ!?　今は写

真よりも輝翔さんのほうが大事ですから！」

なんで元カレとの写真でここまでうろたえなきゃならないんだ、とは思いつつも、目の前の輝翔さんに圧倒されて咄嗟に逃げ出そうとした。

——が、あっさり手首を掴まれて、床に押し倒される。

ゆ……床ドン！

「じゃあ、どれくらい俺を大事にしてるか、証明してくれる？」

覆いかぶさる輝翔さんは、怒りのオーラを漂わせながら、なおもニッコリと微笑んだ。

この状況で、なにを、どうやって証明しろと!?

このままだとピンクな展開に発展してしまいそうだけど、今はそんなことをしている場合じゃないのに。でも、輝翔さんのお怒りを鎮めなければ、引っ越し作業を再開することはできそうにない。

ああ、でも、なにをどうすれば……!?

「——プッ」

混乱も最高潮を迎えた時、突然輝翔さんが噴き出した。

私の真上にあったはずの顔は背けられて表情は見えないが、微かに震えている様子から笑いを堪えているのがわかる。

「輝翔さん……」

これは、もしかしなくとも、完全にからかわれていただけの模様です。

「ごめ……、美月がうろたえるのが面白くってさ」

「もう！　ふざけないでくださいよ！」

それに、私の過去を責めるのであれば、輝翔さんの過去だって褒められたものじゃない。中学生の頃の輝翔さんが好き放題遊んでいたのに比べれば、私なんて純粋で可愛いものだ。

「ほら、早くどいてください。まだやらなきゃいけないことがあるんだから」

輝翔さんの肩をぐっと押して起き上がろうとすると、なぜか、輝翔さんの身体がそのままドサリと落ちてきた。

「あ、輝翔さん？」

「いや、まあ、ちょっと……羨ましかったんだ。俺たちが一緒に写った写真とかないから」

……言われてみれば、そうですね。

輝翔さんとお出かけすることはあっても、写真を撮るなんて考えはすっかり抜けていた。

まさか、元カレとの写真を見つけた輝翔さんがそんなことを思うとは想像もしていなかったけど。

こんなことなら、前に遊園地に行った時にでも写真を撮ればよかったな。

「今度、どこかにお出かけした時には、一緒に写真を撮りましょうね。プリクラでもいいですし」

「プリクラは撮ったことないな。スマホとか手帳とかに貼りまくってもいい?」

「それはやめてください」

仕事で使うものには貼らないで。取引先の目が気になって仕方なくなるから。

「……写真はないけど、この部屋には俺たちの思い出が詰まってるよね」

「そうですね。一緒にお鍋とかしましたもんね」

どういうわけか、輝翔さんは狭くて庶民的なこの部屋が気に入ったらしく、何度も訪れていた。この部屋は、二人にとっての思い出の場所でもある。

「これからもっと、思い出を増やしていきましょうね」

これから先はずっと、輝翔さんと一緒に。

写真に残していなくとも、二人で過ごした時間は、私の永遠の宝物。

輝翔さんは身体を起こし、そっと私の唇に口づけする。私も目を閉じて、それを受け入れる。

やわらかくて温かくてほのかに甘い唇が、啄(ついば)むように何度もキスを落とす。やがてぴったり重なり合って――って、長くないか……?

「あ、き……んっ、んんっ」

いくらなんでもと輝翔さんの身体を押し返すが、唇は一向に離れる気配がない。それどころか、閉じた扉をノックするように舌先で私の唇をつついてくる。そして抗議の声を上げようと口を開けた隙に侵入し、口腔内を蹂躙し始めた。

これは、マズイ展開です……！

その間にも輝翔さんの舌は歯列をなぞり、奥に留まっていた私の舌にたどり着くと、表面を舐めた。逃げようとしたところをあっさりと捕まり、ゆっくりと絡みつかれる。

くちゅくちゅとお互いの唾液が混ざり合う音が淫らに響く。

「せっかくだから、最後の思い出、作ろうか……？」

唾液で濡れた唇を舐めながら、輝翔さんは妖艶に微笑んだ。

——ああ、やっぱり、こうなるの!?

「ちょっ、ちょっと待ってぇ……！」

輝翔さんの瞳に明らかな欲情の証を見つけると、私は素早く身を翻した。

ちょっと待ってで待ってくれるほど甘い人ではないことも、こういう状況になってしまってから逃げられた例がないことも承知している。でも、今日ばかりは逃げなければならない。

——引っ越しの準備、まだ全然終わっていないから！

うつぶせになった私は、腹這いのまま前に進む。いわゆる匍匐前進というやつ。

なんとか半身だけ彼の身体の下から抜け出した時、輝翔さんは背後から私のジーンズのボタンに手をかけ、なんとショーツと一緒に引きずりおろした。

「ぎゃあああ！」

なんとも色気のない悲鳴を上げたことは許してもらいたい。

だって、半身抜け出たということは、輝翔さんの目の前で……お尻、丸出しぃぃぃ！

裸なんてもう何度も見られてますよ？　でも、だからといって慣れるものでもないんだってば！　しかも、お尻を晒すなんてとんでもない！

咄嗟に身体を横にしたものの、そうすると当然前が見えてしまうわけで。

この場合、前とうしろ、どっちを隠せばいいの⁉

両手を使って隠すこともできるが、宴会芸じゃあるまいし、うら若き乙女が手で股間を押さえる姿ってどうよ？　しかもそれを好きな人に見られるなんて、恥ずかしすぎる。

白昼堂々下半身丸出しって、私は痴女か⁉

そんな状況に陥らせたのは、他でもなく目の前にいる好きな人なのだけれど。

パニックを起こしている間に、輝翔さんは私の足に引っかかっていたショーツとジーンズをあっという間に抜き取ってしまう。

――前から思っていたけど、輝翔さんってエロに関してのみ器用ですよね⁉

私は、たいして長くもないカットソーの裾(すそ)をできるだけ伸ばし、ぎゅっと身を縮めて恨(うら)みがましく輝翔さんを見上げる。すると彼は抜き取ったジーンズを手にしながら、それはもう、極悪な笑みを浮かべて見下ろしていた。

「なにするんですかぁ！　こんなことしてる時間はないんですってば！」

まだリビングの片付けは終わっていないし、お風呂掃除もトイレ掃除も残ってるの。明日には荷物の受け取りに兄がやって来るから、それまでに終わらせなきゃいけないいんだよぉ！

ジーンズに向かって必死に手を伸ばすが、無情にも私のショーツ付きジーンズはぽいっと部屋の隅へ放り投げられる。

「だから、最後の思い出作りだって。この部屋でヤれるのも今日で最後なんだから」

うわぁーん、いいとこの坊ちゃんのくせに、ヤるとか言うなぁ！

「ヤ……ヤるなら夜にしてくださいよ！」

股間……いや、乙女の花園を守る私の手を引き剥(は)がそうとする輝翔さんに抗(あらが)いながら、つられて下品な発言をしてしまう。

私だって、あれだけ濃厚なキスをされれば、少しは……ムラムラと、期待してしまうさ。だからエッチが嫌なわけじゃない。時間と場所を選んでほしいだけで……

なのに輝翔さんはあっけなく最後の砦(とりで)を取っ払うと、至極(しごく)真面目な顔をして首を横に振った。

「無理。こんなの目の前で見せられたら、もう限界」

誰のせいだ！

必死の抵抗も空しく、輝翔さんは私の両太腿を自分の肩へと持ち上げた。

隠れていた場所が輝翔さんの目の前に晒され、恥ずかしさで顔が燃えるように熱くなる。私は思わず両手で顔を覆う。

クスッと小さく笑った輝翔さんの顔の位置が、徐々に下がっていく。

「――あっ」

ふっ、と息を吹きかけられ、寒気に似たぞわぞわとした感覚が走り抜ける。途端に、まるでスイッチが入ったかのように、下腹部がきゅんと疼いた。指や、輝翔さん自身が挿し込まれるのとは違った感覚。

次の瞬間、電流のような痺れが全身を突き抜け、驚きで背中が大きく弓なりに反った。

閉じた割れ目を、生温かくて湿った舌がヌルリとなぞったのだ。

「い、や……っ、輝翔さ……、汚い、から……ぁ！」

足の間にある頭を引き剥がそうともがくけれど、輝翔さんは離れるどころかさらにぴったりと密着してしまった。

「大丈夫、美月の身体に汚いところなんてない。もういいから、素直に俺に抱かれて？」

喋ると同時に熱い吐息がかかり、ぞくりと肌が粟立つ。

輝翔さんのやわらかな舌が、閉じた花弁を丁寧に開かせるように丹念に秘裂を舐める。くすぐったさに似た感覚と、痺れるような快感に身体がくねり、持ち上げられたつま先が宙を掻いた。

「あっ、あっ、や……っ、はあ、ダメ……ぇ……！」

こんなことをしている場合ではないのに。頭ではわかっていながらも、うねうねと焦らすような動きに次第に思考が囚われていく。

まだ陽も高いし、引っ越しの準備もしてないのに。ていうか、そもそもなんで、こんなことになっちゃったんだっけ……？

さっきまでの思い出話のどこに、エロエロ魔王の欲情スイッチを押す場面があったのだろう。強引にエロに持ち込むのはいつものことだとしても、性急すぎる。まるで、思い出そのものを輝翔さんの行為で上書きするかのように――

『――上書きしてあげるからね』

……そういえば、前にもそんなことを言われたような。

呆けた頭で必死に考えている間にも、輝翔さんの唾液で満たされたそこが徐々に潤いを帯びてきた。

舐められると同時に痺れが広がり、そしてその感覚が通り過ぎると濡れた肌がひやりと冷える。繰り返し与えられる刺激に身体の奥底から熱いものが込み上げてきた。蜜口に輝翔さんの舌が這い、ぴちゃぴちゃと淫靡な音を立て始める。

「は、あっ、ふ……ぅんっ」

恥ずかしさと気持ちよさが混ざり合い、目尻に涙が浮かんだ。いつの間にか私の手は、輝翔さんの頭を引き離すことよりも自分の喘ぎ声が漏れないようにするために使われている。

私の部屋は壁が薄いの。いくら明日には引っ越すとはいえ、こんなの聞かれたら、立つ鳥跡を濁しまくりだよ。

なのに輝翔さんは、攻める手を緩めてくれない。抱えていた私の足から手を離し、カットソーの裾から胸元に向かってゆっくりと差し込んだ。

やや乱暴にブラをたくし上げ、膨らみをやわやわと揉みしだかれる。

「ふ……あっ、ん……、あっ、はあ、あ……っ、あっ」

口に当てていた手の中が、くぐもった吐息で満たされる。ただ胸を揉まれているだけなのに、頂が痛いくらいに主張し始めている。勃ち上がった乳首を、彼の指の腹で擦られるたびに甘い声が漏れた。

何度となく抱かれたことで、私の身体はすっかり輝翔さん仕様に書き換えられている。そればかりか、抱かれるたびにもっと、もっと、と貪欲に欲しがる自分がいる。

摘まれた乳首を彼に見せつけるように自分の背が自然となる。それに気付いた輝翔さんが指先に力を入れてカリカリと頂を引っ掻く。すると、快楽に悦んだ身体に呼応して蜜口からトロリと熱いものが零れ落ちた。

輝翔さんは両手で膨らみを弄びながら、舌ではとろけた蜜壺を貪り続ける。やわらかくざらりとしたものに内壁を擦られ、足の間で奏でている水音はその大きさを増していく。次々と溢れだす蜜と輝翔さんの唾液が混ざり合い、雫となって臀部を伝う。

「美月、気持ちいい？」

赤い舌をチロチロと動かしながら、輝翔さんが上目遣いに私を見る。

両手で口を塞いでいる私は、無言のままこくこくと頷いた。

恥じらいも焦りも、すっかりどこかへ消えてしまった。思考は奪われて、与えられる快楽に身を任せることしかできない。全身は熱に浮かされ、行き場のないもどかしさで腰が揺れる。

そんな私の様子に輝翔さんは満足そうな笑みを浮かべて、花弁の上の蕾に口づけを落とした。

「あっ！　ああ……、んあああ……っ」

強烈な刺激にまぶたの裏が白く瞬いた。輝翔さんはそのまま蕾を口に含むと強く吸い込み、硬く尖らせた舌の先端で捏ね上げる。快感がびりびりとした電流になって一気に全身を駆け巡り、手足の先まで張りつめた。

「ああ……っ、あああああ――!!」

――身体が、宙に浮いた気がした。

はあはあと肩で息をしていると、輝翔さんはようやく私の足の間から頭を上げた。陽の光に照らされた輝翔さんの口元が輝いている。それを見て、消えていたはずの羞恥心がむくむくと蘇る。

私のアレ、舐めちゃったんだ……！

私は怠さの残る手を伸ばして彼の唇を指で拭う。すると、輝翔さんは不思議そうな顔をした。

「汚いじゃないですか……」

シャワーを浴びてないのに。

すると輝翔さんは大きな瞳をふっと細めた。

「美月の身体に汚いところなんてないって言ったのに」

そう言って、自分のジーンズのポケットから財布を取り出し、正方形の小さな包みを引き出す。

それを口に咥えて自分のベルトに手を掛けたのだが、一連の動作がなんとも艶めかしい。

そんな卑猥なものまで似合ってしまうとは、恐るべし……！

輝翔さんが毎回必ず避妊してくれるのはありがたい。でも、目の前で装着するところを見るのはやっぱり恥ずかしい。

戸惑う様子が伝わったのか、輝翔さんはゴムを咥えたままクスリと笑った。

それから口に咥えたまま封を切り、中身を取り出す。そしてなぜか、それを私の目の前に差し出した。

「——ん。どうぞ」

……はて？　どうぞとは？

目の前の丸くて薄いピンク色のものと、輝翔さんを交互に見比べる。

わけがわからず固まっていたら、輝翔さんは私の手を握ってそれを持たせた。

「興味がありそうだし、今日は美月がつけて？」

「はああ……!?」

大口を開けて素っ頓狂な声を上げてしまった。

これを私がつけると!?

つけるといっても、私にはこれを装着するような器官はありませんから。当然、輝翔さんのナニにアレしろというのはわかるけども。

——そんなの、ムーリーっ！

いや、輝翔さん自身とも何度もご対面はしてるし、く……口でした経験あるけど。私が臆病なせいもあって、そう頻繁に行われているものでもないんです。

完全に逃げ腰になっていたら、輝翔さんは斜め上を見ながら溜め息を吐いた。

なに、その、芝居がかった落胆ぶりは!?

「美月が嫌ならこのままでもいいよ。せめて結婚するまでは避妊をと思ってたけど、デキちゃえば結婚の時期が早まるだろうし、それもいいかもね」

輝翔さんが腰をずいっと近付けてきたので、無意識に身体をうしろへ引いた。

「わかりました！　やります、やらせてください！」

――脅迫すんな、この、腹黒御曹司が！

心の中で悪態をつきながら素早く身を起こすと、輝翔さんはちょっと残念そうにしながらも、ふたたび自分のベルトを外し始めた。しかし、つけろと言われても、触るのも初めてなんだけど。

なんだかとても薄いし、引っ張ったり引っ掻いたりしたら簡単に破れちゃったりするんじゃないだろうか。

「そこの、とんがった場所を持って」

輝翔さんは下半身剥き出しのまま、正面に正座する私に向かってご丁寧にレクチャーしてくれる。

なんともシュールな状況ではあるが、自分のために必要な講義なので大人しく従う。

「空気が入ると途中で抜けちゃうから。そしたら、そのまま被せて」

被せる、ということは。チラリと視線を動かすと、目の前には輝翔さんの立派なナニが……ああっ！　恥ずかしい！

でも、やらなきゃならんのです。意を決して、空いている手でソレを包むと、手の中でピクリと小さく跳ねた。

赤黒くたぎった肉の塊にピンク色の帽子を被せる。うーん、可愛いような、可愛くないような。

「被せたら、そのまま下ろして……」

心なしか、説明する輝翔さんの声が掠れている。

言われた通り、陰茎に添って丸まったゴムをくるくると下ろしていく。子供の頃に着せ替え人形で遊んだことがあるけど、これほど緊張するお着替えは初めてだ。それに、こんなに締め付けが強そうなものを被せて、痛かったりしないのかな。

「……あの、痛くないですか？」

「ん、大丈夫」

「……薄いけど、破れたりしません？」

元々薄いゴムが押し広がってさらに薄くなっていく。心配になって尋ねると、輝翔さんは小さくプッと噴き出した。

「大丈夫だから。根元までいったら、一旦持ち上げて、最後まで下ろして……ん、上出来」

緊張の初仕事を終えてほっと胸をなで下ろすと、身体がうしろに傾いた。

頭のうしろ側を手で覆われながらドサリと床に倒れ込む。すると輝翔さんが私の胸元に顔を埋めた。直にくっついた身体が小刻みに揺れていて――もしかしなくとも、笑ってます？

「あー、もう、美月、可愛い！」

輝翔さんは私の浅い胸の谷間にぐりぐりと顔を擦り寄せながら満面の笑みを浮かべていた。

なんだよ！ 初めてなんだから、ぎこちなくても仕方ないじゃんよ！

馬鹿にされた気がしてふてくされていたら、準備を整えた輝翔さん自身がぐっと押し当てられた。

「ゴムの締め付けよりも、美月のナカのほうがよっぽどキツイんだぞ。ゴムが薄いのは……それを選んだ悠一に言って」

――なぜ、兄に？ いや、また兄ですか。

しかし、そんなことを考えている余裕は瞬く間に奪われた。

溢れ出た蜜を塗り付けるように、先端がぐりぐりと入口を押し広げる。私のそこは輝翔さんを受け入れるのに十分な潤いを保っていた。

ぐぐっとナカを押し広げながら、熱いものが入り込む。徐々に圧迫感が強くなり、耳のうしろが引き攣るような衝動があり、思わず下っ腹に力を込める。すると、輝翔さんの手が優しくそこを撫でた。

「ああ……っ」

撫でられて力が抜けると同時に、一気に奥へと押し込まれた。

奥の奥まで輝翔さんでいっぱいになる。咄嗟に身をよじろうとしたら、輝翔さんの両手に頬を掴まれ固定されてしまった。

「あ、ああっ……や、やん……っ」

輝翔さんの腰がゆるゆると前後に動きだす。引き抜き、また埋め込まれ、そのたびに蜜が絡んで滑りがよくなっていく。内壁が擦れ、最奥を突かれる衝撃は、瞬く間に快楽へと変わる。輝翔さんの動きに合わせて私の口からは歓喜の声が溢れ出した。

「美月、もう少し声抑えないと、隣に聞こえるぞ?」

「だって……え、あ、輝翔さんが……っ、あっ、はあ、ああっ」

抑えろ、というわりには輝翔さんの動きは一向に緩む気配がない。逆に身体の上にのしかかってきて、今度は真上から突き刺すように大きく穿たれた。

「ああぁっ……ん、あ、はあ……っ」

堪えようにも、どうしても声が漏れてしまう。その上、一際感じる場所を重点的に攻められては、なすすべもない。

嬌声を塞ぐべく手の甲を口に押し当てたら、輝翔さんがそれを制した。

「……噛まないで。美月の声も身体も、全部、俺のものだから。大事な身体に傷を付けちゃダメだ」

そう言った輝翔さんは、私の身体にぴったりと覆いかぶさる。そして、輝翔さんの唇が、だらしなく開いたままの私の唇に重なった。

少し前に私の秘部を蹂躙していた舌が、ねっとりと口腔を這い回る。私は、無我夢中で自分の舌を差し出して強く絡めた。

「ん、んんっ！　……ん、うん……っ！」

輝翔さんの唇が私の喘ぐ声を吸い上げた。密着した彼の胸板に潰された私の胸が上下に揺れる。奥の奥まで突き上げられる快感と荒い呼吸を繰り返したことによる酸素不足で、目の前が徐々に白み始めた。

輝翔さんに、身も心も翻弄される。だけどそれも悪くないな、なんて、熱で浮かされた頭でぼんやりと思った。

「——好きだよ、美月。なにもかも、全部、愛してる」

キスの合間に、輝翔さんが余裕のない表情で愛をささやく。

はあはあと荒い息を吐きながらも、輝翔さんは決してこの言葉を忘れない。そしていつも、それが私の最後の一押しとなる。

「私も、好き……、輝翔さん……ああああっ、ああああああ——!!」

後を追いかけるように、私を抱く輝翔さんの手にも力が籠もる。

「——っ、く……!」

低い呻き声とともに、私のナカで輝翔さん自身が大きく脈打ち、薄い被膜越しに爆ぜた。

＊＊＊＊

翌日、兄とともに現れた沙紀さんは、玄関先で私の顔を見るなり悩ましげに息を吐いた。

「疲れた顔しちゃって。そんなに大変なら、もっと早く手伝いに来たのに」

お願いだから、やたらニヤニヤするのはヤメテ……!

昨日は、荷造りを忘れて輝翔さんとコトに及んでしまったツケを払うため、ほぼ徹夜状態で作業するはめになった。

なんとか間に合ったものの、ボロボロの私に兄は苦笑いだし、沙紀さんは生温かい視線を送ってくるし。輝翔さんはなぜか、徹夜をものともせずに元気なんだけど!

「この部屋とは今日でお別れだね。思い残すこともないしね」

などとほざきながら、ニコニコ顔で私と元カレの写真を破り捨てています。

なにはともあれ、予定通りに兄の借りてきたトラックへと荷物を運び出す。

輝翔さんには来なくていいと言ったけど、この時ばかりは助かった。

さあ、輝翔さん。その有り余るパワーを今からの引っ越し作業で、思う存分発揮してくださいね！

荷物を男性陣に任せて、私と沙紀さんは室内の掃除に取り掛かる。

「思ったより汚れてないわね。美月ちゃんたら、日頃から綺麗にしてるんだ。偉い」

雑巾を絞りながら、沙紀さんは感心してくれた。

「掃除は、母の躾の賜物ですかね。なにしろ専業主婦だから、日頃からマメに家のことをする人なんで」

今でこそ趣味狂いの母だけど、遊んでいる分だけ家のことはしっかりやっている。『外でお父さんが頑張って働いてくれているから私たちが生活できる』と、子供の頃からよく聞かされたものだ。

「そっかー。じゃあ私も嫁として認めてもらえるように頑張らなくちゃね」

「沙紀さんなら大丈夫ですよ。今だって、うまくいってるじゃないですか」

俗に言う嫁姑問題も、我が家は心配ないと思う。

沙紀さんは兄が仕事で不在の時でも実家に行って、家のことをしてくれている。母もすっかり沙紀さんに甘えていつものカルチャースクールに行ってしまっているぐらいだから、きっと悪い印象など微塵もないだろう。

「でもね。結婚前はお互いにまだ遠慮があったし、いくら家族になったとはいえ、所詮は他人でしょう？　結婚前はよくても、嫁になったら変わることだってあるじゃない？」

「……そんなものなんですか？」

なんだか、午後のワイドショーみたいな話になってきたぞ。

「同居していると大変なようよ。家の中に主婦が二人もいたら、やっぱりお互いに気を遣うでしょう？　そういう小さなことが積み重なって、ある日突然噴火するみたいよ。嫁になった途端に急に干渉が激しくなるとか、お互いが作る料理に対する目が厳しくなったりとか、うちの事務所でもそういった案件が結構あるもの」

さすが、現役で弁護士事務所に勤務しているだけあって、その辺の情報にもすっかり詳しくていらっしゃる。

「まあ、今のところうちは別々に生活しているから、そういう事態はあまり起こらないと思うけどね。でも、輝翔さんのところはどうなのかしら？　美月ちゃんは結婚したら同居？　別居？」

「そ、そんなの話したこともないですよ」

話すどころか、考えたこともなかった。

輝翔さんのマンションに引っ越す予定だから、今後もそのまま二人の生活が続くとしか思っていなかった。それに輝翔さんは、結婚したらもっと広い家に引っ越すなんて口走ることもあったから、別居が当たり前なんだと思っていた。

……結婚するなら、そういう話も大事なこと、だよね。

今のところ輝翔さんのお母様は非常に好意的に接してくれていると感じるし、悪い印象は持たれていないと思っている。

だけど、一緒に生活するとしたら？

輝翔さんのお母様は須崎グループを総べる社長なだけあって、いつお会いしても隙がない。そんな女帝と寝食をともにするとなれば、気は抜けなくなる。

休みの日にだらだらしたり、いつまでもパジャマのまま過ごしている姿を見られると思うと、ちょっとゾッとした。

沙紀さんはさらに私に追い打ちをかける。

「輝翔さんのご実家みたいな旧家って、いろいろしきたりとかありそうよね？　もしかしたら、お妃教育みたいなのがあったりしてね」

沙紀さんの口調は何気ないものだけど、私は不安を煽られた。

言われてみれば、私は須崎の家についてなにも知らない。百合子さんや、その父親の狸オヤジとは面識があるが、実際にはもっとわんさか親戚がいることだろう。

そうなると、お正月とかお盆とか、家族が集まる行事は一般家庭と違っているのかもしれない。それ以外にも、海外のお客様や仕事関係者だってたくさんいるのだ。

親戚も付き合いのある人たちも、みんなセレブに決まっている。そんなセレブが集まる場所に、私が紛れ込んで大丈夫なものだろうか。

セレブの集まりとはすなわち、パーティーでしょう？　パーティーといえば、ダンスじゃない？

頭の中では、羽根のついた仮面を着け、着飾った男女がワルツの調べにのせて優雅に踊り出す。

――どうしよう、私、ダンスなんか踊れないよ!?

きっと下手くそだったら、扇で口許を隠した奥様方にくすくす笑われちゃったりするんだ。そんで、トイレに呼び出されて「この薄汚いシンデレラ！」なんて言われちゃったりするのよ。

「須崎の家の嫁には、家事能力は必要ないかもしれないわよね。お料理もお掃除もお洗濯も、お手伝いさんがいるだろうし」

ああ、それもそうだ。輝翔さんも、実家では専属シェフの作ったご飯を食べると聞いたことがある。お母様がバリバリのキャリアウーマンな上にあれだけの大きな家なんだから、家事をするにも専門の人たちがいるに違いない。

だとしたら、須崎家の嫁に求められるものは、外交を円滑にするための礼儀作法やコミュニケーション能力だろうか。

くうう、こまめに掃除するよりも、もっと勉強に時間を費やすべきだった！

秘書課に異動になってから始めた英会話はなんとか続けているけど、須崎グループの取引先は英語圏ばかりじゃない。輝翔さんは、英語の他にもフランス語だって堪能だ。

フランスと言えばパリ、パリと言えば社交界、社交界と言えばダンス……

「――荷物の積み込み終わったけど、そっちはどう？」

脳内でひとり連想ゲームを繰り広げていると、玄関にいる輝翔さんから声をかけられた。

ああ、今さらながら、天下の須崎グループの御曹司に引っ越し作業なんてやらせてしまってよかったのかしら？　ダンスを踊るための手を負傷なんてしたら……

「こっちももう大丈夫よ。どうせ不動産会社が手入れするだろうから、このあたりで切り上げましょうか。輝翔さんはどうするの？」

「着替えようかと思ったけど、悠一が必要ないだろうって。あとでまたマンションで作業があるし、このままお邪魔するよ」

「……どこか行くんですか？」

輝翔さんと沙紀さんの会話から、輝翔さんはこの後どこかにお出かけする予定が入っているらしいと知る。

「そりゃもちろん、美月の家に決まってる」

「私の家？」

そういえば、使わない冷蔵庫や荷物を置くために一旦実家に寄るんだった。

着替えというのに若干の引っ掛かりを覚えたが、深くは考えず、ついて行くことにする。

「じゃあ、忘れ物はないかな？」

「あ、大丈夫です」

手にしていた雑巾を洗って、なにもなくなった私の部屋を見渡した。

ここでの生活を思い出して感慨に耽ろうとしている間に、沙紀さんが輝翔さんに単刀直入に切り込む。

「ねえ、輝翔さん。輝翔さんたちは結婚したらご実家に住むことになるのかしら？」

「さあ、どうだろう？　特に決まりはないよ」

「ですって。よかったわね、美月ちゃん」

輝翔さんの言葉を受けて、沙紀さんは片目を瞑ってウインクなんぞする。

私は曖昧な笑顔のまま、部屋を出る準備をした。

……これからのことは、ゆっくり考えよう。

プロポーズは受けたけれど、それはまだ「いつかする」という不確定な約束でしかない。

約束が予定に変わるまでに、解決しなければならない問題はたくさんありそうだ。

だけど今は、輝翔さんとの二人の時間を楽しみたい。

社会人になってから約一年間暮らした部屋を、まさかこんな形で出ることになるとは思っていなかった。とはいえ不思議と名残惜しさはない。

新たに始まる生活への期待を胸に、私は住み慣れた我が家を後にした。


「まあ、輝翔さん。いらっしゃい。直接会うのは随分と久しぶりね？」

「こんにちは、美織さん。ご無沙汰してます」

実家に寄ると、珍しく出かけていなかった母が出迎えてくれた。

「置いていく荷物はそんなに多くないから、とりあえず先に下ろしちゃうね」

「じゃあ、ひとまず外の物置に運んじゃいましょう」

母と輝翔さんが玄関先で丁寧に挨拶を交わしている横を、沙紀さんと一緒に段ボールを抱えてスルーした。

だって、自分の母と彼氏の挨拶って、なんか照れるじゃない？

学生時代は頻繁に我が家に通っていた輝翔さんだけど、社会人になってからはそうもいかなくなっていた。私と付き合うようになってから我が家を訪問するのは、これが初めてだ。

お育ちのいい輝翔さんは、親への挨拶にもそつがない。だから、一人にしていても『余計なこと言わないわよね!?』なんてハラハラさせられることはない。むしろ私が隣にいて、母の突っ込みにドギマギして口が滑ることのほうが心配だ。

……親に自分の恋愛事情を晒すのは恥ずかしいもの。

荷物を持ちながら何度か往復しているうちに、輝翔さんと母の挨拶は終わったようだ。母の手には某有名デパートの紙袋が渡されていて、さすが輝翔さんと感動した。

「じゃあ、後は悠一と沙紀さんに任せて、輝翔さんと美月は行きましょうか」

「どこへ?」

確かに実家に置いていく荷物は下ろしたけど、トラックには新居に運び込む荷物だって載っている。移動するなら兄と沙紀さんも一緒でなければ困るのだ。

「どこって、お父さんのところに決まってるじゃない」

母は呆れたように、はあ、と溜め息を吐いた。

「お父さん、いるの?」

「いるわよ。決まってるじゃない」

変な子ね、なんて言ってるけど、休みの日もたいてい仕事に出かけて不在じゃないか。それに、いるなら出てきてちょっとは手伝ってくれたっていいのに。

でもまあ、挨拶くらいはしておかないとね。

今まで住んでいたアパートの保証人にだってなってもらっていたし、同棲についても承諾はもらっているけど、家にいるのにスルーしてしまうのは礼儀知らずになるだろう。一言お礼を言っておかないと。そういうのに結構煩いから。


リビングで新聞を読んでいた父は、私を見るなりなぜか固まった。

正確には、私の後に続いてやって来た輝翔さんを見て、だ。

「こんにちは、悠介先生。やっとお会いできましたね」

輝翔さんは父に対しても爽やかに挨拶する。だが、にこやかにしているものの、若干凄味のようなものを感じるのはなぜだろう。

対する父も、表面上はいつもと変わりなく無表情だけど、かなり動揺しているのが窺える。

ところで、「やっと会えた」とはどういうことだろうか。

須崎グループの顧問弁護士をしている父と輝翔さんは、顔を合わせる機会が少なくはない。だけど輝翔さんの言い方は、『会いたくても会えなかった』というニュアンスを含んでいるようだ。

「あ、輝翔くんも来ていたのか……」

父は新聞を畳みながら、恨めしそうに視線を母へと投げかける。心なしか新聞を持つ手が震えているような。

一方の母は呑気に鼻歌を歌いながら台所に入ると、お茶の準備を始めた。

「お休みの日にお伺いすると言っても、なんやかんやで断られ続けてましたからね。ようやく今日お会いできてよかったです」

こんな格好で申し訳ありませんが、と輝翔さんは自分の着ているブルーのネルシャツを引っ張った。

「輝翔さん、父になにか用事でもあったんですか？」

さっきも着替えを気にしていたけど、それは父に会うためだったようだ。もしかして仕事の話でもあるのかと様子を窺うと、輝翔さんは意地悪く口の端を歪める。

「もちろん、お父さんとお母さんに挨拶するためだよ」

――なぜ？

「挨拶するのに着替えが必要なんですか？」

「そりゃ、結婚のご挨拶に来たんだから」

……なんですと？

「美月にプロポーズしたんなら、次はご両親への挨拶だろう？」

輝翔さんはさも当たり前のような顔をして私を見下ろしていますけどね？

もしかして、その挨拶って……かの有名な、『娘さんをください』ってやつなのか!?

――き、聞いてないぞ!?

「美月さんと一緒にお伺いしますと何度も申し入れているのに、悠介先生の都合で先延ばしになっていたからね。今日ならきっとご在宅だろうと踏んでいたんですけど、いや、よかった」

「この人ったら往生際が悪いんだもの。美月のことは諦めたつもりでいても、いざとなると怖気付いちゃってね。さ、輝翔さん座ってください。美月もね」

反論する間もなく、お茶の用意をした母が輝翔さんを父の向かいの席へと促す。だが輝翔さんは立っていたその場所にすっと腰を下ろしたので、私も慌ててそれに倣った。

つまり父は、輝翔さんからの挨拶の申し出を言い訳をつけてかわしていたということだ。

同棲についてあっさり認め、私に迷わず輝翔さんを選ぶように言っておきながら、どうしてそんなことをしたのだろうか。

視線の先で、父は渋い顔をしてお茶を啜る。視線を巡らせたところで目が合った母は、私の心情を読み取ったのか苦笑した。

「認めていても、父親としてはやっぱり寂しいものなのよ。一緒に暮らすこととお嫁に出すことは別なんでしょうね」

「お父さん……」

父はやはりこちらには目もくれず、じっと手元を見つめたままお茶を啜る。

あっさり認めたようでも、いろいろ考えるところはあったようだ。

……いやいやいや。それよりも、結婚のご挨拶(あいさつ)って⁉

おもむろに輝翔さんが姿勢を正して床に手をついた。

「ご挨拶が遅れて申し訳ありません。このたびは、美月さんとの同棲(どうせい)をお許しいただき、ありがとうございます。前々から申し上げていましたが、僕は美月さんのことを心から愛しています。一緒に生活する以上は、男として不誠実な真似(まね)はいたしません。必ず幸せにしますので、どうか、娘さんを僕にください」

よどみなく言い終わると、輝翔さんは深々と頭を下げた。

――うわぁぁぁ！　言ったぁぁぁ！

生で聞いちゃったよ、かの有名な『娘さんを僕にください』。本当に言うんだ！

隣で頭を下げ続ける輝翔さんにどうリアクションすればいいかわからない。自分のことなのにどこか他人事みたいな気がしてしまう。

しばらくして、ようやく正気に戻った私がオロオロしていると、母の背後にある窓の外に兄と沙紀さんがいることに気が付いた。

ガラス越しに庭からこちらの様子を覗(のぞ)き見る二人は、驚いた様子もなく、ことの成り行きを見守っているようだ。

つまり、なにも知らなかったのは、私と父だけなのね……

「――頭を上げなさい」

しばしの沈黙の後、ようやく父が重い口を開く。

輝翔さんはゆっくり顔を上げ、まっすぐに父を見る。私もとりあえず三つ指くらいはついたほうがいいのだろうか、と遅ればせながら畳の上に手をついた。

「輝翔くんの気持ちはよくわかった。美月も、輝翔くんのプロポーズを受け入れたことは……知っている」

そりゃそうだ。兄の結婚式という親族その他大勢の面前で、大っぴらにプロポーズされたのだから。

「美月はどうなんだ？　決意は固まったのか？」

唐突に話を振られて、思わずうっと声を詰まらせた。

確かに全裸で攻められながらプロポーズされた時、私は受けると返事をしたが、『いつか』と言ったはずだ。

――そんなこと、急に言われても困る。

輝翔さんとはこれからも一緒にいたい。結婚だってしたい。でもまだ、決意が固まってはいない。

あ……、とか、う……、とか戸惑っている間にも、眼前の母とガラス窓から覗く沙紀さんから『早く言えよ』と無言の圧力がかけられる。それを見ていた父の口元が、微かちだけを教えてほしい」

に歪んだような気がした。

「美月、慌てる必要はないよ。これは俺の、男のけじめだから」

父が口を開くよりも一瞬早く、輝翔さんの優しい声が響いた。

「ここで答えたからといって、すぐに結婚式を挙げるとかは言わないから。率直な気持ちだけを教えてほしい」

向けられた眼差しは、大丈夫だよと語りかけていた。

……ああ、さすが輝翔さん。私の気持ちをよくわかってくれている。

私が恐れていたのは、返事をした瞬間に「よっしゃ結婚。レッツゴー！」と超特急でことが進んでしまう事態だ。その心配がないのなら、迷う必要なんてない。

「私は……、いや、私も、『いつか』輝翔さんと結婚したいと思います」

輝翔さんのお嫁さんになることは私にとっての目標でもある。

だけど、ごめんなさい。もう少しだけ時間をください。

いつか、もう少し堂々と胸を張って言える時が来たら、その時はちゃんとお願いするから。

今はまだ、こんな中途半端な答えで、許してください。

私の返事に、母と沙紀さんは明らかな落胆の色を浮かべる。この嫁姑は、間違いなく似た者同士だ。嫁姑戦争なんて、きっと起こりはしないだろう。

そして父は、私の言葉を聞くと――わ、笑った!?

「と、いうことだ。美月の気持ちが固まったのであれば、私はなにも言うことはない。だが今はまだその時ではなさそうだな」

娘の嫁入り、ひとまず回避。……父の顔には、そう書いてあった。

「やっぱり、はっきりとは言ってもらえませんでしたね」

「当然だ。私の娘は慎重派だからな」

固い空気が一気に和む。輝翔さんはチッと舌打ちし、父は不敵に笑っている。

「惜しかったわぁ。不意打ちなら色よい返事が聞けると思ったのに、輝翔さんも残念だったわね」

「お前も詰めが甘いな。まあ、美月ならば土壇場で踏み留まると、私はわかっていたがな」

これは、えっと……どういうこと？

場の様子から察するに、父に軍配が上がったようだが、これはいったいどういうこと？

私の頭にはハテナマークが浮かぶ。

「つまり三人は、お前がどうするかを推し量っていたということだ」

いつの間にか家の中へと戻っていた兄が、背後からそっと教えてくれた。

「輝翔は強引に話を進めれば押し切れると考え、母さんはお前なら流されると踏んで、父さんはこうなるだろうと予想した、と。結果として父さんの読みが当たったな」

私の肩を叩くと兄は、父の向かいの席へと腰を下ろす。沙紀さんは口なんか尖らせて……あなた完全に輝翔さんの味方ですね？

「さすがにお父さんは美月のことをよくおわかりですね」

「当然だ。私の娘なんだから」

輝翔さんがやれやれと肩を落としているのに対して、日頃は無表情の父も、この時ばかりは誇らしげな笑みを浮かべていた。

これもひとつの父の愛……なのか？

「なにも結婚に反対しているわけではないんだ。娘の相手として、君であれば申し分はない。だが、美月にはまだ迷いがあるだろう。結婚の挨拶は、二人の気持ちがきちんと固まってからにしなさい。そう遠くはない話だろうからね」

珍しく饒舌に語った父は、母の淹れ直したお茶をまた、ゆっくりと啜った。

その後、新居となるマンションに荷物を運び入れ、荷解きをしながら私はムッとしていた。

「それにしても、輝翔さんはひどいです。私の両親に、いきなりあんなこと言うなんて聞いてませんでしたよ？」

「……事前に言ったら嫌がったくせに」

計画が失敗した輝翔さんも、なんとなく不貞腐れている。

「それはそうですよ。どうして輝翔さんはそんなに結婚を急ぐんですか？」

「だって、美月の夢だろう？」

そう言って輝翔さんは、段ボールから引っ張り出した私の卒業文集を開いて見せる。


『しょうらいのゆめ　およめさん　ひまわりぐみ　はたのみづき』


「――これ、幼稚園の時のやつじゃないですか！」

アルバムだけ漁っていたのかと思いきや、いつの間にそんなものまで見ていたのか。

しかも、将来の夢がお嫁さんって、五歳の時に書いたとはいえ、なんとなく恥ずかしい。他の子はケーキ屋さんだのお花屋さんだの書いているのに、どうしてそれをチョイスしたんだ、私!?

「そう？　いい夢じゃないか。きっと、お父さんとお母さんの姿を見てたからだと思うよ」

将来の夢にお嫁さんを選んだのは、幸せそうな両親を見て育ったから。輝翔さんはそう言った。

「美月は、いいお父さんとお母さんのもとで育てられたんだね」

「輝翔さんも、立派なお父様とお母様じゃないですか」

「うん。俺もいつか、あんなふうになりたいと思う。だから、早く美月にも結婚したいって言ってもらえるように頑張るよ」

にっこりと微笑みかけられて、頬が少しだけ熱くなったような気がした。

どちらかというなら、頑張らないといけないのは私のほうだ。

実家から帰る時、母からこっそりもらったカルチャースクールの時間割。社交ダンス教室は、残念ながら平日の十九時という時間帯しかなかったから、通うのは微妙だけど。

「これからは家でも会社でも一緒だ。口説き落とすための時間は、たっぷりある」

……腹黒い笑みは、余計ですって。

だけど、黒い笑みを浮かべたまま荷解き(にほど)きの紐と格闘する横顔に、自然と口元が綻(ほころ)んだ。

もしも実家で挨拶(あいさつ)をしていたあの時、輝翔さんが助け舟を出してくれなかったから、きっと私は流されて返事をしていただろう。そうすれば事態は、輝翔さんの思う通りになっていたはずなのに。

——なんだかんだで、最後には優しい人。

そんな輝翔さんと、今日から、同棲(どうせい)、始めます。

2　同棲、始めました

「――おはよう、美月」

「…………」

「起きて、朝だよ」

「……ん、やだ……もう、少し……」

「早く起きないと、遅刻するよ？」

「あと、五分だけ……」

「起きないなら、このまま襲ってもいい？」

「――はい、起きました！　おはようございます！」

ガバッと布団から飛び起きてベッドに正座した。すると枕元の恋人は、苦虫を噛み潰(つぶ)したような……微妙な笑みを浮かべていた。

「おはよう、美月。早く支度(したく)しないと会社に遅れるぞ」

「はい……あ、朝ごはん！」

「時間がないから、途中で買っていこう」

「はい……すいません」

輝翔さんは私の髪の乱れを直すように軽く頭を撫でると、一足先に寝室から出て行った。

――また今日も、やってしまった。

今日こそはきちんと起きて、朝ごはんの準備をするつもりでいたのに。うっかり寝過ごす失態の連続記録を今朝も更新してしまった。一人になった部屋で、私はガックリとうな垂れる。

輝翔さんのほうが寝起きが悪かったはずなのに。最近は、すこぶる爽やかに起こしてくれる。

輝翔さんと同棲するようになって、私の起床時間は極端に遅くなった。

自宅でも仕事場でも輝翔さんと一緒の生活。自分に残業がなくとも、帰る家は同じだからと輝翔さんに付き合って会社に居残るようになり、帰宅してからも仕事や調べものをする輝翔さんの隣で勉強をして、それから溜まった家事を片付けて。

血の繋がらない他人と寝食をともにするというのは、やはりどこか緊張する。寝起きのマヌケな顔を晒してしまうことは諦めたけど、他にもいろいろと見られたくない場面があるのだ。

輝翔さんの寝室の隣に、私用の部屋をきちんと準備してもらい、一人暮らしをしていたアパートからシングルベッドも運び込んでいる。毎朝寝坊するくらいなら輝翔さんのベッドで眠らずに、自室でゆっくり眠れよとお思いになるかもしれない。しかし私室に行こうとするたびに子犬のような切ない瞳で見つめられたら、NOとは言いにくいじゃないか。

困ったことに、輝翔さんの腕にすっぽりと包まれながら眠るのはたまらなく心地いい。こうした理由からも、起きるのが遅くなってしまっているのだ。

……まあ、一緒に寝ていたら、いろいろとちょっかいを出されているのもあるんだけど。

本当は、朝は輝翔さんより先に起きて、できたての朝食と淹れたてのコーヒーの香りで出迎えたいじゃないですか。フリフリのエプロンをつけて、眩いほどの朝日を浴びて……なんておめでたい妄想はさておき、毎朝テイクアウトのサンドウィッチとコーヒーじゃ、不経済だよねぇ？

「仮にも御曹司の婚約者ともあろう人が食費を気にするだなんて、しみったれてんじゃないわよ」

出社し、秘書課のデスクで持参した朝食を食べながら、悩みを吐露した。すると隣の席の三沢さんは、長い髪をワサーッと掻き上げながら言う。

「そんなこと言ってもですね、お金は使うとなくなるんですよ？」

「使うために稼いでるんじゃないの。きちんと消費して世の中に還元しなさい」

「消費はしてますよ。でも、もっと別の方法で消費したいというかですね」

例えばこのサンドウィッチ。単価だとスーパーで材料を揃えるよりできあがったものをお店で買うほうが安いけど、数日分の食材をまとめて揃えるのであれば自炊のほうが経済的だ。それに、キュウリやレタスやトマトがあれば、夕食のサラダにだって使える。

なにより、自炊もせずに外食ばかりっていうのがうしろめたい。同棲前に部屋に通っていた時は張り切って料理していたのに、一緒に暮らし始めた途端に手抜きになってしまっているのだ。私に家庭的な安らぎを求めていると言っていた輝翔さんも、期待外れだと思っているんじゃないだろうか。

「だから、そういうのがしみったれてるのよ」

サンドウィッチに向かって盛大に溜め息を吐くと、三沢さんは少々オーバーなアクションで机を叩く。

「いい？　あなたの婚約者は、この須崎グループの御曹司なのよ？　一介のサラリーマンとは違う富裕層の人間なのよ？　そもそも妻が家事をする必要だってないはず。家事や身の回りのことは全部お手伝いさんに任せて、遊んで暮らせる夢の玉の輿じゃないの！」

ああ、憧れのセレブ生活！　三沢さんは恍惚の表情を浮かべながら、両手を胸の前で組んでうっとりする。

……自分の世界に浸ってますね？

「私は、玉の輿とか乗りたくないですもん」

一応、輝翔さんの婚約者（仮）という立場ではあるが、私にセレブ思考は皆無である。

これまでの人生で染み付いた金銭感覚は、そう簡単に変わらない。

それに、輝翔さんがセレブだから好きになったんじゃないもの。

自分からセレブを望んだわけじゃない。好きになった人が、たまたま御曹司だったというだけのこと。玉乗りするのは、サーカスのピエロだけで十分です。

「欲のない子ねぇ」

「でも、そういうところが専務のお気に召したんじゃないかしら？」

振り返ると、私たちの背後にはにこやかに微笑んだ村本さんが立っていた。

即座に我に返った三沢さんが挨拶するのに合わせて、私も挨拶する。スーツ組の秘書が制服組の秘書に率先して挨拶するのは、この課では異例の光景だ。

先日教えてもらったことだけど、三沢さんの先輩にあたる村本さんは、元は重役付きのスーツ組秘書だった。でも結婚を機に、その役を三沢さんへと譲り渡して制服組になったのだそうだ。村本さんが重役付きの秘書から離れる際は、随分と引き留められたらしい。

だけど村本さんは、『重役付きの秘書は自腹でスーツを揃えなきゃいけないから、前から嫌だと思っていたんです』と譲らなかったのだそうだ。その理由を聞いて三沢さんは首を捻っていたけれど、私はものすごく共感した。

だって、自分でスーツを揃えるのって、やっぱり大変なんだもん。仕事柄目上の人と会うことが多いので安っぽい服装はNGだし、だからといって懐事情を考えると、そう何着も揃えられるものでもない。少ない枚数をローテーションしながら毎回同じにならないように考えるのだって、朝の忙しい時間には結構な手間である。制服になって朝の準備が楽になったわ、と胸を張る村本さんは、仕事面だけでなく生活面でも私がとっても尊敬する先輩だ。

「そういえば、村本さんは共働きですよね。家事の分担とか、どうしてるんですか?」

「うちは基本的に財布が別々だから。食費や光熱費は折半にして、家事は当番制にしてるの」

「当番制!?」

ああ、なんて素敵な制度だろう。家事能力ゼロの輝翔さんには無理だけど。

「主人は最初、なんにもできない人だったのよ。でも、共働きだとお互いに時間が限られているでしょう? 結婚してからいろいろ覚えて、今では食事の準備も掃除もなんでもできるようになったわ」

「そんなものなんですか?」

「そりゃあ、指導する側の力量にもよるけどね。夫の操縦も妻にとっては大事なスキルよ？」

そのスキル、ぜひとも私も身に着けたい。伝授してもらえないかなぁ。思わず身を乗り出すと、隣の三沢さんがじろりと鋭い視線を飛ばしてきた。

「……ちょっとあなた、まさか専務に家事を分担させようだなんて思ってないでしょうね」

「えっと、ダメっすか？」

「ダメに決まってるでしょ！　あなた、専務をなんだと思ってるの！　あの専務が掃除したり洗濯したりゴミ捨てしたり料理したりなんて……でも、料理姿はちょっといいわね」

なんか暴走してますけど、輝翔さんは料理なんてできませんって。

すっかり忘れていたけど、三沢さんは社内に数多くいる専務ファンの代表格みたいなもの。彼女の中の輝翔さんは、生活感を一切感じさせない正真正銘の王子様として祀られているようだ。

実際に王子様ではあるのだけれど、あれで結構煩悩にまみれているのは、私だけの秘密としておこう。

「だけど、羽田野さんも働いているのに、家事を一手に引き受けるのは結構な負担よね」

憧れの専務のエプロン姿を想像して萌えている三沢さんを尻目に、村本さんはやっぱり冷静だ。

「それに、同じ会社で働いていると、どうしても仕事とプライベートの区別がつきにくくなっちゃうじゃない？　うちは職場も職種も違うけど、話し合いをして、家には仕事を持ち込まないことにしているの。家にいる時くらいは、お互いゆっくりしたいもの」

さすが、村本さん。

同棲生活を始めてから、実はオンとオフの切り替えが難しいと痛感している。家に帰ってからも持ち帰った仕事や勉強に時間を費やして、なにもせずにのんびりくつろぐことは少なくなった。

輝翔さんは将来の社長になる身としてまだまだ学ぶことがたくさんあるのだという。今でも十分、すごいと思うんだけど……。私は、そんな輝翔さんの隣に立っても恥ずかしくないように努力することが山積みだから、仕方ないのだけれど。

でも、ぶっちゃけ、息が詰まるよね……

仕事も勉強も大事だけど、やっぱり家に帰った時くらいはゆったりしたいじゃない？

真面目一辺倒な生活に少しだけ疲労感を感じて肩を落とすと、そこに村本さんの手がぽんと置かれた。

「結婚までに二人でよく話し合ったほうがいいかもね。それで、いつ頃のご予定かしら？」

突然瞳を輝かせるのは、やめてください。

「……まだ、未定です」

結婚までの道のりは、まだまだ、遠い……

「いつまでもお喋りしていないで、仕事にかかってもらえますか？」

すっかり話し込んでいた私たちの背後で、コホンとひとつ咳払いが聞こえる。

――げっ、田中課長！

慌てて残りのサンドウィッチを口に放り込むと、ぬるくなったコーヒーで流し込んだ。

「朝食ですか？」

「はい……すいません」

ああ、課長も、『お前、専務のお世話ぐらいしっかりしろよ』と思ったのだろうか。ていうか、同棲状態がバレバレのこの職場環境ってどうよ？　しかも、『まあ、お疲れでしょうから仕方ありませんね』なんて生温かい目で見られているものだから、縮めた肩身はさらにさらに狭くなる。

「そんなお疲れ気味の羽田野さんに朗報です。今晩、専務に会食の予定が入りました。同行はいつも通り私がするので、先に上がってくださいとのことですよ」

「……承知しました」

「専属秘書なのに、相変わらず接待には連れて行ってもらえないようね」

ふん、と三沢さんが鼻を鳴らす。

相変わらず、輝翔さんは私を夜の接待には連れて行こうとしない。以前は私も意地になっていたけど、最近はもう諦めた。わざわざ酔っぱらいの相手をする場に行きたがる必要はないじゃんと開き直る気持ちさえ生まれつつある。

それに、輝翔さんがいない一人の時間というのは一緒に暮らすようになってからは貴重だから、今日に限っては嬉しかったりもするんだな。

「三沢さんも、あんまり羽田野さんに強く当たると、そのうち手痛いしっぺ返しがくるかもしれませんよ。なんといっても、彼女は未来の社長夫人ですからね」

げげっ、課長ってばなんてことを。

私が黙っていたのは、三沢さんの嫌味に閉口していたからではなかったのに。課長の冗談は、冗談に聞こえないんですからね？

「心配しなくとも、この子はそんなことしませんよ」

三沢さんはチラリと私に流し目をくれて、ふふんとドヤ顔してみせる。その口元には、緩やかな笑みが湛えられていた。

以前は怖いばかりの先輩だったけど、最近ではかなり打ち解けられていると思う。課長も堅物で苦手意識を持っていたが、わかりにくい冗談も理解できるようになってきた。

私には不相応だと思っていた秘書課にも、少しだけ馴染めてきたように感じる。

こうして、少しずつ環境に慣れていければ、輝翔さんの婚約者と呼ばれることに違和感がなくなる日も、いつかは、来るのかもしれない。


その日は輝翔さんと課長を接待へと送り出してから会社を後にした。

久しぶりの定時退社、家に帰って家事に勤しむ……なんてことはしない。雑誌を見るために立ち寄ったコンビニで、期間限定の季節のチューハイなんてのを見つけてしまったのだから。というわけでお惣菜も一緒に買い込み、白いビニール袋をぶら下げて豪奢なエントランスを通り抜けた。

「ふぃーっ、サイコー！」

大きなガラス張りの窓の外には宝石のような夜景。広々としたリビングに鎮座するのは見るからに高級そうな革張りのソファ。

帰宅後すぐにお風呂に入った私は、キャミソールとショートパンツという軽装でソファにダイブした。それから何インチあるのかもわからない、でっかいテレビでバラエティ番組を選局する。

輝翔さんの目を気にすることなく、好きなだけゴロゴロできるフリータイム。髪の毛すら乾かさずタオルを巻いたままだけど、今日はそんなことも気にしないのだ。ソファの上であぐらをかいてチューハイ片手にテレビを見るなんて、これから先もきっと輝翔さんには見せることのない姿だろう。

本来の私は、こうやってダラダラするのが好きだったりする。干物女(ひものおんな)とまではいかなくとも、生乾き、もしくは一夜干しくらいのなまけ心があるのだ。だいたい、家でソファにきちんと腰かけて雑誌をめくるOLなんてのは嘘くさいじゃない？　お風呂上がりに全身にたっぷりと高級なボディクリームを塗りたくるとか、ヨガで心身を癒(いや)すとか、そんなもんが毎日毎日続けられるわけないじゃん。日々の仕事の疲れを取るには横になるのが一番よ。

でも、輝翔さんがソファに寝転がっている姿は、今のところ見たことがない。朝の弱い輝翔さんの寝ぼけた姿も、最近ではすっかりお見掛けしなくなった。そりゃ、プライベートだから少しは隙を見せることはあるけどさ。だから私も自然と緊張してしまっていて、気を遣っているつもりはなくとも、知らず知らずのうちにストレスは溜まっていたようだ。

御曹司(おんぞうし)のお坊ちゃまは、プライベートな時間でも油断して気を抜かないような教育を受けてきたのかもしれない。夜はこたつを囲んで一家団欒(だんらん)とか、寝転がってテレビを見るとか、普通の家庭にとっては当たり前のことだけど、上流階級の人には育ちが悪いと受け取られるんじゃないかと不安になる。

このまま成り行きに任せて、輝翔さんのお嫁さんになってしまっていいのだろうか？

輝翔さんのお嫁さんにはなりたい。ずっと憧れていた好きな人と結婚できることはこの上ない幸せだ。もしこれで一生分の幸運を全部使い果たしてしまったとしても後悔はしない。

後悔は、しないけど。輝翔さんとの結婚は、本人たちのことだけでは済まない状況にある。昼間三沢さんにも言ったけど、私は玉の輿に乗りたいわけじゃない。ゴロゴロする場所がこんなラグジュアリーな部屋でなくても構わないのだ。だけど、輝翔さんと一緒になるということは、玉乗りは必修科目……

私だって結婚式は憧れるし、バラ色の新婚生活なんてものを夢見たりもする。だけど、浮かれてばかりはいられない。おとぎ話はたいてい結婚したところで終わってしまうけど、現実にはまだその続きがある。そして、その先は、誰も知らない。もしかしたらシンデレラだって、結婚後のギャップに悩んだり、お妃様との嫁姑戦争とか、貴族の奥様方の派閥争いに巻き込まれて苦労したのかもしれないよ？

私のようなズブの素人が、なんの訓練もなく須崎グループという名の大玉に乗れるわけがない。サーカスのピエロだって、厳しい修業の末、ようやく人前で披露できるパフォーマンスを身に着けるのだ。

「……なんて、こんな格好で考えてもねぇ」

そういえば今日の勉強はどうしたものか。自分のバッグにチラリと目線を動かしかけたけど、賑やかに笑うテレビの音につられて、すぐに視線を引き戻した。

……一日くらいはサボったって、許されるよね？

これから先も輝翔さんと一緒にいるためには、私にはやらなければならないことがたくさんある。

でも、今は庶民な私のままでいいや。

ソファで手足を伸ばしていたら、なんだか眠くなってきた。缶チューハイ一杯だけで眠くなるということは、疲れが溜まっている証拠だ。輝翔さんが帰るまでにはきちんとパジャマに着替えてベッドに入るけど、まだ時間がありそうだし。

そう自分に言い訳しながら、ついウトウトしてしまった私が次に目覚めると――

なぜか、色欲王子に拘束されていた。

＊＊＊＊＊

接待を終えた俺――須崎輝翔が自宅に戻る頃、時刻はすでに二十四時近くになっていた。
大学への入学を機に一人暮らしを始めた自宅が、自分だけの城だとかパーソナルスペースだとかいう考えは持たなかった。明日への準備を整えるだけの場所というのが、家に対してのイメージ。

だけど今は違う。美月が待っていると思うだけで自然と足取りが軽くなり、つい口元が綻びかける。

家に帰れば、待っていてくれる人がいる。たとえすでに眠ってしまっていたとしても、そこで生活をしていた気配を感じられて温かみがある。家庭を持った人間が終業後に急いで自宅に戻りたくなるというのは、きっと早くそのぬくもりで癒されたいからなのだろう。

ようやくたどり着き、玄関のドアをそっと開けると、暗いはずの部屋に煌々と電気が灯っていた。もう寝てしまったかもと思っていたのに、もしかして起きて帰りを待っていてくれたのだろうか。なんだか嬉しくなり、まだ明るいリビングの扉をいそいそと開いた。

ただいま、と声に出す前に目に飛び込んできたのは、つけっぱなしのテレビと、誰も座っていないソファ。

――風呂にでも入ってるのかな？

ソファに座った美月がにっこりと振り返り、『おかえりなさい』なんて言ってくれるのを期待していたのに。期待が外れて肩を落としながら中へと入ると、革張りのソファが微かにギシリと音を立てた。

……ソファに近寄って覗き込むと、美月が身体を丸めて小さく寝息を立てていた。風呂上がりに座ったまま眠ってしまったのだろうか。頭に巻いていたであろうタオルは外れてしまっている。どうやら髪もきちんと乾かしていないようだ。このままで寝てしまったら、朝にはものすごい寝癖がつくに違いない。

広がった髪を両手で押さえて取り乱す美月の姿を想像して苦笑する。早めに起こすべきだと判断し、彼女の細い肩に手を伸ばしかけた。

「う……ん……」

身じろぎした美月が寝返りを打つ。両手を上げて万歳のポーズをしながら仰向けになった姿を見て、思わずゴクリと喉が動いた。咄嗟に手で口を覆い隠す。

窓に映った自分を横目で見ると、美月が見たらどん引きするような下品な笑みを浮かべていた。

薄いピンクのキャミソールにショートパンツ姿。風呂上がりでもパジャマのボタンを一番上まできちんと留めている美月が、まさかこんな無防備な格好で自分を待っているとは……

いや、きっと、俺が帰ってくるまでにはいつものパジャマに着替える予定だったに違いない。よほど疲れていたのか、それとも気が緩んだのか。

一緒に暮らすようになってからも、彼女がまだ自分に対して一種の緊張感を持って接しているのは感じていた。

恋人同士とはいえ他人と生活するのだから、お互い相手に不快感を与えないように気を遣うのは当然のことだと思う。俺だって、美月が一人で家事を背負ってしまわないよう注意しているし、寝起きの悪さで美月に迷惑をかけないように早起きも心がけていた。

俺と将来をともにするということは、家のことで美月に余計な負荷をかけるということだ。

普通の結婚とは、やはりわけが違う。御曹司の俺ではなく一人の男として選んでもらいたいと思っていたが、この境遇はついて回るもの。

ともあれ、少し前の流行歌ではないが、ありのままの自然体を見せてくれるのは嬉しい。きっと美月は目を覚ましたら大騒ぎするだろうけど、つい気を抜いてしまうというのは、俺に対する遠慮や警戒が少しは解けてきたという表れでもあるんじゃないだろうか。

これから長い時間を一緒に過ごしていくのだから、二人の時は余計な心配を取り除いてリラックスした姿を見せてほしいんだ。

……なんて偉そうに講釈したけど、これはもう、ただの『ご褒美』だよなぁ。

着心地のよさそうなコットン素材のキャミソールはピッタリとフィットしていて、身体の線を浮かび上がらせている。ショートパンツが少し捲れ上がり、普段そう簡単にはお目にかかれない白い太腿までが露わになっていた。

こういうギリギリな感じは、男心をくすぐられるというか……

足先から頭の先まで目で追っている途中で、所々にちらりと見えた赤い痣に縫い留められる。

鎖骨の下と、胸の膨らみのわずか上に散らされたキスマーク。幾重にも重なったそれは、昨夜もつけた所有の印だ。

薄くなりかけるたびに上書きし、美月が自分のものになったという証をもう何度も刻み付けた。衣服を身に着けていれば見えない場所にばかり付けているのは、美月が見える部分に付けるのを嫌がるからだ。本当ならば誰の目にもわかるように、彼女に所有の印を付けたい。

美月の扇情的な姿が、俺の欲望に火を灯した。

目の前においしそうなご馳走が置かれているのだから、据え膳食わぬは男の恥。

——それに、こんな姿で寝ているのだから、襲われたって、仕方がないよね？

俺はネクタイの結び目に手をかけ、左右に振って緩めた。眠っている美月の横に膝をつくと、美月は寝ぼけてふわりと笑みを浮かべた。

外したネクタイを床に落とそうとしたところで、ふと彼女の両腕が目に入った。

……それは、ほんの小さな出来心。

自分にはそんな趣味はないと思っていたのだけれど。万歳をして寝ている姿はもう、縛ってくれと言っているようなものじゃないか。

美月の細い手首をゆっくりと持ち上げ、持っていたネクタイで慎重に束ねた。

美月の姿を上から見下ろすと——想像以上の破壊力だった。

なんという、倒錯的な姿。自分で仕掛けておきながら、すっかり罠にはまってしまった気分だ。

——これはマズイ。美月が起きたらどん引きするのが確定なくらい、緩んだ口元が締まらない。

こんなにも格好のつかない顔を見られたくはないから、ついでに目隠しもしてしまおう。美月の頭の下に広がっていたタオルで両目を覆えば、俺の中の支配欲が圧倒的に満たされていく。

自分がこれほどまでに一人の女性に執着し続けるとは思ってもみなかった。

中学生の美月に対して恋心を抱き、十年も想い続けてきたなんて、世間一般からしたら気持ちの悪い部類に入るだろう。最近まで俺は、なによりも美月にそのことを悟られたくなかった。

だけど、美月はそんな俺の気持ちを受け入れ、一緒にいることを選んでくれた。ならばこれからは、離れられないように全力で囲い込むしかない。

ずっと、俺の傍にいてもらうために——
うっすらと開いたままの唇に自分の唇を寄せて、触れるだけのキスを落とす。
それから首筋に張り付いていた髪の毛を人差し指でそっと払ったが、美月は微かに身じろぎをしただけだった。そのまま指で肩をなぞり、緩やかな膨らみの上にたどり着く。胸の中心を円を描くように刺激すると、キャミソールを押し上げるようにその頂がぷっくりと浮かび上がった。

美月は胸が感じやすいことはもうわかりきっているのに、起きている時の彼女は指摘すると恥ずかしがる。それはそれで可愛らしいけれど、たまにはこうやって存分に堪能したい。

服の上からでもわかるほど硬く主張するそれを、なおもなぞっていると、美月の口から浅い呼吸音が聞こえ始める。反対側の突起は、まだ触れてもいないのにすでに同じように勃ち上がっていた。

キャミソールの裾に手をかけて胸元まで捲り上げた途端、赤く色付いた桜色の突起が目に飛び込んだ。思わず口に含みたい衝動に駆られたけれど、それはまた、後のお楽しみに取っておこう。膨らみから腰のラインへと手を滑らせ、ショートパンツの腰に手をかけ、下着と一緒に引き下ろす。そうしてソファの下へと落とした。

目の前には、ほぼ全裸の美月が横たわっている。わずかに着衣が残っているのが逆に生々しい。美月が今の自分の格好に気付いたら、それこそ大騒ぎなんだろう。そんな姿を想像するだけでも楽しくて仕方ない。

——喜ばせたい、驚かせたい、困らせたい。その頭の中が、俺だけでいっぱいになるくらい。

持ち上げた片足の先にチュッとリップ音が鳴るキスをしてから、足の親指を口に含んだ。指の先端や腹にぐるりと舌を這(は)わせ、指の間に舌を伸ばす。くすぐったいのか、俺の漏れた息がかかるだけでも反応して、つま先がピクリと跳ねた。

「ん……ん……?」

鼻に抜ける甘ったるい声とともに、美月の身じろぎが徐々に大きくなっていく。足の甲や踵(かかと)、ふくらはぎにも舌を這わせつつ、お姫様の目覚めを待ちわびた。

——さあ、起きて、美月。最低で最高な、夢の続きを見せてあげる。

＊＊＊＊

これはいったい、どういうことだろう?

人の気配と物音、それから身体に感じるムズムズとした刺激で目を覚ましたはずが、一向に周りの景色が見えない。

手を動かしたら、なぜか両手首がくっついていた。

かろうじて動く指先で目の前を覆う闇を取り払おうとすると、なにかがそれを阻む。

なにかって、あの人しか心当たりはないんだけど……

私の手を包み込む大きな掌は、間違いなく輝翔さんのものだ。

「美月、起きた？」

耳元で、少し低い声に名前を呼ばれ、思わずゾクリと身体が震えた。

その声はどこか色気をまとっている。彼がそういう風に私を呼ぶのは、決まってそういうシチュエーションの時だ。

「ん……あきとさ……？」

私の口から出た声は、寝起きのせいか、ひどく掠れていた。

えっと……なにをしてたんだっけ？　今日は輝翔さんが接待で遅くなるから先に一人で家に帰って、お風呂上がりにソファでゴロゴロしていて……

――し、しまったぁ！

あのまま寝てしまっていたことに気が付き、遅れて自分がほぼ下着に近いような格好であったことも思い出し、目をカッと見開け……なかった。

――だから、なんでぇ!?

「輝翔さん、なんですか、これ!?」

よくよく身体の感覚に意識を集中させてみると、目の周囲は少し湿ったふわふわとしたもので覆われている。恐らくはタオルのようなもので目隠しされているのだろう。

私が問うた瞬間にぐっと頭が沈み込み、耳のすぐ近くで息を吐く音が聞こえた。

「だって、美月が今の自分の格好を見たら嫌がるだろう？　だから、見えないようにしておいたんだ」

私、今どんな格好してるんだ……？

文句を言おうと大きく口を開けた途端、やわらかなものを押し当てられた。

「あ……、ふ……う、ん……」

少し濡れた温かい感触は、輝翔さんの唇。強く押し当てられたかと思いきや、ゆっくりと離れていく。唇が完全に離れる直前に今度は下唇を軽く挟まれ、チュッと音を立てながら啄まれた。

輝翔さんの唇はどこまでもやわらかく、大切なものに触れるようにそっと落ちては離れていく。

何度も何度も、小鳥が啄むような短いキスを繰り返しながら、時折舌を差し込んでくる。舌で先端をつつかれているうちに、誘惑に負けておずおずと舌を伸ばすと、あっけなく捕まり絡め取られた。

濡れた舌とともに流れ込んだ唾液をこくりと嚥下すると、微かに甘い香りが鼻に抜ける。

そういえば、輝翔さんは接待帰りだったっけ……

輝翔さんのキスに応えながら息を吸えば、いつもの輝翔さんの香りに混ざって、ほんの少しアルコールの匂いがした。

つまり、酔って帰って、ソファで寝ている私を見て、欲情したということ……？

キスを受けながらようやく現状を把握した頃には、身体からすっかり力が抜けてしまっていた。

はあ、と深く息を吐くと、私からも輝翔さんと同じ甘い匂いがする。

……どうやら私も、輝翔さんに酔ってしまったようだ。

「疲れて帰ってこんなご馳走があったら、飛びつかないわけにはいかないよね？」

ギシッと音を立てながらソファが沈み、輝翔さんの身体が私の上へと移動する。すぐ耳元で息遣いを感じた直後、耳を覆っていたタオルに指がかかって取り払われ、濡れた舌が耳を舐めた。

「ひゃ、あ……っん」

耳の穴に舌が差し込まれ、くちゅり、と水音がダイレクトに脳に響く。舌の動きに合わせてぞわぞわとした痺れが全身に広がり、思わず身体を捩る。すると、制するように反対側の首筋に大きな手が添えられた。

一方の耳を舌で蹂躙されながら、反対の耳も少し骨ばった硬い指先でなぞられた。耳を塞ぐ指や舌の音に合わせて、心臓がすごいスピードでドキドキと鳴っている。

視覚を封じられているせいか、触れた手のぬくもりや大きさをいつもよりはっきり感じた。目を閉じて輝翔さんの愛撫を受けている時とは違う。自らの意思ではないというだけで、こうも違ってくるのだろうか。

輝翔さんの硬質な掌が、首筋を強くこするように撫でつつ下りていく。胸の輪郭や腰をなぞる感触で、私の頭の中に自分の身体のシルエットが浮かび上がるようだ。

「はあ……、あっ、あ……あん……」

ただ触れられているだけでも、ビクビクと身体が敏感に跳ねる。びっくりして漏れる吐息には短くも甲高い声が混じり、自分の声なのに妙にいやらしい。

「美月、可愛い。すごくエロい」

吐息混じりの小さな声でささやかれ、またも身体が震えた。

ふいに輝翔さんの手と口が離れたと思ったら、両手でゆっくりと胸を包まれた。じわじわと胸を揉まれていると、先端の尖りが切ないくらいに痛み始める。突然ぱくりと吸い付かれて、また身体が跳ね、一層甲高い声を上げてしまった。

目に見えない分、輝翔さんの動きが予測できない。でも、その分、視覚以外の感覚が鋭くなっているようで、自分の身体の変化を生々しいほど実感する。

胸の尖りを舐める輝翔さんの舌の形さえ手に取るようにわかる。お互いの息遣いが耳に残り、その場の空気を聴覚で敏感に感じ取ってしまう。

だけど、表情はわからない。今、輝翔さんは、どんな顔をしているのだろう。意地悪く口の端を歪めているのか。それとも、獲物を前にした肉食獣のように瞳をギラつかせているのか……

そう思うだけで、身体の芯からじわじわと熱いものが込み上げた。無意識に両足を擦り合わせると、それに合わせてまたソファがぎっ、と鈍い音を上げる。

「ここ、触って欲しいの？」

ここ、と輝翔さんの指が割れ目をなぞる。いつの間に下着が取り払われていたのだろうか。そんな疑問も、そこを直に触れられた瞬間に頭の片隅から消えていく。そして代わりに子宮の奥がきゅう、と疼く。

「は……、あん、さわっ……え……」

はしたなくおねだりしたくても、吐息混じりの掠れた声は思うように言葉を紡いでくれない。おまけに両手を塞がれているから、輝翔さんに抱き付いて意思表示することもできなかった。

だけど、今日はなぜだか妙に気が大きくなっていた。自分が見えていないというだけで、輝翔さんにも見られていないという錯覚を起こしてしまっているのかもしれない。

それに、さっきから身体が熱くて仕方がないのだ。込み上げていた熱は時間を追うごとに増して、わずかに触れられただけでは満足できなくなっていた。

仕方なく、膝を立てて左右に振ってもどかしさをアピールすると、苦笑混じりに輝翔さんがまたささやく。

「そんなに腰を揺らして、美月ってば大胆だね」

どうやら、腰まで揺れていたようだ。

「あ、ああ……っ、や……ん、はあっ」

つぷり、と指を突き立てられ、背中が大きく仰け反った。

「すごい。美月のナカ、ヒクヒクしてる。そんなに欲しかった？」

輝翔さんの言葉に、羞恥心からさらにカアッと身体が熱くなった。

わざわざ教えられなくとも、自分のそこがどんなことになっているのかには気付いている。身体の奥から流れ出てくる蜜の具合や音、痙攣する膣の動きがすごいから。

「は、ん、あ……っ、あっ、い……っ、あ……あっ」

やわらかい肉壁を押し広げながら、輝翔さんの長い指がゆるゆると行き来する。引き抜かれるたびにまとわりついた蜜が音を立てた。そして、指を深く沈めて感じる場所を強く擦られると、同調するように腰が淫らに揺れる。

二本、三本とナカに入る指の数が増やされていく。その都度鈍い痛みのようなものを感じるが、ぐちゅぐちゅと蜜壺を掻きまわされると、すぐにまた快楽の海へと叩き込まれる。ざらりと内壁を擦られ、一際感じる場所を弄られて、私の背中は何度となくソファから浮かび上がった。

「あきとさ……、も、無理……っ、あん、あ、あっ」

タオルで覆われた真っ黒な視界に火花のような星が散る。立てた膝はガクガクと震えて、一方の足がソファの下へと滑り落ちても元に戻すことさえ億劫だ。

「無理じゃないでしょ？　気持ちよさそうだよ」

はあはあと喘ぐ顔の近くで、輝翔さんの声がした。

気持ちよすぎて今にも達してしまいそうだけど、私の身体は違うものを求めている。

「指じゃイヤ……、足りないの、輝翔さんがいい……！」

首を横に振りながら夢中で願いを口にすると、際限なく動いていた指がピタリと止まった。

「まったく……目隠ししただけでこうも素直になるのかよ」

はあ、という大きな溜め息とともに、輝翔さんの口調が少しだけ乱暴になった。

きっと今、輝翔さんは、ものすごく呆れた顔をしながらも、同じくらい嬉しそうにデレた表情を浮かべていることだろう……などと考えたのが悪かった？

「とりあえず、一回イッとけ」

突き立てられた指がぐっと曲がると同時に、花弁の上の敏感な蕾を親指が乱暴に擦り上げた。

「あ……っ、やっ、あ、ああぁ……！」

弱い部分に強く押し当てられた指が、ぐりぐりと左右に大きく揺さぶられる。その衝撃にナカからどっと蜜が溢れ出し、きっと、輝翔さんの手首にまで流れ落ちているだろう。

「や、だ……っ、あきと、さ……あぁっ」

「我慢しなくていいから、イくとこ見せて？」

霞む思考にとんでもなくエロい俺様発言を叩き込まれても、なにも反応できない。

「あ、ん……っ、イ……あああっ!!」

身体中の血液が一気に沸騰したのかというくらいの浮遊感の後、目の前がスパークした。

――この、鬼畜どエロ御曹司め！

はあはあと荒く息を吐いていると、ずるりと指が引き抜かれた。

開きっぱなしになった足の間はぴくぴくと痙攣し続けている。むず痒さから立てた膝を倒そうとすると、ふいに足元の沈みが消えた。

「……輝翔、さん？」

「なに？　ちょっと待って」

少し離れた場所からの返事に、ほっと安堵(あんど)した。耳を澄ませば、なにかをまさぐるガサガサという音が聞こえる。

「どうかした？」

足元から輝翔さんの困ったような声が聞こえた。

真っ暗な世界では輝翔さんの声だけが頼りで、ほんの少し身体が離れただけでも妙に心細さを感じる。

「……さみしい。早く、来て」

拘束(こうそく)された手を持ち上げて、見えない視界の先にいるであろう輝翔さんに向かって伸ばした。

次の瞬間、立てたままだった膝の裏をガッと掴(つか)まれる。

「美月……今日はちょっと、煽(あお)りすぎだよ」

膝の裏に差し込まれた腕が、私の足を上へと押し上げる。そのままソファの背もたれの上に乗せられ、剥(む)き出しになった花芯に熱い塊(かたまり)があてがわれた。

「あ、ああ……っ、あ、あ、あ」

下から強い圧迫感が押し寄せ、喉の奥から悲鳴(ひめい)のような声がせり上がった。

仰(の)け反(ぞ)った背中に腕が回され、ぎゅうっと力強く抱きしめられる。暗闇の中で、私が感じるものは輝翔さんだけ。顔に触れた輝翔さんの髪のやわらかさや匂い、包み込んでくれる熱が愛おしくて、なんとも言えない安心感が込み上げてくる。

――私も、抱きしめたい。

頭の上でまとめられた腕を輝翔さんの頭に回し、大きく開いていた足を自分の上に寝そべる腰へと巻き付けた。

「……輝翔さん、捕まえた」

ふふ、と口角が上がった。幸せな気持ちでいっそう身体を熱くさせると、私のナカに埋め込まれた輝翔さんのものがぴくりと硬く反り返る。

「ああ、もう、そういう可愛いことを言われると、我慢できなくなる……！」

次の瞬間、ずん、という衝撃とともに激しく突き上げられた。

「ひゃ！　ああっ、あ、あん、あ……、ああっ！」

真っ暗な視界が大きく上下に揺れる。たまらず輝翔さんにしがみつくと、荒々しく唇を塞（ふさ）がれた。

「あ、う……、ん……、ん、んんっ」

呼吸さえも奪われるような激しいキスだったけど、自分からも舌を伸ばして絡め合った。私と輝翔さんの間には隙間がない。ぴったりと密着した身体はお互いの熱で汗ばんでいる。

「美月は、誰のものだっけ……？」

叩きつけるように奥を突かれ、真っ暗な視界に火花が散った。ぐちゃぐちゃと蜜壺を掻きまわしながら、輝翔さんが甘えるような口調で尋ねてくる。

「ん……、輝翔さんの……輝翔さんの、もの……っあ、ああっ」

奥を強く穿たれ、快感に全身が震える。輝翔さんの腰に密着した秘芽が、身体を動かすたびに擦れる感覚も気持ちいい。無意識に腰を動かしながら喘ぐように答えた。

「そう。美月は俺のもの。一生、俺だけのものだからね？」

輝翔さんが膝を立ててさらに密着した反動で、腰がソファから浮く。不安定な体勢のまま、息が詰まるような強烈な圧迫感に暗かった視界が徐々に白み始めた。

「好きだよ、美月――愛してる」

「んん……、あっ、は、ああん、あああああああっ！」

一際強く突き上げられて、脳裏に弾けた閃光で背中が弓なりにしなった。

ビクビクと震える体内で、同じように輝翔さんのものも痙攣する。

「――俺はもう、ずっと前から、美月に捕まっていたんだ。ようやく捕まえたのは、俺のほうだよ」

すぐ近くで、輝翔さんの掠れた声が響いた。

「やっぱり、気を抜いちゃダメですね……」

本日二回目の入浴。湯船に潜水しそうなくらいに俯きながら、自分の迂闊さを猛烈に反省した。髪の毛も、もう一度洗い直した。元はといえばあんな格好のまま寝てしまった私も悪いが、目隠しのために髪の毛を逆立てたまままきつく縛り上げられたため、すごい髪型になってしまったのだ。

怒髪天を衝く、というのを体現したら、まさにあんな風になるのだろう。

「え、どうして？　家にいる時に気を抜くのは当たり前だろう？」

向かい合うように湯船に浸かった輝翔さんは、濡れた髪をかき上げながら不思議そうにこちらを見ている。

ああ、もう！　色気、ダダ漏れ……！

髪が濡れているだけで、どうしてこうも艶めいて見えてしまうのでしょうか。惜しげもなく披露されている肩の筋肉や浮き出た鎖骨が、お湯と汗でキラキラと輝いている。しかも、ちょっと疲れた風にアンニュイに息なんか吐かれたら、お湯が真っ赤に染まるほどの鼻血が噴き出しそうになるじゃないか。

リラックスしている時でさえこれほど見目麗しい輝翔さんの前だからこそ、あんな自分を見られたくなかった。さらに落ち込む私に対して、えっ、見られたくないの、そっち？　と輝翔さんは完全に苦笑いを浮かべている。

「一緒に暮らすっていうことは、お互いに知られたくないことも知られてしまうってことだよね。俺は美月が遠慮なくすべてを晒してくれるほうが嬉しいんだよ。二人でいる時は、自然体でいたっていいんじゃないかな」

確かに輝翔さんの言うことも一理ある。マンネリは御免だけど、一緒に暮らしているからにはいつまでも気を遣っていたら身が持たない。

ひとつひとつ、お互いを知って。輝翔さんと過ごす毎日が、こうやっていつか、当たり前になっていくのだろうか。

長い年月を過ごした熟年夫婦が、お互いを空気みたいに感じるように？

……でも、その前に幻滅されたら、元も子もないんですけどね。

「それに、あんなサプライズならいつでも大歓迎だしね」

「輝翔さん、目つきがエロいです」

絶対に、いろんなことを思い出してる。ああ、もう、せっかくのいい男も、いやらしいことを考えると台無しかも。

やっぱり適度な緊張感はこれからも忘れずにいようと、密かに決意したのであった。

3　WELCOME TO　須崎家

ある金曜日の午後のオフィスにて。それは、突然の命令だった。

秘書課のデスクで仕事をしていると、専務室から呼び出しが入った。急いで専務室へ行くと待っていたのは、自分の席で頬杖をつきながら難しい顔をしている輝翔さん。

「美月、急で申し訳ないんだけど、今度の土曜はなにか予定がある？」

「土曜日ですか？　……いいえ、なにもありません」

持っていたスケジュール帳で一応は確認するが、公休にあたる土日にまで専務の仕事を詰め込むことはしていない。休日出勤することはあっても、平日にできなかった案件の残務整理をすることがほとんどだ。

そんな予定も今週はなく、休めそうだったのにな……

輝翔さんの表情が曇っているのは、せっかくのお休みがなんらかの仕事で潰れてしまうからだろう。今度の休みは二人でどこかに出かけたいね、なんて話をしたばかりだったから、私に申し訳ないなんて考えているのかも。

「じゃあ、本当に申し訳ないんだけど、ちょっと実家まで行ってくれる？」

「は？　実家？　それは、専務の、ですか？」

「そう。俺の実家。須崎本家」

「それは……構いませんが」

拒否はしないけど、輝翔さんのご実家を訪ねるのは少々勇気がいる。

須崎本家には今、輝翔さんのご両親しか暮らしていない。だがそこは天下の須崎家。

私の両親が暮らす一軒家とは比べものにならない大邸宅であろう。

そういえば、お母様に久しくお会いしていない。同棲についてては輝翔さんから報告されているそうだが、私からのご挨拶はしていないいままだ。

……もしかして、お母様、お怒りなのでは？

輝翔さんとの交際に関しては、今のところ反対はされていない。私を輝翔さんの秘書というポジションに置いたのは、ほかでもないグループの社長であるお母様だし、ウェルカムムードでいてくれていると思っていたけど。一緒に暮らすことになったのに、ご両親に挨拶していないなんて、もしかしなくとも失礼だったよね!?　ああ、やってしまった……

突然の呼び出しに肝を冷やす私とは対照的に、輝翔さんは特に慌てている様子もない。

「母が、どうしてもその日に美月を家に連れて来いって煩いんだ。せっかくの休みだし、美月が嫌なら断ってもいいいんだけど？」

「い、いえ！　ぜひ、喜んで、お伺いさせていただきます！」

ここで断ったら、失礼の上塗りになるじゃないか。輝翔さんはあまり乗り気じゃない雰囲気だけど、私がこのお誘いに乗らない手はない。

すると輝翔さんは、眉間にしわを寄せてますます仏頂面になった。

「――ふうん、わかった。そこまで言うなら返事しておくよ。俺は仕事でもして時間を潰しておく」

「へ？　輝翔さんは一緒じゃないんですか？」

「俺は来なくていいんだってさ。あの人のことだからなにか考えがあるんだろうけど、せっかく二人でデートできると思ってたのにさ。ああ、心配しなくともいじめられたりはしないだろうから、俺の分までよろしく言っておいて」

……いじめることはないって、その考えが浮かぶこと自体が怖いんですけど。

初めてお母様と対面した時、テンプレ通りに輝翔さんと別れろとの宣告を受けたことを思い出す。結局それは、私に覚悟を促すためのお母様のお芝居だったのだけれど。

でも、今回もそうとは限らないよねぇ？

わざわざ私ひとりを呼び出すのだから、場合によってはやっぱり同棲を反対されることだってあるのかもしれない。

――これは、気合を入れておかねば！

かくして私は、ひとり、輝翔さんのご実家を訪ねることになったのである。

迎えた土曜日。念入りに身支度をした私は、電車とバスを乗り継いで須崎本家へと向かった。輝翔さんのご実家へ行くのは、今日が初めてだ。

輝翔さんは送っていくと言ってくれたけど、丁重にお断りさせてもらった。一人で来いと言われているのに、大事な息子様を足代わりにするなんてできるはずないじゃない？

途中に寄った駅ビルでいい値段の和菓子を手土産に買い込み、最寄りのバス停へと降り立つ。

車道に沿うように瓦屋根のついた白壁の塀が長く続いている。輝翔さんからは、バス停は家のすぐ前だからと聞いていたのだけれど……どこまで歩いても、それらしき家にたどり着けない。

周囲に洋風建築の邸宅が多い中、この一角だけはまるで武家屋敷のような荘厳さを醸し出している。閑静な住宅地は歴史もありそうで、きっとここは民族資料館とかそういった類のものなのかもしれない。あまり馴染みのないハイソな雰囲気を楽しみながらも目的地を探して歩き続けた。

しばらく歩いていると、一際高い石壁の間に重厚な門扉が現れる。そしてその横には、

『須崎』と見事な達筆で書かれた表札が掲げられていて……絶句した。

「なんじゃこりゃ……」

王子様の家だから、てっきり白亜(はくあ)の宮殿だと思っていたのです。

これは、王子というよりむしろ殿(との)だ、殿様(とのさま)だ。紋付袴(もんつきはかま)のお侍さんが出入りしたり、塀の上を忍者が走り抜けるような、由緒(ゆいしょ)正しい日本家屋だ。

関連企業をいくつも抱える須崎グループの社長宅だと覚悟はしていたものの、頭の中で想像するのと実際に目にするのとではやはり違う。さっきから車道の脇に続いていた高い塀は、全部、この家の敷地だったみたい。

——なんか、どえらいところに来ちまっただ。

お侍さんが出入りするだけならまだしも、なんか、黒塗りの車に乗った強面(こわもて)のおじさんたちも出入りしていそうな気がする。これはもう、今すぐ回れ右して帰りたい。

『あら……もしかして、羽田野様ですか!?』

門の前でしばしうろうろしていると、どこからともなく名前を呼ばれた。

慌てたような女の人の声が、表札の下のインターホンから流れ出している。

さすが、須崎家！　人感センサーでセキュリティも万全なのか！

『もしかして歩いていらっしゃったのですか!?　今すぐお車を回します！』

「あ、いえ、大丈夫です！　とりあえず、お邪魔します」

わざわざ車を出してもらうのが申し訳なくて、迎えに来る来ないの問答を何度か繰り返し、ようやく門を開けてもらった。……これまた、自動で。すげー。

ここまでくれば家はもうすぐそこだろうし、歩きながら心の準備を整えればいいだろう……と思ったのが甘かった。

門をくぐってから玄関までの道のりが、これまた遠い。中の道はきちんと舗装されていて、松の木がいくつも植えられた日本庭園が広がっていた。途中には錦鯉(にしきごい)が何匹も泳いでいそうな大きな池や苔(こけ)むした石灯籠(いしどうろう)なんかが品よく配置されている。物珍しい景色は楽しいけれど、ヒールのある靴ではそろそろ限界が近い……やっとのことで玄関にたどり着いた時には、額にはしっとりと汗が浮かんでいた。

思わずゴクリと唾を呑み込む。深い茶色の木造の家からは、ものすごい威圧感が漂(ただよ)っている。先祖代々受け継がれてきた由緒(ゆいしょ)正しい須崎家の家柄を物語っているようだ。

旅行雑誌の最初のページにある高級旅館みたいな玄関で待ち構えていた着物姿のお手伝いさんは、私を見るなり申し訳ありませんとひれ伏(ふ)すように頭を下げた。

自分で歩くと言い出したのに謝られて、こちらこそ申し訳ない。

次に一人で来る時は、絶対、タクシーを使うことにします。

「ああ、美月ちゃん。いらっしゃい、よく来たね」

通された応接室で待っていたのは、お母様ではなく、ロマンスグレーの紳士だった。

柔和な顔立ちのオジサマは、にこやかに微笑みながら丁寧にお辞儀する。

「初めまして。輝翔の父の晃朗です。いつも息子がお世話になっています」

——うわわ、輝翔さんのお父様!?

初めて会うお父様は、とても優しい顔立ちをしていた。輝翔さんはお母様似だと思っていたんだけど、こうしてみると目元はお父様のほうに似ているのかもしれない。輝翔さんより低い声や、白くなった御髪がさらに落ち着いた印象を与えていて、なんとなく未来の輝翔さんに会ったような感じがしてドキドキする。

「は、初めまして、羽田野美月と申します。不束者ですがよろしくお願いします!?」

慌ててお辞儀をすると、お父様は小さく噴き出した。

「緊張しなくてもいいですよ。頭を上げてください」

優しく声をかけられて上目遣いに顔を見ると、お父様は輝翔さんよりも若干彫りの深い目尻に笑いじわを刻んでいた。

「蓉子さんは今、ちょっと電話に出ていてね。すぐに来るから、まずはお茶でもどうぞ」

私をソファに座るように促し、傍らに置かれたティーポットを手に取る。

——まさか、お父様が自らお茶を淹れてくれるんですか!?

「あ、わ、私がやります!」

慌てて席を立とうとすると、笑顔でそれを制された。

「いいんだよ。これが僕の本職なんだから」

お父様はポットのお湯を三つ並べたカップに注ぎ、銀色のティースプーンで茶葉をすくって空のポットへと入れていく。お父様の所作は本当に手馴れている。

これがあの、家事全般まるでダメな輝翔さんのお父様なの？

まさか自らの手によって紅茶を振る舞ってもらえるとは思わなかった。須崎家にはさっき私を出迎えてくれたようなお手伝いさんがたくさんいて、輝翔さんは子供の頃から専属のシェフが作った料理を食べて育ったと聞く。

それに、さっきお父様は『これが本職』なんて言ったけど、須崎グループ本社の重役さんだったと思うんだけどな。

ぼんやりしているうちに目の前には紅茶の入ったティーカップが差し出された。真っ白な陶磁器の中では琥珀色をした紅茶が湯気を上げていて、紅茶特有の豊潤な香りがふわりと流れ出す。

「まずは、どうぞ」

「……いただきます」

間違っても落っことして割ったりしないようにと細心の注意を払いながらしっかり両手でカップを持ち上げ、ゆっくりと口に含む。……思っていたほど熱くなくて飲みやすい。渇いた喉にふくよかな香りが広がる。

カップから口を離して深く息を吐くと、お父様は満足そうに目を細めて私の斜め向かいへと腰を下ろした。

「とってもおいしいです」

「お口に合ったみたいだね。美月ちゃんをイメージしてブレンドしたんだよ。気に入ってくれてよかった」

「お父様が、自らブレンドまでされたんですか？」

「そうだよ」

お父様は出来栄えを確かめるようにゆっくり飲むと、納得したように小さく頷く。

「僕が婿養子なのは知っているだろう？　蓉子さんと結婚するまで、僕は彼女の通っていた大学の近くのカフェのオーナーだったんだ。雇われだけどね」

「……マジっすか？」

思わず素の感想を漏らしてしまい慌てて口を塞いだ。けれど、お父様の表情は変わらず特に咎められることもなかった。

「僕にはそんなに気を遣わなくても大丈夫だから。僕は美月ちゃんよりもさらに庶民の出になる。本当に、一介のフリーターが、ここまで成り上がってしまったんだよ」

わざとお茶目に肩を竦めながら、お父様は自嘲気味に笑うが、お世辞でなくともその姿はただの庶民には見えない。

着ている服は、カジュアルとはいえブランドものであるということはなんとなくわかる。それに、ただ単にいい服を着ているだけじゃなくて、見劣りしないビジュアルと優しげな内面がにじみ出ていて素敵で……

輝翔さんはお母様似だと思っていたけど、こうして見るとやっぱりお父様の面影もある。

それに、お父様のほうが年を重ねた分だけ落ち着きとか貫禄とかが増していて、なんだか、また違う緊張でドキドキしてきたかも。

「あの、馴れ初めを、お伺いしても？」

意識した途端に高鳴り始めた鼓動を誤魔化すように話を振ると、お父様は変わらぬ笑顔をまっすぐこちらに向ける。

――ああ、その笑顔ヤバいですってば。

「さっき言った通り。僕は蓉子さんの行きつけのカフェのオーナーをしていた。何度か顔を合わせるうちになぜだか彼女に気に入られて、そこからなぜか怒涛のアタックを受けて、今に至ったんだ」

実に端的に、馴れ初め終了。だが、情景だけは目に浮かぶ。

怒涛のアタック……うん、お母様のことだから、さぞや熱烈なる求愛を捧げたに違いない。

「あの時の蓉子さんはすごかったねぇ。僕と彼女は少し年が離れているし、家柄も見合わないだろう？　僕なんかよりも相応しい相手はいくらでもいるからってずっと断っていたんだけど、それを言ったら怒ってね。私は家柄なんかで選ばない、誰が自分に相応しいかは自分で決める。あなたが誰からも文句なんか言われないくらい、私が立派になってみせるからって啖呵を切られてね……いやあ、今思い出してもあれはかっこよかったなぁ。惚れ惚れしすぎて思わず頷いちゃったよ」

思い出すように上を向いたお父様は、すごく楽しそうな表情をしていた。

「それでも、僕なりにいろいろと努力はしたんだ。彼女に恥をかかせないように勉強して、一応会社員としての役職ももらったしね。でも、彼女が求めたのはそんな僕じゃない。きっと、輝翔も同じなんだと思うよ」

お父様の目線がまた、私へと向けられた。

お母様がお父様に求めたもの。輝翔さんが、私に求めたもの。

それはきっと、素の自分に戻るための安らぎだったのではないだろうか。日頃から世間の目に縛られることの多い人たちだから、一緒にいて気負う必要のない相手を選んだのかもしれない。

……私も輝翔さんにとって、そういう存在になれるのかな。

「僕も少なからず嫌味は言われてきたものだけど、男と女ではまた立場も違うだろう。須崎家が属するような旧社会では、まだまだ血筋や家柄にこだわる人間だって多い。それに、女性の嫉妬(しっと)は男性のそれよりも恐ろしいからね。なにか困ったことがあれば、遠慮なく僕や蓉子さんや、輝翔を頼りなさい」

これは経験者からのアドバイスだよ。そう言って、お父様はまたにこやかな笑みを浮かべた。

とはいえ男性であるお父様が、他人に嫌味を言われたからといってお母様たちに助けを求めたとは考えにくい。これはきっと、私に対する配慮だろう。

困ったことがあれば手を差し伸べてくれる。

輝翔さんの優しさは、お父様からの遺伝なのかもしれない。

「——ちょっと、二人でなにいい雰囲気になってるの？」

ふいに背後から、まるで地を這(は)うような不機嫌な声が響く。

振り返るとそこには、口を尖(とが)らせてふてくされたお母様が腕組みをして立っていた。

「蓉子さん、仕事の目途(めど)はついたのかい？」

お父様はゆっくり立ち上がると、ふたたびティーポットを手に取る。私も挨拶(あいさつ)するために腰を上げようとしたが、それよりも早く近付いてきたお母様に、思い切り抱きしめられた。

く、苦しい……

「せっかく邪魔者の輝翔は同行しないようにさせたのに、どうして私より先に晃朗さんが美月ちゃんと仲良くしてるのよ。もう、いいわ。これからの時間は私と過ごすんだから、野郎どもは美月ちゃんに近寄っちゃダメ！　わかったわね!?」

お母様のために紅茶を淹れて甲斐甲斐しく世話を焼こうとするお父様に向かって、お母様はシッシッと手を振り追い払う素振りを見せた。

私とお父様は、お互いに目を見合わせて苦笑する。

——輝翔さんの嫉妬深さは、お母様からの遺伝で間違いないようだ。

「さあ、そういうわけで女同士仲良くお出かけしましょう！」

有無を言わさぬ迫力のお母様に圧倒されているうちにズルズルと引きずられ、あっという間に玄関の前に横付けされていた車の助手席へと押し込められた。

左ハンドルってことは外車でしょう？　中央に鎮座するお馬さんのマークは、車に詳しくない私でも一度は見たことがある高級スポーツカーのものではないか。

無理やり乗せられたにもかかわらず、座った途端にシートベルトに手を伸ばしてしまうこの習性が悲しい。

運転はお母様自らがされるようだ。運転席に乗り込みサングラスをかけてニヤリと笑うお母様は、どう見ても堅気には見えない……

ブオン、とすごい音でアクセルをふかし、お母様は先ほど私が苦労して歩いた道のりを一瞬ですっ飛ばした。

カーステレオからはめちゃくちゃ疾走感のあるハードロックが流れ出す。残念ながら洋楽なので、どのグループのなんて曲なのかはわからないが、お母様……ファンキーです。

――しかし、なにを話せばいいのやら。

いきなり彼氏のお母様と二人っきりにされた場合には、どうすればいいのでしょう。

過去に二度、差しで話す機会はあったものの、その時のお母様は私と輝翔さんとのことを認めるかどうかを試すような態度をとっていたので、今のようにフレンドリーな空気ではなかった。

やっぱり、まずは、同棲についての話だよね。

そもそも今日お母様が私を呼び出したのだって、それがあるからなのだろうし。輝翔さんに任せっきりでご挨拶を怠っていた非礼を詫びるのが、筋ってものだ。

「どう？　輝翔との生活は。不自由していないかしら？」

こちらが話を切り出す前に、お母様のほうから話しかけてくれた。運転中だから顔は前を向いたままだし、目元はサングラスで隠れているから表情は窺いにくいけれど、多分ご機嫌はいいのだと思う。

「あ、はい。おかげさまでよくしていただいてます。あの、結婚もしていないのに、勝手をしてすいません」

「えー!? 勝手ってなに？ 言い出したのは輝翔でしょう？ 美月ちゃんは気にしなくてもいいのよ。もっとも私は、そんな半端なことせずに、さっさと籍を入れちゃえばいいのにって思うけどね」

おおぅ、お母様、怖いです。いくらなんでも飛ばしすぎです。運転も、恋愛も。

「でもまあ、美月ちゃんの気持ちもわかるのよ？ いきなり結婚っていうのは、なかなか気が重いものでしょうからね。晃朗さんだって最初は戸惑っていたもの。彼の場合、婿養子って立場だったから、いろいろ気苦労かけたと思うわ」

ちょうど信号が赤に変わり、お母様はハンドルにもたれながら私のほうへ顔を向ける。

「美月ちゃんは、須崎家の嫁としてどう振る舞えばいいかわからなくて不安に思っていたりするんじゃないかしら？」

――須崎家の嫁。

ストレートなその言葉に思わず目を見開くと、お母様は赤い口紅を塗った唇の端をニヤリと上げた。

「ねえ、美月ちゃん。須崎家の嫁に相応(ふさわ)しいって、どういうことだと思う？」

急な問いかけに一瞬固まりかけた後、すぐに思考をフル回転させる。なんだか謎解きみたいな会話だけど、瞬時に答えられないと、使えない嫁だと思われてしまいそうで緊張する。なにしろ相手は、輝翔さんのお母様であると同時に、日本有数の大企業である須崎グループの大親分。聞かれたことに即座に答えられないような無能な社員は、これまでもバッサバッサと切り捨ててきたに違いない。

「……知性とか、教養でしょうか？　あと、品格？」

「うーん、正解といえば正解なんだけど、面白くないわね……」

信号が青に変わり、お母様はつまらなさそうに呟くと、ふたたび車を発進させた。

――どうやら私は答えを間違えてしまったようだ。

でも、面白い答えってなによ!?　大喜利じゃあるまいし、そんな咄嗟に面白回答なんか浮かぶもんか。私は芸人じゃないんだぞ！

「もっとこう、ザ・セレブ！　な解答が欲しかったのよね。ブランド品の目利き能力とか、海外のＶＩＰと会話する語学力とか。ああ、社交界で披露できるダンススキルとかもいいわね」

あ、でも、社交ダンスはつい最近、習おうかと悩んだ時期がある……

そうこうしているうちに車は市街地へと差し掛かり、とあるビルの地下駐車場へと滑り込んだ。

市街地といっても、ここは高級なブランドショップや、星をいくつ獲ったとかで知られるレストランが並ぶことで有名な商業施設だったりする。その施設内のどこに連れて行かれるのかは不明でも、例外なくお高いところだということは容易に想像できた。

車を降りてエレベーターに乗ると、白い壁面に間接照明が輝くとある店舗の入口へとたどり着いた。

どうやらここは、セレクトショップ的なところらしい。シンプルだけれど洗練された調度品の並ぶ店内はやたらと眩しくて、思わず目が眩みそうになる。

「これは須崎様、ようこそいらっしゃいました」

出迎えてくれたのは、ホテルのコンシェルジュのような制服に身を包んだ上品そうな女の人だった。

「お久しぶりね。お願いしたものは用意できているかしら？」

「はい。いくつか取り揃えておりますが、お色やアクセサリーはご本人様にお会いして決めさせていただこうと思いまして。そちらのお嬢様ですね？」

そう言いながら現れた、もう一人の店員さんはネイビーの制服に身を包んでいる。この人も恐らく平社員ではない。制服の雰囲気からキャビンアテンダントさんにも見えなくもない。風もないのにピンと横に張った首のスカーフが印象的な彼女は、お母様のうしろに隠れるように立っていた私の姿を見つけると、なにやら思案した後に控えていた別の女性に小声で話しかけた。

……なんか、居心地悪いなあ。

お母様に連れられているわりには冴(さ)えないヤツだと思われていそう。輝翔さんのご実家に伺(うかが)うからにはそれなりの格好をしていかねばと思って頑張ったけど、私の手が届く範囲の服は本物に囲まれるとやっぱり霞(かす)む。

チラチラと向けられる視線が、なんだか値踏(ねぶ)みされているように感じてしまう。肩身を狭くしていたら、指示を受けた店員がサッとどこかへと散って行った。

「では、こちらのお部屋へどうぞ」

促(うなが)されて入ったのは、ソファとドレッサー、パイプハンガーだけのシンプルな部屋だった。

入口で立ち止まる間もなく両肩を掴(つか)まれ、私はドレッサーの前の椅子に押し込まれる。

「あの、お母様？」

すかさず店員さんが二人がかりで私の身体の採寸を始める。鏡越しにお母様へと視線を投げかけると、うしろのソファの真ん中にどっかと座って不敵な笑みを浮かべていた。

「私の自慢の一人娘なの。うんと着飾らせてあげて頂戴(ちょうだい)ね」

……えーっと。私、着せ替え人形っすか？

初めて輝翔さんとお食事デートで高級レストランに連れていかれた時も、ホテルのサロンでお着替えしたのだけど、こうやって女の子を着飾らせるのが、この親子の趣味なのか？

　女王然としたお母様の前で、あれよあれよという間にどんどん変身させられる。入れ代わり立ち代わり店員さんが洋服やアクセサリーを持ってきては、私の身体に合わせつつお母様に意見を仰ぐ。お母様は時折眉を寄せて悩む素振りは見せながらも、次々と指示を出し続け、いつの間にやら全身コーディネートを完成させてしまった。

　お嬢様風の格好自体は真似できそうな気もするが、本物はやはり生地が違う。清楚な中にも高級感漂うワンピースは、普段なら決して手に取れない有名ブランドの一品で、恐ろしさから値札を確認するのをつい避けてしまった。

　首元に揺れるネックレスだって大粒のパールが一粒というシンプルなものだけど、ピアスと対になっていて華やかさがある。ゆるく巻かれた髪はサイドアップにされ、派手さはないが明るい色合いを取り入れたお化粧で、黙っていれば良家の子女が園遊会にでも招かれたように見えなくはない。

　完成した似非お嬢様な私を見て、お母様は満足そうに頷く。それから私の両肩に手を置きながら鏡越しに顔を見た。

「ねえ、美月ちゃん？　知性も教養も、その気があれば自分で身に着けることができるわよね。品格だって、経験を積めば自ずと出てくるもの。要するに、慣れればいいの。

だから今日は、私が、セレブマダムな生活を疑似体験をさせてあげる」

お着替えをさせられたからには、さらにどこかへ連れて行かれるとは予想していた。

とはいえ、お母様の言う『体験』とはいったいどんなものなのか……

うう、両肩に置かれた手の重さに、プレッシャーを感じるよう。

こうして、恐怖のセレブ体験ツアーが幕を開けた。


着替えを済ませてから連れて行かれたのは、とある一軒家だった。

一軒家といっても、もちろん、ごく普通の建売住宅、ではない。おしゃれなカフェや高級スーパーが立ち並ぶ住宅地にある、ヨーロッパ風の白亜の壁に、蔦の葉がいい感じに巻き付いているお城のようなお屋敷。厳かかつ華やかな邸宅のお庭には水瓶を抱えた天使の彫刻なんてのも飾られていて、第一印象は結婚式場かと思ったくらい。

「ここは私のお友達のお屋敷なの。たまに集まってお茶をしたりしているんだけど、美月ちゃんを紹介するにはちょうどいいかと思って」

気楽な会だから、なんて笑っているけどとんでもない。お母様のお友達ということは、集まっているのもそれ相応のセレブということだ。正真正銘、ほんまもんのセレブマダムの集まりじゃないですか！

お母様は高級車の並ぶガレージに車を横付けすると、鍵を差したまま車から降りた。

疑似セレブマダム体験のはずがいきなり本場に連れて行かれ、私の思考はまったく追い付かない。だけど、とにかく慌ててお母様の後に続いた。セレブマダムと対面する心構えはできていなくとも、こんなところで置いてけぼりにされても困る。ついさっきまで、お母様に対してもあれほど緊張していたけど、この場においては唯一の頼みなのだ。

張り付くようにその背中に追い付くと、お母様は小さく噴き出した。

「あー、なんか可愛いわぁ。これは輝翔が猫っ可愛がりするのもわかるわ」

「はあ……？」

「庇護欲をそそられるっていうか。美月ちゃんがもう少し小さかったら迷わず抱っこするか手を繋ぐかしてあげるんだけど、どうする？」

そう言って手を差し伸べられたけど、とりあえず、お断りします。

子供じゃないんだから、後をついて歩くくらいはできますって。……置いていかれさえしなければ。

お母様のうしろに三歩下がって付き従い、バラのアーチや噴水の上がる池を横目に庭を進むと、やがてマダムたちの優雅な笑い声が聞こえてきた。

現れ出でた集団は、一目でそんじょそこらのおばちゃんが集まって話しているのとは違うオーラを醸し出している。

このオーラは、金持ちオーラだ。スーパーでの買い物ついでに井戸端会議を始める主婦とは格が違う。

やっぱり、第一声は『ごきげんよう』なんだろうか。私たちみたいに『きゃー、○○ちゃん久しぶりー！』なんて挨拶（あいさつ）は、下品になるのかしらね。なんとなく期待して見守っていると、お母様はおもむろに片手を上げた。

「やっほー、みんな、元気ぃ？」

――よりによって、やっほーかい！

フランクな挨拶に私が軽く肩透かしをくらっているうちに、庭に置かれたテーブルを囲んでいたマダムたちが一斉に振り返る。

「まあ、蓉子さん！　ごきげんよう」

「お久しぶりね、お変わりない？」

マダムたちは立ち上がり、次々にお上品な挨拶を口にしながら集まってくる。

「お久しぶり。仕事が忙しくって、なかなか顔を出せなくてごめんなさいね」

お母様は慣れた様子で集まった人たちの顔を見回しながら、持って来た手土産（てみやげ）を主催者らしき人に渡した。それから私のほうを振り返り、小さく手招きした。

小走りでお母様の隣に並ぶと、彼女の手が私の腰へと回り、少しだけ力が籠（こ）められる。

「今日はみなさまに私の可愛い娘を紹介したくて連れてきたのよ」

私に触れるお母様の手からパワーが送られてくるようで、自然と背筋が伸びた。

「あ、は、初めまして。羽田野美月と申します。ふ、不束者ですが、よろしくお願いします……？」

あれ？　不束者ですがって、こういう場でも言うものだっけ？　なんだかよくわからないけど、とりあえず深々と頭を下げる。すると隣で、お母様がまたも小さく噴いた。

「これは蓉子さん、相当恐れられてるわね？」

「羽田野ってことは、もしかして悠介くんの娘さんなの？」

顔を上げてちらりと周囲を見渡せば、思っていた以上に温かな目線に囲まれていた。

「はい。羽田野悠介は私の父です」

一応うちの父は、お母様の幼馴染的な存在だという。身内の知り合いだということにちょっとだけアウェー感から抜け出した気がしてほっと息を吐くと、尋ねたはずのマダムがなんだか気の毒そうな顔をしていた。

「――蓉子さんってば、親子二代で下僕にしてるの？」

「違うわよっ！」

おお、お母様、素早い突っ込みで。

目の前で繰り広げられる、世にも珍しい女帝漫談。だけどボケたほうのマダムは案外真面目だったらしく、お母様の否定を聞いて安堵している。世間知らずのお嬢様って、大人になっても純粋なのか？

「この子は輝翔の婚約者なの。だから、やっとできた私の一人娘よ」

輝翔の婚約者。お母様がそう口にした途端、私は密かにまた緊張した。

輝翔さんは、その容姿と家柄から社交界でも有名な存在だ。人づてに聞いたことだけど、若い頃には結構な浮き名を流していたという。過去の女というものにはお目にかかっていないけど、かつて現れたチケットさんのように、お近付きになりたいと思っていた女性はたくさんいることだろう。

その、社交界の羨望（せんぼう）を集める須崎グループの御曹司（おんぞうし）の婚約者は、どういった目で見られるのか。

とりあえず今日はお母様のおかげでみすぼらしい格好はしていない。だけどそんな付け焼き刃は、本物のマダムたちの前では通用しないんじゃないだろうか。ボロは着てても心は錦（にしき）というが、着ている服に比べて中身が劣（おと）るこの場合は、どうなるんだ?

「あらあら。じゃあ、あの噂は本当だったのね!」

「須崎興産のパーティーに輝翔さんが婚約者を同伴したって聞いたけど、そう、あなたが」

マダムたちはまず、噂が確信に変わったことに触れる。

以前、輝翔さんが私を連れて狸（たぬき）オヤジのパーティーに出席したことがあったが、やはりその世界では早くも知れ渡っていたようだ。須崎の御曹司が女性を同伴して公（おおやけ）の場に現れるということがどういうことか。輝翔さん自身が言っていた言葉の意味をようやく本当の意味で理解した。

「ようやく輝翔さんも身を固めることになったのね。おめでとうございます」

「あ、ありがとうございます……」

予想に反して実に好意的なムードの中、マダムたちは口々にお祝いの言葉を述べ始める。おめでとうと言われるたびに、私と輝翔さんはまだ正式に婚約したわけじゃないんだけどな、なんてちょっと気まずくなる。

「立ち話もなんだし、こちらにどうぞ」

先ほどお母様が手土産を渡したマダムが庭園に並べられた椅子を引き、どうぞと促す。念のためにお母様のほうを見ると、一足先に席へと着いたので、私もその隣へと腰を下ろした。

それからは、怒涛の質問攻めが始まった。セレブなだけあって、口調や言葉遣いは丁寧なものの、出身の大学は？　とか、現在のお仕事は？　とか、その内容は一般市民が持つ疑問と変わりはない。ひとつひとつに答えながら、いつ『この小市民が』と罵られるかと覚悟していたけど、幸いにもそんな機会は訪れなかった。

そりゃそうだ。私の出身の大学も、現在の勤務先も、輝翔さんと一緒なんだもん。輝翔さんと一緒にいたくて必死に頑張ったという邪な努力は、意外なところで役に立った。

それでもまだ、私は懐疑的だった。マダムたちは思ったよりもすんなりと私の存在を受け入れてくれているようだったけど、それはお母様が傍らにいるからではないだろうか。この場で私を貶すのは、お母様を貶すことと同じ。今は優しくても、陰で態度が変わっても不思議はない。

「どうしたの？　難しい顔をして。お茶がお口に合わなかったかしら？」

あれこれ考えながら手にしたカップをじっと見つめていた私に、お母様と反対隣の席に座った主催者マダムが声をかけた。

お母様のご友人である彼女は、名を小野寺さんという。ご主人はホテルをいくつも経営する実業家で、二人の息子さんも今はその事業を手伝っているのだそうだ。年齢はほぼお母様と同じという彼女もまた、肌がつるつるで若々しい。セレブというのは、年齢不詳の集団でもあるのだろうか。

「いいえ、とってもおいしいです。ちょっと気が抜けたというか、すいません」

お茶会の最中に上の空になるなんて、しくじったかな。余計な気遣いをさせてしまったことを申し訳なく思っていると、小野寺さんはそっと私の近くへと身を寄せた。

白粉の甘い香りがする。小野寺さんは可愛らしい印象を受けるマダムだ。短い髪で凛としたキャリアウーマンであるお母様に対して、栗色の巻き髪の小野寺さんは、どことなく少女のような雰囲気さえ感じさせる。

「やっぱり、緊張するわよねぇ？　私も最初は環境の違いに慣れなくて苦労したわ」

「え……っ？　あの、お母様のご学友では？」

ふふ、と微笑んだ上品なマダムは、長い髪を揺らしながらふるふると首を横に振る。

「私は、結婚してからのお付き合いよ。私の主人が蓉子さんたちの同級生なの。私は結婚するまでそういうのとはかけ離れた世界にいたのよ。なかなか馴染めなくて、心配した主人が蓉子さんに相談したのがきっかけで仲良くしてもらえるようになったの」

「そうなんですか!?」

おお、リアル先輩、発見！　生粋のお嬢様の集団かと思いきや、ちゃんと同類の先輩だっているじゃないか。

「私は主人の経営するホテルのひとつで働いていたんだけど、縁があって結婚することになってね。でも、最初は抵抗したのよ？　セレブの世界なんて知らないし、私が粗相して主人の名誉を傷付けるんじゃないかって」

「……やっぱり、いろいろあったんですか？」

「そりゃあ、もちろん。最初のうちはよく意地悪な人に『庶民のくせに』って馬鹿にされたわ。蓉子さんたちと知り合ってからは、そんな機会も減ったけどね」

それって、須崎の人間に表立って盾突くような愚か者はいないってことじゃない？　どんだけ影響力を持ってるんだ、このお人は。

チラリと隣に視線を動かすと、お母様は紅茶の入ったカップを口に運びながら涼しい顔をしていた。

「私はなにもしてないわよ。彼女が自分で努力したんだから」

……お母様、私の思考を読むのはやめてください。

「努力っていうほどのことはしていないのよ。ただ、私のせいで主人が馬鹿にされないように、それだけは気を付けてきたわね。世の中には人を見た目で判断する類の人間もたくさんいるから、身なりを整えるのも大事だった。華美な装飾は好きではないけど、適度にね。私はとにかく、主人の役に立ちたかったのよ」

いつしか周囲のマダムたちもみな、小野寺さんの話に耳を傾け、うんうんと頷いている。少なくともここには、豪遊生活を満喫している人たちはいないということだろう。

確かに、着ている服や住んでいる家は庶民のそれとはかけ離れているけれど、話の内容はさほど違わないように思える。

そう考えると、セレブ生活も庶民の生活も、根底は一緒なのかもしれない……

「ご主人の役に立つって、例えばどんなことですか？」

「簡単よ。主人が帰ってきたら、うんとくつろげるように家を守るの。おいしい食事を出して、綺麗に部屋を掃除して。もちろん、自分磨きも忘れてないけど。いつまでも主人と愛し愛されて暮らすことは、お金では手に入らない幸せだものね」

そう言い切って微笑む小野寺さんは、自信に満ちていた。

「もっと強烈な集団を想像していた？　でも、いきなりそんな場所に連れて行くほど、私はドS（エス）じゃないわよ？　そういう人たちとも付き合いがないわけじゃないけど、それは私の本意ではないのよねぇ」

このお人は、心を読む能力でも持っているのか。図星を指されて、もう、苦笑いしかできない。

帰りの車内で、お母様は静かに語り始めた。

「ねえ、美月ちゃん。確かに須崎家の妻には知性や教養や品格も必要よ。結婚してから、家の中に籠（こ）もってばかりでは困るのも事実だわ。会社を経営している立場なんだから、時には公（おおやけ）の場所にも出て行ってもらわなければならないこともある。ハイソサエティな方々とコミュニケーションを取ったり、マナーだって必要になる。でもそれって、全部後付けできるものだと思わない？」

お母様の簡単な問いかけに、黙って首を縦に振った。今日出会った小野寺さんも、輝翔さんのお父様も、スタートラインは私と同じだった。もちろん、元々の才能の違いはあるだろうけど、経験者の言葉を聞いた後では、そう簡単に『私には無理』『できない』なんてことは言えない。

袖を通したばかりの時には違和感しかなかった高いワンピースも、時間が経てばそれなりに馴染んでくる。

時間や経験を積めば、私も輝翔さんの妻として相応しい人間になれるのかな……

「知性も教養も、その気があれば自分で身に着けることができる。だから、必要なのは美月ちゃん自身の覚悟だけ。それがきちんと定まった時には、安心してお嫁にいらっしゃいね」

「お母様……」

これには、胸が熱くなった。

お母様は、私のことを考えてくれている。

息子の嫁を娘と呼んで、ここまで配慮してくれるお姑さんなんて、そうそういないんじゃない？　これはもう、ますます他に行く先なんてないよね？

「結婚したら、同居したほうがいいんですか？」

「そうねぇ、一緒に住めるなら嬉しいけど、あなたたちに任せるわ。まあ、輝翔はこの先数年は美月ちゃんと二人きりの生活を楽しみたいと思っているでしょうけど。孫の顔を見るのは、まだまだ先になりそうねぇ」

「仕事は、続けても大丈夫ですか？」

「結婚後も一緒に働いている人もいる。専業主婦として夫を支える人もいる。美月ちゃんに合った選択をすればいいんじゃないかしら。秘書課への異動は、なかなか貴女を手に入れられない輝翔へのお膳立てという意味だけだったし」

その後もいろいろな疑問を投げかけたけれど、お母様はそのどれにも丁寧に答えてくれた。

こうして須崎の家に着く頃には、結婚時期について真剣に考えてもいいかも、なんて楽観的な考えが浮かぶようになっていた。

「セレブの世界も、そんなに悪いものじゃないでしょう？　だから、できるだけ早く孫の顔を見せてね」

――ああ、それはプレッシャーです、お母様。

4　どこだ私の生きる道

図らずもお互いの両親との面談を果たし、疑似セレブマダム体験を通して諸先輩方の体験談も聞いた。

そうなると、輝翔さんとの結婚というものを強く意識するようになる。

すでに一緒の生活を始めている。仕事においてもパートナーとして働いている。御曹司の相手としてはまだまだ未熟な身ではあるものの、頼れる義理の両親の存在もあるし、もしかしたら、この先の生活もこうやって乗り切れるんじゃないだろうか。

——でも、本当にそれだけでいいの？

私の抱える不安を、勘のいい周囲が勝手に火消ししてくれる。それはありがたくてラッキーな状況なのだと思う。

だけど、どうしても心の奥底にあるモヤモヤが消えない。しかも、それがなんなのか、自分の中でも漠然としていてわからない……

そんな悩みを抱えながらも、日々の生活は続いていく。

生きるためには、毎日お仕事しなきゃならないんだから。

いつものように専務室にて朝のミーティングを終え、いくつかの課題を言い渡されてデスクに戻る。すると、なんだか秘書課の中がざわついていた。

ちなみに今日は、三沢さんと常務は朝から外出で、課長と村本さんは別室にて午後からの会議の準備をしている。

村本さんたちが準備しているのは、我がＳＵＺＡＫＩ商事が新たに手掛ける一大プロジェクトに関わるもの。その会議には、当然ながら専務も出席することになっている。まさに今、秘書課は大忙しだ。

オフィスに残っている人数は多くないが、それでも騒然(そうぜん)としているということは、なにかトラブルでもあったのだろうか。

専務に渡された書類を置いて騒ぎの中心へと向かうと、コピー機を囲んでなにやら思案している最中(さいちゅう)だった。

「どうかしたんですか？」

「えっと、コピー機が急に動かなくなってしまって。会議の資料を刷(す)らなきゃいけないのに、原因がよくわからなくて」

答えてくれた制服組の秘書さんは、なにやら言葉を選んで話しているような雰囲気だった。

秘書課に異動してしばらく経つが、接点の少ない彼女らにとって、私はいまだに気を遣う相手なのだろう。

「業者さんに連絡はしましたか？」

「したんですが、それまでどこか別の部署のコピー機を借りられないかと考えていました。課長に連絡しても、通話中らしく繋がらなくて」

「だったら、総務課のコピー機が使えるか聞いてみますね」

どうやらここにいる人たちは、他の部署への直接のコネクションがないらしく困っていたようだ。ここは私の経歴が役に立つ時だと思い総務課の内線にかけると、快く了承してもらえた。

「修理が終わるまで総務課のものを使わせてもらえるそうです。それと、念のためにコピー機を見せてもらってもいいですか？」

何度か再起動させたのか、切られていた電源を入れてディスプレイの表示を確認する。そして本体に吊り下げられていた取扱説明書を読むと、エラーの原因はトナー交換が正しくできていないからだった。

「なんだ、これならわざわざ業者さんを呼ばなくても、私が交換します」

フロントボックスを開けてトナーの確認をしていると、それだけで、おお、と歓声に近いものが上がった。

ここにいるのは女性ばかりで、みんな揃って機械音痴だったようだ。

私も最初からこういった作業ができたわけではないけど、総務課時代にいろいろと鍛えられた成果が出せた。

「やっぱり、専務の秘書ともなるとなんでもできなきゃいけないんですね」

取り巻いていたうちの一人が、感心したように言う。

専務の秘書だからコピー機の修理もできますっていうのも、おかしな話のような気もするけど。

「失礼ですけど、羽田野さんは、ご結婚後もお仕事を続ける予定ですか……?」

先ほどの声の主が、恐縮しつつも問いかけてきた。

「ええっと、それはまだ、未定ですけど」

結婚後も仕事を続けるかどうか以前に、結婚についてもまだ決まっていないんですけどね。なんていう私の脳内ツッコミが彼女に聞こえるはずもない。

気が付けば、私の作業を一通り見守っていた人たちも、コピー機に吊り下げられたトリセツに目を通したり、なにやらメモを取っている。

「誤解しないでください。別に羽田野さんがいなくなればいいなんて思ってるわけじゃないんですよ。でも、もしも羽田野さんが寿退社したら、私たちにもチャンスが回ってくるかもしれないでしょう？　せっかく秘書課に勤務するのであれば、重役付きになりたいと思うのは当然のことじゃないですか」

彼女の素直な言葉に、数人が真面目な顔で頷いた。

それは、その通りだろう。秘書を目指して就職した人間にとって、重役付きという花形ポジションは目標に違いない。私の今後は未定だけど、上昇志向の強いキャリア組であれば、その座を狙うのは当然のことである。

私が秘書になるまでは、輝翔さんを巡って余計な争いが起きないように専務秘書の座は空席だった。特に、若い女の子は敬遠されていたようだが、結婚して身を固めたとなれば事情は違ってくるだろう。若い女性であっても、秘書として純粋に仕事に勤しむ人ならば、その役目を任せても問題ないと認められるかもしれない。

でも、その席に私がいたら……？

夢に向かって努力する彼女たちに囲まれて、自分の気持ちを決めきれない私は居心地が悪くて仕方がなかった。

コピー機のトナーを交換した私は、廃棄するものを渡すために久しぶりに総務課を訪れた。

総務課と秘書課は別フロアにある。総務課を去る時に、いつでも顔を出しにおいでと声をかけてもらったが、なんとなく遠慮していた。

「羽田野ちゃーん！」

総務課のオフィスへと足を踏み入れれば、途端に懐かしい声が聞こえてくる。

振り返るとそこには、総務課時代の先輩である太田さんが、郵便物の詰まったカートを押しながら駆け寄ってくるところだった。

「太田さん！」

「久しぶりね。同じ会社でも部署が違うと、なかなか会わないものね」

太田さんは、変わらないにこやかな笑みを浮かべている。ああ、まだそんな昔のことでもないのに、妙に懐かしさを感じてしまうのはなぜだろう。

「本当にそうですよね。みなさん、お変わりないですか？」

「なんにも変わりないわ。羽田野ちゃんは、すっかり秘書姿が板に付いてきたんじゃない？」

重役秘書の証であるスーツの裾を軽く引っ張られ、気恥ずかしさから思わず首を竦めた。

少し前までは、私も太田さんと同じ会社指定の制服を着用していた。そういえば、秘書課に配属されたばかりの時はスーツを着て出勤することにも違和感ありありだったっけ。

「太田さんは、郵便配達の途中ですか？」

「そうよ。うちの課の若手がいなくなっちゃったから、私がこの役にまた逆戻りよ」

「うう……、すいません」

社内に届いた郵便物を各部署に届けるのは、総務課の中で経験の浅い若手、つまり一番の下っ端（したっぱ）の私の仕事だった。それが突然異動になってしまったものだから、中堅社員に近い太田さんが代理でそれを行っているのだと思うと申し訳ない。

「最近運動不足だったからちょうどいいけど。それより、羽田野ちゃんは秘書課でうまくやってる？　いじめられたりしてない？」

「それは、大丈夫です」

「そう、ならよかった。仕事中に呼び止めてごめんなさいね。またいつでも遊びに来るのよ。たまには呑みにも行きましょう」

「はい！　お疲れ様です」

ひらひらと手を振りながら、太田さんは去っていった。

秘書課は社内でもエリートの集まりとして有名で、そんな部署に取り立てられた私は異例の大出世を遂（と）げたことになる。

だけど、今の私の仕事は充実していると言える……？　秘書の仕事にやり甲斐がないわけではない。他の社の偉い人と会ったり、外国のお客様と英語で電話のやり取りをしたりするのは、ちょっとデキる女にでもなったのではないかと錯覚するくらいだ。

とはいえ、これって、私のやりたい仕事なのかな……？

正直、これといった目的を持って入った会社ではない。輝翔さんの傍にいたくて、誘ってもらえたので入ったというのが本当のところ。それでも、総務課の仕事には満たされるものがあった。

地味な制服に身を包んで、時には髪を振り乱しながら走り回って。たとえ目立たなくても、表舞台で働く社員を陰から支える仕事というのは、私の性分に合っていた。それは、今、秘書として専務を支えることにも通じるものがあるのだけれど――

誰もがみんな、やりたい仕事ができるわけじゃない。でも、本当にこのまま輝翔さんの秘書として働くことが、私の生きる道なんだろうか。贅沢な悩みだけど、だからこそ私以上に秘書の仕事に意欲を燃やしている人に対して、申し訳なく思う気持ちが湧き起こる。

そんな漠然とした不安が、頭の中を支配していく。

……そういう時は、失敗を招くものである。

午前中の業務を終えて、デスクで昼食を取りながら午後の会議のチェックをしていると、外出していた三沢さんが戻ってきた。

「おかえりなさい。お疲れ様です」

「ふうん、今日のランチは生姜焼きとエビフライか。ちょっとカロリー高めなんじゃない？」

「そうなんですよね……」

これまでは自炊の手作り弁当を持参していたが、最近はもっぱらお弁当屋さんで購入することが多くなった。オフィス街にはお昼時になるといろんなお弁当屋さんが集まってくる。最初のうちは目新しくて楽しかったんだけど、業者さんのお弁当は働くサラリーマンの活力とばかりに肉や揚げ物が多くって、さすがに最近は飽きてきた。まあ、おいしいんだけどね。

「三沢さんのお昼は？」

「出先で常務と食べてきたわ。うなぎをご馳走になっちゃった」

うう、三沢さんったら昼間から高級なもの食べて満足そうにしてる。でも、それだって高カロリーじゃないですか……

「専務は自室でお昼ごはんなの？」

「はい。あ、お茶はお出ししましたよ」

ちゃんと仕事してから、自分のお昼を食べてるんだもんね。私だって、そう毎回同じ失敗は繰り返しませんことよ？

「別に、私がお持ちしようだなんて思っていないわよ。仮に愛妻弁当なんか食べられてたら、へこむじゃない」

「……愛妻弁当じゃなくて、仕出し弁当ですよ」

ちなみに、輝翔さんのお弁当はこんなワンコインのお手軽ランチではなく、立派な重箱に入った仕出しのお弁当を手配した。くっ、うらやましいぜ。

だいたい、私が出来合いのお弁当を食べているんだから、輝翔さんだけ手作り弁当を食べるわけないじゃない。それに、日頃からあんな豪華なお刺身やお煮しめの入った料亭弁当を食べている人に、どんなお弁当を作ればいいのさ。

でも、いくら料亭の高級なものとはいえ、毎回食べてたら飽きるだろうな。たまには、趣向の違ったお野菜の豊富なお弁当とか、食べて欲しい気持ちはあるけど。とはいえ、私の料理のレパートリーではたかが知れている。卵焼きやウインナーの入った庶民的なお弁当なんて持たせられないし。

「……ねえ、この書類、午後からの会議のでしょう？　常務から預かった分と一緒に持っていくわよ？」

「あっ、忘れてた！　今朝、専務から預かったんでした」

しまった。コピー機のトラブルに気を取られて、すっかり忘れてた。

「あなたねぇ……忘れるんじゃないわよ、まったく」

固まる私の頭を、三沢さんは丸めた書類でポンと叩くと部屋を出て行った。

もっと、秘書としての自覚がないとか、たるんでるんじゃないのとか叱責が飛んでくるかと思っていたんだけど。お腹が満たされていると、人間、優しくなるものなのかな。

もしかしたら、私も秘書課の一員として少しは認められてきたってこと？

厳しい先輩のいつもと違った態度に気をよくして、残りのお弁当を掻き込んだ。


会議前の秘書には、やることが山ほどある。出席者の人数の確認をして、必要な書類をセットする。それから、使用する機材の設置に、飲み物の準備。課長や村本さんも手を貸してくれるけど、秘書課の中でも下っ端の私は率先してそれらに取りかかる。

会議室の中をせっせと動き回っていると、一番乗りで輝翔さんがやって来た。

「あれ、専務、お早いですね」

「ああ、お疲れ。先に資料の修正点を確認しておこうと思って」

上座に座り、輝翔さんは持って来たノートパソコンを機材に繋ぐ。今日の会議は専務がホスト役を務める。今回の仕事は、輝翔さんが専務に就任して最初の大仕事になるそうだ。その熱の入れようはすごくて、毎日遅くまで念入りに準備していたことを知っている。

「あれ……？　美月、ちょっと」

パソコンと資料を見比べながら、なにやら難しい顔をした輝翔さんに呼び止められた。

「これ、朝渡した時のままなんだけど」

ちょん、と指さされた資料を見て、固まった。

――しまった。朝のミーティングで、輝翔さんが作った資料と誤差が生じたからと会議までに修正するように頼まれていたんだった。他のことに気を取られていて、すっかり、忘れていた……

「す、すいません……忘れてました……」

どうしよう。室内の時計を仰ぎ見ると、会議の始まる予定まであと十分もない。今から打ち直しても、もう間に合いそうもない。さっき三沢さんに指摘された時、どうしてそれを思い出さなかったんだろう。

頭の中はパニック状態で、指先は冷たくなっている。任された仕事を忘れるなんて、秘書としてあるまじき失態だ。こちらを見上げる輝翔さんの表情は無に等しくて、感情が読み取れない。仕事に関しては自分にも他人にも人一倍厳しいといわれる輝翔さんのことだ。特大の雷を落とされても、致し方ないのだけれど……

「そうか……まあ、社内の会議だし、口頭で説明しながら各自修正してもらえばいいだろう。念のために出席者用の筆記用具を準備しておいて。――次から、気を付けるように」

淡々と告げると、輝翔さんはまたパソコンの画面へと視線を戻した。

呆れて、叱責する気も起きないんだろうか。てっきり怒鳴られるとばかり思っていたのに、簡単な注意だけで済ませられると、逆に辛い。

「申し訳ありませんでした……」

深々と頭を下げ、備品を保管している隣の部屋へ入ると、腕組みをした三沢さんが鬼の形相でこちらを見ていた。どうやら、一部始終を目撃されていたらしい。

「お説教はあとよ。とりあえず言われた通りの準備を『忘れずに』やんなさい」

「……はい」


会議が始まり、輝翔さんはパソコンを操作しながら説明をして、私が修正し忘れた資料の間違いを謝り修正点の指示を出す。静かな会議室で出席者たちがペンを走らせる音を聞くと、申し訳ない気持ちでいっぱいになった。

それもこれも、すべて私のミスが原因だ。いい気になってコピー機の修理なんかする前に、自分の責務を全うするべきだった。

しかし、さすがというか。余計な手間が増えたにもかかわらず、輝翔さんはよどみなく議事を進行していく。機転が利いて、冷静で、この人はパニクることなんてないんだろうか。

それに比べて私は、と後悔と反省を繰り返していると、胸ポケットに入れていた社用のＰＨＳが小さく震えた。

会議中に専務あての外線がかかってくることもよくあるので、その際は私のＰＨＳにかけてもらうようになっている。発信元が受付からであることを確認し、静かに隣の部屋へと移動した。

「はい、羽田野です」

『受付です。Ｔカンパニーの一ノ瀬様がお越しになられています。アポイントはとってあるとのことなんですけど、確認してもらえますか？』

「――は？」

Ｔカンパニーは今まさに進行中のプロジェクトのクライアントで、一ノ瀬様とは恐らく副社長の一ノ瀬龍樹氏のことだろう。進行状況の確認のために来社の予定だったが、それって、明日じゃなかったっけ？

念のためスケジュール帳を確認したが、やはり明日の欄に予定が入っている。でも、いくら勘違いとはいえ、もうすでに来社している相手を無下に追い返していいものか。

『……羽田野さん？』

沈黙が続き、さすがに受付嬢から催促が入った。とにかくここは、一度会っておいたほうがいいだろう。受付嬢の口から断りを入れるよりは、直接会って『やだー！　一ノ瀬様ったら、予定は明日ですよ？』などと話しておいたほうが相手の気分も害さずに済むかもしれない。

「今からそちらに行くので、しばらくお待ちいただくように伝えてください」

急いで電話を切ると、近くにいた三沢さんに目配せをしてから会議室を出た。


一ノ瀬氏との面識はなかったけど、一階に降りるとすぐにその人だとわかる。

受付の前に立つ男性は、明らかに他者とは違うオーラを身にまとっていた。

横顔だけでもわかる精悍な顔立ち。年齢は、輝翔さんと同じ頃だろうか。百八十はあると思われる長身で、やや華奢な体躯。身体によくフィットした細身のグレーのスーツ。

そしてなにより特徴的なのは、目だ。

シルバーフレームの眼鏡の奥の切れ長な目は、いかにも彼がクールでスマートな人物だと物語っている。堂々と背を伸ばして立っている姿から、どうにも、日にちを間違えるなんてヘマをするようなタイプの人間だとは思えない。

恐る恐る近付くと、気配に気付いた彼がこちらへ顔を向ける。

やっぱり、正面から見てもかなりのイケメンだ。以前出会ったアイドルくん（仮）といい、輝翔さんと付き合い始めてからの私のイケメン遭遇率、恐るべし。

「あの、一ノ瀬様、でしょうか？　私、須崎の秘書の羽田野と申します」

「ああ……あなたが。初めまして。Tカンパニーの一ノ瀬と申します」

彼が出した名刺を丁寧に受け取った。だが、顔は若干にこやかにはなったものの、彼の周囲の空気は妙に冴えていて、とてもじゃないが『やだー！　一ノ瀬様ったら』なんて言える雰囲気ではない。

「お噂は聞いていますよ。あなたが有名な『隠れ姫』ですね」

「隠れ姫？」

なんじゃそりゃ。初めて耳にするワードに首を傾げると、一ノ瀬氏の切れ長の目がさらに細くなる。

「須崎専務の秘書でありながら、酒の席のような無粋な場所には姿を見せないお姫様、という意味ですよ。専務の溺愛する婚約者でいらっしゃるんですよね？」

「え……、いえ、それは……」

いつの間にそんな、こっぱずかしい通り名が付いたんだ。

心配性な輝翔さんが私を接待の席には連れて行かないことは聞き及んでいたが、それがまさか、そんなふうに他者には捉えられていたとは。

残念ながら私は、姫と呼ばれるような美人じゃないんですけどね。

「今までお会いできなかったのに、会社に訪ねた途端に出迎えていただけるとは、わざわざ足を運んだ甲斐がありましたね」

「そんな……」

身に余りまくる言葉に頬が熱くなって思わず下を向いた。つむじの辺りに視線を感じる気がする。

一ノ瀬氏の会社は比較的新しい外資系だ。業績好調で、その規模は年々拡大していると聞く。今回のプロジェクトは、商品を売り込みたいＴカンパニーと、Ｔカンパニーと独占契約したいＳＵＺＡＫＩ商事が業務提携するような形で進んでいた。ちなみに輝翔さんは、夜の会食で頻繁（ひんぱん）に彼と会っている。

「ところで、須崎専務は？」

一変してビジネスモードに切り替わった一ノ瀬氏に、俯（うつむ）いていた顔をパッと上げる。

「あ、そのことですが……須崎はただ今、会議中でして。失礼ですが、来社のご予定は、明日、ではありませんでしたか？」

なるべく相手を不快にさせないよう、努めてやわらかな口調を心掛けたものの、いかんせん内容が内容だ。案の定、一ノ瀬氏は眉をひそめて不快な表情に切り替わった。

「それはおかしいですね……確かに昨日、変更のメールを送ったはずなんですが」

彼は持参していたビジネスバッグの中からタブレット端末を取り出し、するすると画面をスクロールする。

うお、さすが新進気鋭（しんしんきえい）の副社長。タブレット自体はもう物珍しい時代じゃないけど、私はいまだに使いこなせない。とくにスケジュール管理は、手書きのほうが頭に入ってくる気がするんだよね。

「ほら。確認のメールも、今日の午前中に送っていますよ？　こちらは返信がありませんでしたけどね」

そう言って向けられた画面には、一ノ瀬氏側から送られたメールの送信文が映し出されていた。

そこには、今日の来社予定の確認を求める文言があった。送信先は見覚えのある私のアドレスで、送信日時は午前中となっている。

思い出した！　昨日、一ノ瀬氏から来社を告げるメールをもらったんだ。会議と重なっていることは気付いていたから、時間を遅らせてもらおうと会議の終わる時間を調べて連絡するつもりが……忘れていた。

それでも、わざわざ今朝もメールしてくれたのならもっと早くに気付けたかもしれない。だが、メールが送られた時間は、例のコピー機のトラブルに関わっていた時で。その後、メールの受信チェックをしていなかった。

「も、申し訳ございません！」

なんてことだ。上司のスケジュール管理は秘書の大事な仕事なのに。輝翔さんに頼まれた仕事を忘れていた上、さらにこんな失態をおかしてしまうとは。

短い間に三つも重なった失敗に頭の中は真っ白になって目の前がくらくらしたが、とにかく必死に頭を下げる。

仮に、怒った一ノ瀬氏がこのまま会社を後にすれば、プロジェクトの進行に大きな影響が出るだろう。そんなことになったら――

「専務が出席中の会議というのは、この件に関するものですか？」

しばしの沈黙の後、冷ややかな声が上から降ってきた。即座に返事をしようとしたけど、どうしてか上手く声を出すことができない。『はい』と口を動かしながら首を縦に振るのが精一杯の私を、一ノ瀬氏は眼鏡の奥から刺すような目で見ていた。

「なら、構いません。案内してください」

一ノ瀬氏はそう言うと、躊躇(ためら)うことなくエレベーターへと足を向けた。


会議室のドアを開けると、正面に座っていた輝翔さんが真っ先に立ち上がる。

「一ノ瀬副社長!?」

「いや、申し訳ありません。近くに来る予定があったので寄らせてもらったのですが、せっかくなので私も同席させてください。そのほうが、同じことを説明する手間も省けるでしょう？」

突然現れたクライアントに、室内は当然どよめいた。だが、彼の機転(きてん)の利(き)いたセリフと素早く空席を見つけて移動した行動によって、それらもすぐに収束する。

その後の会議は、とても実りの多いものとなった。

今日の会議は現在の進捗状況について確認し、意見をまとめることを目的としていたが、クライアントが参加することで双方の認識の違いなどにその都度修正が入る。一ノ瀬氏の鋭い意見に対し、輝翔さんも即座に切り返す。いつしか会議は白熱し、予定時間を大幅にオーバーして終了する頃には今後のプロジェクト展開とそれぞれの役割までが明確となり、出席者から拍手さえ巻き起こっていた。


――だけど私は、動けなかった。

目の前で繰り広げられる、将来有望な二人の崇高な姿。それに比べて……

会議室に入る前、確かに彼は言ったんだ。

「ろくに仕事もできない秘書が『隠れ姫』とは、聞いて呆れる」


会議が終わり、出席者たちが全員退出すると、当然ながら烈火のごとく三沢さんに怒られた。

「外部の人間が会議に参加なんて、いくら一ノ瀬様の機転であっても前代未聞よ!?ちょっとはマシになってきたかと思ったら、専務の来客の約束を間違えるなんて、なにを考えてるの！　あなたのミスは、専務の評判に関わるのよ」

三沢さんの隣には、難しい顔をした田中課長もいる。

「まあ……専務のおかげで乗り切れましたが、中にはこちらの手の内になるような情報もありましたからね。この件に関しては上にも報告して、羽田野さんには後日追って沙汰しますから、そのつもりで」

課長の言う上とは、輝翔さんや社長、ひいては本社のお母様も含まれるのだろうか。自分の失態が広く知れ渡ることに羞恥もあるが、それ以上に、一歩間違えれば会社の大損害に繋がるかもしれないことをしでかしてしまったと強く後悔する。

「はい……。申し訳、ありません」

ただただ、頭を下げ続けることしかできなかった。


輝翔さんには、すべての原因は私のミスであることを正直に伝えて謝った。

「一ノ瀬副社長って、いい男だよね？」

「はあ……？　まあ、そうですね」

なぜ今、そんな話をするのだろうか。疑問に思いながらも、昼間に会った一ノ瀬氏の顔を思い浮かべる。

確かにイケメンではあったけど、眼光が鋭くて、ちょっと怖い感じだった。

彼について考える時、どうしても、あのことを思い出す。

――ろくに仕事もできない秘書。

小さく、だが確実に私に聞こえるように告げた彼は、まるでゴミか汚物でも見るような冷淡な目をしていた。

失態をおかした私が悪いから当然なんだけど……傷付いている自分がいた。

だから、顔のこととかは正直、どうでもよかった。

「ふうん……まあ、二人っきりで会ってたのは気に入らないけど、美月がなびかなかったのならいいや」

よくわからないセリフを残して、それっきり輝翔さんはなにも言わなかった。

だけど、私にはモヤモヤしたものが広がる。

輝翔さんのおかげで事なきを得たことには感謝しかない。到底、私ごときに責任がとれる問題ではないから。

でも、だからといって私がお咎めなしとなるはずはない。

重大な失敗をしたのだから、三沢さんや課長のように厳しく叱責するのが当然のことなのに。仕事に関して自分にも他人にも人一倍厳しいと言われる輝翔さんが、私に対してなんにも言わないなんて。

――私が、輝翔さんの恋人だから？

そんなの、おかしいよ……

その日の夜。簡単な夕食を済ませた後で、輝翔さんはリビングでパソコンに向かって遅くまで仕事をしていた。

課長の言った通り、今日の会議で本来は一ノ瀬氏に知られたくない情報だってあったはず。毎晩遅くまで準備を続けたのに、私が一から検討せざるを得ない点を作ってしまったかもしれない。

――私のせいで、輝翔さんの努力を潰すところだった。

一緒にいると決めたからには、輝翔さんに相応しい人間になりたかった。私がいることによって、輝翔さんの評判を落とす真似はしたくないと思っていたのに。

自分自身が被害を被るよりも、他人に迷惑をかけることは何倍も辛い。その相手が努力する姿を傍で見てきた輝翔さんならなおのこと。

私は輝翔さんの役に立つどころか、足を引っ張りまくって、危うくすべてを台無しにしてしまうところだった。大事なクライアントである一ノ瀬氏にも、輝翔さんには無能な婚約者が秘書としてついていると思わせてしまっただろう。

このままじゃ、いけない――

黙々と仕事をする輝翔さんの背中を見つめてから、邪魔をしないようにそっと、リビングを後にした。

5　対決!?　美月vs輝翔　勃発編

たいていの悩み事は一晩寝れば忘れてしまう性質なんだけど、翌日の気分はどん底だった。

別々の部屋で寝起きして、トーストを焼いただけの朝食を済ませ、一緒に会社に向かう車内でも無言。できることなら一人で電車に乗って別々に通勤したいところだったけど、喧嘩をしたわけでもないのにそこまでやるのは勝手すぎるので自重した。

昨晩から、輝翔さんとは必要以上の会話はしていない。というより、私が落ち込みすぎていて無理だった。

チラチラと様子を窺ってくれているのには気付いていた。輝翔さんは私の様子がおかしいことを察してくれているようだけど……それでも、輝翔さんはあの件に関して相変わらずなにも言ってくれない。だけど、職場に着けば嫌でも顔を突き合わさなければならない。

「美月、今日は午後からの予定がキャンセルになったから空いているよね？　ちょっと出かけたいところがあるから一緒に来てくれる？」

「……わかりました」

空き時間ができたのは、私が一ノ瀬氏の来社予定を一日間違えていたせいだ。

外出は正直なところありがたい。秘書課のみんなは私の失態を把握（はあく）しているので、朝から冷ややかな空気を感じていた。数人で固まっている同僚を見るたび、なにを話しているのか実際には聞こえなくとも、きっと私についてなんだと思ってしまう。三沢さんはまだピリピリしたムードだし、村本さんも苦笑いを浮かべている。

それでも、何事もなかったかのように振る舞われるよりも、このほうが気楽だったりする。

職場の雰囲気をぶち壊すようなことをしたのは私だから、同僚たちの態度が逆戻りしてしまっても仕方がない。問題はこれからどうやって挽回（ばんかい）するかということなんだけど、残念ながらその答えはまだ見つかっていない。

――もしも私が輝翔さんの恋人ではなくて、ただの秘書だったなら、どうなっていたのだろう。

目に浮かぶのは、昨晩の輝翔さんのうしろ姿。本来であればやらなくてもよかったであろう仕事を黙々と行いながら、いったいなにを考えていたのか。

私だったら、誰かのミスで残業を押し付けられるような事態が起これば、『なんで私が』とか『余計な手間かけさせやがって』とか、少なからず不満に思ってしまう。

なのに輝翔さんはなにも言わない。それは、相手が私だから気を遣っているに違いなくて。
もしかしたら輝翔さんは、私を秘書としては必要としていないんじゃないかと思うと、悲しくて悔しくて……なんか、段々とイライラしてきたぞ……。八つ当たりだとわかっていても、そんな気持ちを止められない。
自ら運転して訪問先へ向かう輝翔さんの横顔を眺めながら、鬱屈した思いは次第に強くなっていた。

なのに、輝翔さんは――

「着いたよ」
そう言って、ホテルの車寄せに進んでいった。

ホテルといってもイヤラシイ意味のヤツではない。映画賞の授賞式や海外セレブのレセプションパーティー、芸能人の結婚式などテレビのワイドショーなんかで耳にしたことのある、超ハイグレードなセレブリティホテルのひとつ。広大な敷地には、私たちがいるメインの建物のほかに貴賓館や日本庭園を構えた和風の建物なんかもあるという。

手馴れた様子でエントランスに横付けすると、すぐさまドアマンが助手席のドアを開ける。一歩足を踏み入れたそこは、重厚な石の柱が支える高い天井にアンティーク調のシックな絨毯が続く圧巻の構えで、しばし呆然としてしまう。

吹き抜けの高い天井をポカンと口を開けたまま見上げていると、ダークカラーのスーツに身を包んだ紳士が近付いてきた。

彼は私たちのすぐ傍で立ち止まると、左手を胸に当て優雅に頭を下げる。

「須崎様、お待ちしておりました」

「ご無沙汰してます、支配人。例の場所は見学できますか？」

——し、支配人だと!?

ダンディなコンシェルジュだと思ったら、まさかの偉い人ですか。

彼は満面の笑みを浮かべながら、輝翔さんの問いにもちろん、と答えると私たちを奥のエレベーターへと誘導した。

いったいどうして、こんな場所へ連れて来られたのか。まさか、落ち込んでいる私を慰めるために奮発したホテルの部屋を押さえていたり……しないよね。

案内係がベルボーイではなく支配人なのだから、宿泊や休憩のために来た、とは考えにくい。

一抹の不安を抱えて視線を投げかけてみるが、輝翔さんはわずかに唇を綻ばせるだけ。

――近いうちに要人の訪問や催し物の予定は入ってなかったはずだけど、なにかの下見かな？　まさか、忘れてるなんてことはないよね？

昨日の失敗を踏まえて課長と予定を確認したばかりだから、漏れはないと思いつつもやっぱり不安が残る。

そんなことを考えていると、いつの間にかエレベーターは目的の階へと到着していた。

「こちらでございます」

支配人がメインの扉を開くと、そこは、だだっ広い空間だった。

見渡す限りに広がる、一面の床。遥か先には小上がりのステージがあって、頭上にはバカでかいシャンデリアがいくつもぶら下がっている。

しかし、こんなところでなにを……

まさか、社交ダンスじゃ、ないよね？

「本日はメンテナンスのため備品は撤去しておりますが、こちらが当ホテルのメインパーティールームで、最大収容人数は二千人となっております」

「二千人……!?」

いや、これだけの広さがあれば、そのくらいの人数だって入るだろうけどさ。

白いクロスに覆われたテーブルが並ぶ光景は、もしかして、年末の音楽祭でよく見るやつだろうか。

「こちらをご利用の場合は専用の玄関と駐車場がございます。挙式は外の貴賓館になりますが、披露宴にご出席するだけのお客様は問題ないかと」

「うん。じゃあ次は貴賓館も見せてくれますか？」

あのステージで某歌手やアイドルが歌い踊るのか、なんて呑気に考えている隣で、なにやら不穏な会話が耳に入った。

ちょっと待て。嫌な予感が、止まらない。

「……輝翔さん、披露宴って誰のですか？」

「もちろん、俺と美月のだよ」

事もなげに答えたけれど――

「はあああああ――!?」

私と、輝翔さんの、披露宴……だと……？

「広い会場は早めに予約しておかないとなかなか取れないからね。ちょうど時間ができたから、支配人に無理を言って見せてもらうことにしたんだ。テーブルセッティングがないとイマイチ想像しにくいかもしれないけど、それは仕方ないよね」

うん、まあ、なんにもない空間を見せられても、広いなーくらいの感想しか持てませんけどね……って、問題はそこじゃない！

「予約するって、私は聞いてませんよ!?」

「予約するかどうかはまた考えるとして、そのための下見だから」

「いやいやいや……そうじゃなくて、いつ、式場の予約をするところまで、話が進展したんですか？」

プロポーズは受けたけど、具体的な時期についての話は、していないはずでは!?

「いずれはするんだから、用意しておくに越したことはないじゃないか。こういう場所はその時になって探してもなかなか見つからないんだ。それに、いつ結婚式を挙げるか決めあぐねているなら、会場を予約した時を期限にしたほうがゴールが見えてわかりやすいよ」

「ゴ、ゴールって！」

「そうですね。今からでしたら、最長で一年先までのご予約は可能です」

——煩(うるさ)い、黙れ、支配人！

横から口を挟んできたおっさんを勢いよく睨(にら)み付けたら、わかりやすいくらいに肩をビクつかせた。

偉い人だろうが目上の人だろうが関係ない。

すると輝翔さんが小さく溜め息を吐(つ)いて、二人で話をしたいと支配人に退席を促(うなが)した。

すごすごと去っていく支配人のうしろ姿が見えなくなるまで、言いたいことをぐっと堪(こら)えた。

なのに輝翔さんは、やれやれといった感じでまた溜め息を吐きながらアンニュイに前髪をかき上げちゃったりなんかしてる。

「それで、なにが不満なの？」

支配人がドアの外へと出ていくのを見届け、輝翔さんは両手をポケットに入れながら静かに言う。

「不満もなにも、結婚式の話なんて、まだなにもしていなかったはずですけど？」

「美月は、結婚式をしたくないの？」

なにをそんなに目を丸くしてるんですか。

「そうじゃなくて、具体的な日程を決める話はしたことないですよねって話ですよ！」

話が微妙に噛(か)み合わない。

確かに私は輝翔さんのプロポーズを受けた。でも、時期については『いつか』と保留したままだ。いつか——私が、輝翔さんの伴侶(はんりょ)として隣に立つ自信がつくまで、待っていてくれると期待していた。

それなのに、こんな急展開を迎えてしまって、私の心は追いつかない。

「別に今すぐってわけではないよ。でもあらかじめ期限を決めておくのも必要だと思う」

「だからって、いきなりこんな場所に連れて来ます!?　先に説明して欲しかったです」

「披露宴会場の下見をしたいなんて言って、美月は素直について来る?」

それは……来ない。だけど、早めに教えてくれたなら、こんな場所でドンパチ始める必要はなかったはずだ。

「……美月は、俺と結婚してくれるんだよね?」

「うっ、それは……」

そりゃ、プロポーズされて、でっかいエンゲージリングも頂いて、同棲なんかもしちゃってるし、嫌なわけじゃないけど……

「結婚するなら、結婚式は挙げるよね?」

「ううっ、それは……、そうですけど……」

結婚式については、むしろやりたいとは思っている。世の中には籍だけ入れて挙式はしないというカップルも多いかもしれないが、私は花嫁衣装に憧れがある。お世話になった両親や友達に一生に一度の晴れ姿を見てもらいたいし、なにより、輝翔さんの花婿姿だって見たい。

兄でさえいつもよりカッコよく見えたんだから、輝翔さんであれば何割増しどころか今だけ期間限定、内容量倍増……って、いかん。思考がずれてしまった。そもそも結婚式は輝翔さんのカッコいい姿を見るためのものじゃなくて、神様の前で二人の愛を誓う神聖な儀式。そんな大事な結婚式を、会場の確保を最優先にして決めてしまうことに、なんとなく納得できなかった。

それに、ずっと気になっていたけど、最大収容人数二千人ってなに!?　私は、そんなド派手婚に憧れてないっつーの!

もちろん、お相手が須崎グループの御曹司(おんぞうし)ともなれば、お披露目(ひろめ)も兼(か)ねた披露宴は盛大にならざるを得ないことはわかっている。うちはともかく須崎の家には親戚だって多いだろうし、仕事上お付き合いのある人や業界の関係者にだって、次期後継者の結婚を知らせることは必要だ。頭では理解しているけど、本音では私はそんな披露宴は望んでいない。

……つまり、結婚はしたいけれど、怖気付(おじけ)いているのだ。

「私たちはまだお付き合いして一年も経っていないじゃないですか。同棲だって始めたばかりで、将来のことを決めるのはまだ早いと思うんです」

ここはまず、冷静に話し合おうじゃないか。

思えば、輝翔さんは最初から性急だった。交際を申し込まれた時も、秘書になり婚約者になった時も、同棲を決めた時も。これほどまでに結婚を急ぐ理由が、どこにあるというのか。

大企業の跡取り息子として早く身を固めて体裁(ていさい)を保ちたいという願望もあるのかもしれないが、私も輝翔さんも二十代。昨今の世の中の傾向を見ても、年齢的にはまだ焦(あせ)る必要なんてないと思う。

「俺は早いとは思っていない。同棲して、そのままズルズルと何年も過ぎるなんてことのないようにしたいだけだ」

輝翔さんはそう言いつつ、なぜか私から視線を外した。その仕草が、妙に引っかかる。

——なんか、おかしい。

いつもであれば、輝翔さんは私を論破する際に目を逸らしたりしない。完璧に構築された理屈で、私がなにかを思う余地もないのに。

「ともかく今日は下見に来ただけだから。美月が気に入らないのなら他の会場も見て回ればいい」

——あ、話を変えようとしてる。さらに輝翔さんは踵を返して、部屋の外へ出て行こうとする。

「どうしてそんなに焦るんですか？　大事なことなんだから、もっと時間をかけてもいいと思うんです。私はまだ決心がついてないというか、もう少しゆっくりでもいいんじゃないですか」

「……決心って、いつ頃つくわけ？」

必死に追いすがると、輝翔さんの足はなんとか止まった。

だが、背中越しの声がやけに小さく低く聞こえるのはなぜだろう。

「それは……」

なにを持って決心するのかと問われても、答えは『したことがないからわかりません』だ。

自分の運命の相手が輝翔さんであることに疑いはないし、いずれは彼のお嫁さんになりたいと、もちろん思っている。

だからといって、プロポーズされた！　即ＯＫとはならなくて。結婚は勢いだ！　とか、ビビビ！　とかいうのもない。ビビビ！　なんてものがあるなら、とっくの昔に体験して、すっかり感電しているはず。

せめてもう少しだけでも、自分に自信を持ててから……

玉の輿だシンデレラだと浮かれるよりも、これからのことを考えてどうしても躊躇してしまう。

私には、『須崎』の人間になる覚悟が足りないのだ。

今まで私は、キラキラした世界にいる人たちを傍観者の目で見ていた。でも、輝翔さんのお嫁さんになるということは、自分がその輪に加わるということ。そのためには、お父様や疑似セレブマダム体験で出会った小野寺さんみたいに経験を積んで自信をつけて、少しでも輝翔さんの役に立てる自分にならないといけない。

「私だって、自分なりに考えています。でも今はまだ、その時じゃないんです。私が今どれほどテンパっているのか、輝翔さんは承知しているでしょう?」

今の私はまだ、与えられた仕事を一人前にこなすこともできない未熟な人間だ。そんな私が、結婚のことを考えるなんて早すぎる。

なのに――

「仕事でテンパってるのと、プライベートは別物じゃないか。美月のペースにばかり合わせていたら、いつまで経っても話が先に進まないから、準備だけはしてるんだ」

……なにをぉぉぉ!?

輝翔さんの言うことは正しいけど、私はそんな器用に立ち回れない。確かに、待たされている輝翔さんが焦れったく思うのはわかる。でも、そんな簡単に割り切れない!

「そんな言い方ないじゃないですか。私の意思が固まるのを待ってくれるんじゃなかったんですか?」

「俺は待つなんて言ったつもりはない。仮に待ったとしても、その間にやれることはやらせてもらう」

なんと。根本的に認識の違いがあったとは。

「う……それはそうかもしれないですけど、どうして今日なんですか? 私、昨日失敗したばかりなんですよ? 輝翔さ……専務に迷惑かけたんですよ? どうしてなにも言わないんですか!?」

「次から気を付けるようにって言ったろ？　迷惑かけたのがわかってるなら、それでいいじゃないか」

「やっぱり迷惑だったんじゃないですか！　だったら、なんで怒ってくれないんですか!?」

怒りもしないということは、最初から私には期待もしていないってことなの？

「……失敗を咎めるのは俺の仕事じゃない。あの場の対応も美月をフォローしたわけではなくて、そうしないと業務に支障が出るからだ。俺は美月の指導者じゃない。業務の失敗を正して指導するのは秘書課の田中課長や先輩の役目だ。彼らがその職務を全うしたのなら、俺がとやかく言う必要はない」

私のヒステリーをバッサリと切り捨てた輝翔さんは、恋人ではなく上司の顔をしていた。

輝翔さんの言っていることは正論だと思う。私を秘書として育てるのは、輝翔さんの仕事じゃない。それでも、割り切れなかった。結婚の時期についても保留にさせてもらっている身で勝手だと思うけど、今は結婚について考える余裕がない。しかも輝翔さんはなにも間違ったことを言っていないのに、イライラして八つ当たりしてしまって……。我ながら面倒くさい奴だと思う。

でも、仕事の合間にプライベートの式場巡りだなんて、公私混同を疑ってしまっても仕方がない。

ろくに仕事もできなくて、輝翔さんに迷惑ばかりかけているのに——

ただ単に、輝翔さんの独占欲を満たすためだけに傍に置かれているのなら、そんなの、お人形と一緒じゃない！

居た堪れなくなった私は、輝翔さんの身体を押しのけると、そのまま外へと飛び出した。

ホールに出ると、振り向かずにそのままエレベーターへと向かった。途中に私たちを待っている様子の支配人の姿を見つけたから、「後はお願いします」と告げて通り過ぎる。こうすればきっと、彼が輝翔さんの足止めをしてくれるだろう。

停まっていたエレベーターに飛び込んでボタンを押す。輝翔さんが追いかけてくる気配はなく、狭い箱の中でホッと息を吐いた。

勢いで飛び出したものの、これからどうするか……

ガラス張りのエレベーターから外を見れば、エントランスの前に黒塗りのハイヤーが何台か停車していた。だが、当然そんなものに乗れるような持ち合わせもない。

とにかく今は一人になりたい。

一階に到着し、念のために他のエレベーターを確認したが、降りてくるものはなかった。

どうやら支配人はうまく輝翔さんを捕まえてくれたようだ。わざわざ無理を言って会場を見せてもらったんだから、彼を無下にして私を追いかけてくることもできないだろう。

「あの……、もし？」

勇み足で玄関に向かおうとしたところで、背後から声をかけられた。

振り返るとそこには、一人の老紳士が立っていた。

ボーラーハットを被った白い顎鬚のおじいちゃんは、杖で身体を支えながらまっすぐにこちらを見ている。

格好だけなら往年の喜劇王みたいなスタイルなんだけど、顔立ちは、印籠で有名な時代劇の役者さんみたいだな……ん？

「やはり美月ちゃんだ。覚えておいでですかな？　以前須崎のパーティーでお会いした爺だが」

私を美月ちゃんと呼んだおじいちゃんは、にこりと可愛らしく笑った。

「ああ、あの時の！」

あれは、ＳＵＺＡＫＩ商事の恒例である新作ワインの試飲パーティーでのこと。会場内で杖を落としたおじいちゃんを助けたのが縁で、その後少しだが話をさせてもらった。

そういえば、あの時自己紹介したっけな。須崎グループの顧問弁護士の父のことを、このおじいちゃんは知っている様子だった。おじいちゃんの名前は知らないが、招待客なだけあって、なるほどこの高級ホテルもご利用されているんですね。

「お久しぶりです。その後、足の具合はいかがですか？」

「ああ、まあ相変わらずといった具合だ。こればかりは死ぬまで付き合っていくしかないからの」

そう言いながらおじいちゃんは杖から右手を外して、太腿(ふともも)をさする仕草を見せた。

足の悪いご老人が、わざわざ私を見かけて声をかけてくれたのか。なんだか嬉しいけれど、ずっと立たせているのは申し訳ない。それに、早くしないといつ輝翔さんが降りてくるかもしれないのだ。

「えっと……立ち話もなんですし、私も少し急いでいますので」

きょろきょろと周囲を窺(うかが)うと、おじいちゃんの背後にいた黒ずくめのスーツの人がさっと寄ってくる気配を見せた。さすがはお金持ち、ちゃんとお付きの人がいるようだ。

「お急ぎか？　外に車でも待っておるのかの？」

「いえ、あの、電車で……」

咄嗟(とっさ)の時、正直なのは小市民の悪い癖か。するとおじいちゃんは隣に来た黒ずくめの人に指示を出した。黒ずくめの人は、玄関を出てどこかへ姿を消した。

「せっかくじゃ、儂(わし)の車で送らせてもらおう」

「いや、それは、悪いですから！」

いくら以前会ったことがあるとはいえ、相手は名前も知らない他人だ。子供の頃によく、知らない人の車に乗っちゃダメって教えられたでしょう？

「心配せんでも、運転はさっきの者がやるから安心しなさい」

「いやいや、そういうことではなくて」

おじいちゃんは私の手を掴むとぐいぐいと引っ張る。それが結構力が強くて、本当に足が悪いのかと疑いたくなるけど……でも、お年寄りを突き飛ばしたりしたら悪いしな……

「駅がよければ駅までにする。変なところに連れて行ったりはせんよ。それに、恐らく人には見られたくないだろう顔をしておるぞ？」

「ええ!?」

反射的に手で頬を覆った。まさか涙でマスカラが落ちてパンダにでもなっているのだろうか。

……あれ？　でも私、泣いたっけ？

輝翔さんと口論して感情的にはなったけど、涙は流していないと思う。不審がっていると、目が合ったおじいちゃんがニヤリと口の端を持ち上げた。

「その様子じゃと専務と喧嘩でもしたのかの？　どれ、この爺が聞いてやるからさっさと乗りなさい」

それで結局、玄関の前に横付けされていたリムジンへと押し込められた。

——おじいちゃん、意外とパワフルだ。

「それで、専務となにがあったのかね?」

後部座席にどっかりと座ったおじいちゃんは、相変わらずニコニコと笑っていた。

「別に……少し、意見の食い違いがありまして」

送ってもらっているとはいえ、他人にプライベートの揉め事を話すつもりはない。まして相手が取引先の人間であるならば、須崎グループの御曹司の痴話喧嘩とその愚痴を聞かせるわけにはいかないだろう。

でも、どうしておじいちゃんは、私のトラブルの相手が専務であると思ったのだろう。

「あのパーティーの後、専務の秘書になったのじゃろう? 現在は婚約者になったとも聞いておる。そんな人間が一人であんな場所にいるわけはないからな。加えて今にも泣き出しそうな顔をしていたとすれば、なにかあったと思うのが妥当じゃろう」

うっわ、セレブの情報網、早っ!

もしかして、セレブ向けのニュースサイトやSNSのグループで情報交換なんてやってたりしてね。

「美月ちゃんのことは、ようちゃんから聞いておるぞ」

「……ようちゃん？」

「蓉子ちゃん、須崎蓉子からSNSのメッセージで教えてもらったからな」

げえっ！　本当にあったよ、SNSのグループ。しかも文字通りの須崎グループ。

情報の発信源は、お母様だったのか……

「心配せずとも、儂はただの隠居の爺じゃよ。亀の甲より年の功だと思って、ほれ、話してみんしゃい」

某時代劇にて厄介事に首を突っ込む際のご隠居のごとく、おじいちゃんは期待に満ちた顔で私が話し始めるのを待っている。

それで、仕方なく、話すことにした。

「――それで失敗したんですけど、専務からは注意は受けたものの、咎められることも慰められることもありませんでした。しかも、そんなことがあった翌日に、強引に結婚の話を進めようとしていて。それで、カッとなってしまって」

口に出して人に説明すると、自分の感情にも少しずつ整理がついてくる。自分がまだ半人前であること。輝翔さんが私に甘いことを、自分でも当たり前だと思っていたこと……

「それで美月ちゃんは、どうして欲しかった？」

「私は……怒られたかったし、できたら慰めてほしかった、です」

輝翔さんは、そのどちらもしなかった。ただ何事もなかったかのように、いつものように結婚話を進めようとした。まるで私が、なんの役にも立たなくても、ただ傍にいればいいだけのように扱われた気がしたのだ。

でも、私はそれじゃ嫌なんだ。ただ輝翔さんの隣にいるだけじゃなくて、必要とされて、役に立てる人間になりたくて。

話し終わると、おじいちゃんは顎に蓄えた髭を撫でながら、なにやら思案している様子だった。

そして、一言。

「――輝翔も詰めが甘いな」

ポツリと、輝翔さんを呼び捨てにした。

いや、かなりのご高齢だし、お母様ともお知り合いみたいだから輝翔さんを幼少の頃から知っていてもおかしくはないんだけどさ？

「だが見る目はある。玉の輿に乗れると浮かれているお嬢さんではないのが気に入った。美月ちゃん、ひとつあんたに頼みたいことがある」

そしてリムジンが停まったのは、輝翔さんのマンションだった。

＊＊＊＊＊

立ち寄ったホテルから俺がオフィスに戻ったのは、ほぼ定刻通りだった。しかし、どういうわけか、先に帰ったはずの美月の姿はない。

飛び出して行った美月を一度は追おうとしたが、そこは自重した。

強引に式場見学に連れ出せば、美月が怒り出すことは想定していた。喧嘩にまで発展するとは思っていなかったけど……

喧嘩をしてもオフィスに戻れば、上司と秘書として顔を合わせる必要がある。お互いに少し時間を置いて冷静になれば、仕事が終わってからでも話し合いの時間はいくらでも持てる。自分でも少々目論見が甘すぎたと反省する点もあったため、待っていた支配人と予定通りに打ち合わせをしてからホテルを出た。だから、自分のほうが先に帰社するはずはない。

だが会社に着いて、念のため受付で美月の帰社を受付で確認したが、ここを通った形跡はないと言う。おまけに携帯電話の電源も切られている。いくら俺と口論になったとはいえ、真面目な彼女が残りの仕事を放り出していなくなるとは考えにくかった。

秘書課に顔を出して美月の在席を確認することもできるが、基本的に俺はあの部屋への出入りをしない。美月の同僚たちの前であからさまに声をかけるのは、二人の関係が公然のものになっていたとしてもあまりよい影響は与えないだろう。

――本当に気を遣うべきは、そんなところじゃなかったんだけどな。

美月が失敗を悔やんで落ち込んでいるのはわかっていた。だが彼女にも言った通り、それを咎めるのは自分の仕事ではないと思っている。

それに、美月が言うほど怒っているわけでもなかった。慣れない仕事を必死に頑張っているのはわかっているから。そして、そんな美月の姿は見ていて実に可愛いというのも本音だ。

誰にだって間違いはあるし、起きてしまったことをとやかく言っても結果が変わるわけではない。

――まあ、勤務時間内に式場巡りするのは公私混同だったけど。

今回は方法を間違えたと反省する部分もある。素直に謝るのが一番丸く収まるのだろうけど、すべてを晒してしまうのは、どうにもかっこ悪い。

「後悔先に立たず、か……」

自分でも、なにをそんなに焦っているんだと不思議に思うことがある。美月はもう自分のもとにいて、結婚だってそう遠くない未来のはず。だが、理屈じゃなくて感情が先に動いてしまうのだ。

欲しいものは全力で取りにいかなければ。

手に入れ損ねて後悔するのは、二度とごめんだから。

ひとまず自分の部屋に戻ろうと専務室のドアを開けると、そこには先客がいた。

大切なのは、これから先をどうするかということ。

「――げっ」

思わず声が漏れてしまって、慌てて口を塞ぐ。白い顎鬚が特徴のじいさんは、ソファに座って呑気に茶を啜っていた。

「遅かったな」

どうやらじいさんの耳には聞こえなかったらしい。

「お久しぶりです。今日こちらに来られるとは、聞いていませんでしたが？」

平静を装って笑顔を見せたものの、恐らく引きつっていた。それくらい、この人物――祖父の登場は予想外だった。

今日来るどころか、最近は表舞台からは遠のいていると聞いていたのだが。

「ぼーっと突っ立ってないで、お前も座りなさい」

「はい……」

部屋の中には祖父と、彼のお付きが一人、それからなぜか田中課長がいた。

ソファの向かいの席に腰を下ろすが、俺の分のお茶が運ばれてくる気配はない。祖父が飲んでいるお茶は美月が淹れたものではないのか……？

「下手を打ったな、輝翔」

美月の気配を探していると、祖父の口角がニヤリと上がった。

「まったく、どうしてそう落ち着きがないかの。常日頃より余裕を持てと教えたはずだが？」

「……申し訳ありません」

この人の前では、どうしてもしおらしくなってしまう。その点に関してだけは、美月が会社にいなくてよかったと思う。

「まあ、お前が余裕をなくすのは、あの娘に関してだけなんだろうけどのう。いい娘さんじゃないか、悠介はよく教育しておる」

美月の話題を口にした祖父の顔が、幾分か穏やかになったことに少しだけホッとした。

婚約者となった美月の素性について、彼が私的に調べたことには別段驚きはない。難癖をつけられるかもしれないという不安は、表情を見る限りでは杞憂に終わったと思っていいのだろう。

だが、そう考えた矢先に彼の表情が一変した。

「儂もあの娘には恩義がある。だから今回は儂が助けてやることにした。あの娘の結婚相手は儂が見つけてやろうと思う。場合によっては儂の嫁にしてやってもよい」

「――はあっ!?」

この耄碌ジジイが、なにを馬鹿なことを言い出すんだ！

「誰にも渡したくないから早く結婚したいのに、こんなジジイの嫁にするわけないだろう!?」

思わず立ち上がると田中課長がわずかに動いた。だがそれを、隣に立っていたお付きが制止する。

「たわけが。そもそも結婚さえすれば自分のものになると思っていること自体が間違いじゃ。それに、結婚するのであれば、あの娘ではなくて然るべき家の娘さんと結婚したほうが、須崎にとってもお前にとっても利益があるとは思わんか？」

ジジイと暴言を吐かれたにもかかわらず、なおも飄々としながら痛いところを突いてきた。

クソ、やっぱり難癖つけてきやがった。

生まれた時から御曹司であり、須崎グループの後継者である自分の結婚は、会社にとって意味のあるものでなければならない。自分にとっての『普通』と、誰かにとっての『普通』は違う。その昔、俺も考えたことだ。

しかし、俺のその考えを母は否定した。そして庶民の出の父を選んで結婚した母の言葉に、俺は絶大な安心を得られていた。

……だから、俺はもうそんな言葉で迷わない。

「俺は、美月以外と結婚する気はありません」

この十年、ずっと陰から美月を見守り続け、ようやくここまで漕ぎつけた。彼女と一緒にいることの幸せや安らぎを知ってしまった今、手放す気など毛頭ない。

「この儂に背いてもか？」

引退した身とはいえ、ジジイの眼光にはまだまだ鋭いものがあった。

美月を選べば、後継者としての立場を失うかもしれない。

これまで自分が積み上げてきたものがすべて水の泡になる。考えてもみなかったことに、正直言えば一瞬だけ躊躇しかけた。

俺が今の立場を失えば、これまで世話になった人たちはどう思うだろうか。

父や母は、失望するかもしれない。パートナーとして成長しようと誓い、弁護士となった悠一は怒るだろう。信じて支えてくれた人たちも裏切ることになってしまう。

脳裏に様々な人たちの顔が過ったが、美月の笑顔を思い出して心は決まった。

「はい」

背後で田中課長が息を呑むのがわかっても、自分の答えに後悔の念はなかった。

たとえすべてを失ったとしても、美月がいるならそれでいい。

彼女だけは、俺の家柄や身分に左右されたりしないから。

むしろ、セレブな世界を苦手に思う彼女のことだ。俺が須崎の家を出たほうが、逆に喜んでくれるかもしれない。

豪華な挙式やハネムーンはできなくても、二人でいるなら俺はどこでも生きていける。

美月のためなら、どんな仕事だってやる覚悟はあるんだ。

「ならば、あの娘を探してみろ。ただし仕事を疎かにすることは許さん。双方手に入れられるのであれば儂も認めてやろう。まあ、見つけられればの話だがな」

残りのお茶を飲み干すと、ジジイはしっかりとした足取りで立ち上がった。

余裕の表情を見るに、もうすでに美月はどこかに身柄を隠されていると推測できる。

だが、諦めるつもりはない。

本当に欲しいものは、全身全霊で取りにいく。

仕事も、好きな女も、どちらも必ず手に入れてみせる。

「やってやろうじゃないか、クソジジイ……！」

6　対決!?　美月vs輝翔　逃亡編

輝翔さんがそんな決意を固めているとは露知らず、私は今、人目を忍びながらビルとビルの隙間を縫う絶賛逃亡中の身であった。

私の手には小さなボストンバッグがひとつ。そして服装はカジュアルなシャツとジーンズだ。

……よもや私が、運び屋だとは誰も思うまい。ふっふっふっ。

「――美月ちゃん、ひとつあんたに頼みたいことがある」

自宅の前に到着し、路肩に停車したリムジンの車内。おじいちゃんはおもむろにあるものを取り出した。

「これを、とある場所まで届けてもらいたい」

そう言って差し出されたのは、黒い包装紙に包まれた小さな箱のようなものだった。

「中身がなにとは教えられんが、とても大事なものが入っておる。それを聞きつけたらしい不逞の輩が集ってくるんで、遠くの知人に預かってもらう手筈だったんじゃ。儂が自分で運ぶつもりでおったが、どうもつけられておるようでな。そこで、縁故のないあんたにこれを運んでもらいたいんじゃ」

——おおお、なんだこのスパイ映画みたいな展開は。

「で、でも、そんな大事なもの、私なんかが……」

「それが狙いじゃ。まさか奴らも、こんなお嬢ちゃんがそれを持っているとは思うまい」

おじいちゃんは私の手を掴むと、開いたままの掌の上にその黒い箱を載せてしまう。

——おおお、受け取っちゃったじゃないか！

それは特に重いわけでもなく、かといって軽くもない。宝飾品でも入っているような重みで、なにやら貴重なもののように感じる。

「中身がなにか気になるかね？」

おじいちゃんの問いかけに、全力で首を横に振った。

——知りたくない、知りたくない！　中身を知ってしまったら、それこそ巻き込まれてしまう。そんなの聞いたら、後戻りできなくなるじゃないか！

そんな私の様子におじいちゃんは表情を緩める。

「なに、当人以外にとってはさほど重要なものでもないんじゃよ。実はこれは、死んだ妻の形見でな。生涯儂の手元に置いた後は墓場に持って行こうと思っておるのに、そう説明しても納得せん邪な考えの人間が多くてな」

「奥さんの形見ですか……」

　きっとこれには、二人の思い出がたくさん詰まっているのだろう。おじいちゃんは自分が元気な間は大切に保管をして、死んだら一緒に天国に持って行って奥さんへの手土産にするつもりだと言った。

　三途の川のお花畑まで迎えに来た奥さんに「遅れてすまん」なんて謝りながらこれを差し出して、手を繋いで一緒に歩いていくうしろ姿なんぞを想像してしまったら……うう、なんていい話なんだ。

　それなのに、私利私欲のために狙うなんてけしからん奴らだ、許せん。

「昨日今日会ったばかりのあんたに、こんなことを頼むのは筋違いだとはわかっておる。お礼と言ってはなんだが、無事に届けてもらったなら、儂にできる限りのことはなんでもさせてもらう。どうか人助けと思って引き受けてはくれんだろうか」

　頼む、とおじいちゃんは私に向かって頭を下げた。

　どこの誰だか存じませんが、恐らく結構な身分の人に頭を下げられては恐縮する。それに、人助けと言われると、なんだか心が揺らいでくるではないですか。

「それでも、どうして、私なんですか……?」

　おじいちゃんとは顔見知り程度の接点はあっても、そんな重大な使命を任せられるほどの信用があるとは思えない。たとえば、私がこの箱を持ってトンズラしてしまう可能性だってあるというのに。いや、そんなことは絶対にしないけどさ……

「あの須崎グループの一員で、御曹司（おんぞうし）の婚約者であれば身元も人柄も疑う余地はないと思っておる。もちろん、留守中の処遇については出張扱いにしてもらえるように儂から会社に正式に申し入れておこう。これでも須崎の家とは関わりがあるんじゃよ」

「そう言われましても……」

でもさ、変な奴らに捕まって身の危険に晒（さら）されることだってあるかも。見つかって、この箱を奪われて、簀巻（すま）きにされて海の底になんて……うう、それは嫌だっ！

「万が一の時には渡してしまっても構わんよ。いくら妻の形見であっても、生きておる者の命をかけるほどの価値まではない。さっきも言ったとおり、当人以外には重要なものでもないんじゃ。だからこそ、中身に興味を持たない美月ちゃんに頼みたい。それに、ＳＵＺＡＫＩ商事の専務秘書が持って来たとなれば、手渡す相手も安心すると思うんじゃ。だから、仕事と思って、この通り」

さらに深く頭を下げられ、ついには心が傾いてしまった。

「——わかりました」

そして私は、届け先の住所と地図が書かれた紙を一緒に預かった。それから、自宅にて身支度（みじたく）と簡単な荷物の準備を整えたのである。

別れ際に、おじいちゃんのお付きの人からGPS機能を使って追跡される可能性があるからとスマホの電源を落とすように言われたため、目的の場所まではアナログな地図を頼りに向かうしかなくなった。ただし、どうしても困った時には遠慮なく誰かを頼るようにともアドバイスされた。

……勝手にこんなことを引き受けて、心配するだろうな。

真っ黒なスマホの画面を見て思うのは、輝翔さんのことばかり。

怒るかな、呆れるかな。きっと眉間にしわを寄せて、『どうして美月がそんなことを……』って言いながら、溜め息を吐いたりするんだろうな。

だけど、ごめんなさい。どうしても放っておけないの。

少なくともおじいちゃんは、私が輝翔さんの秘書だからと信頼してくれた。私だって認められたいし、守られるだけのお人形じゃ嫌なの。

――私だって、やればできるんだから。

幸い目的地はそう遠い場所でもなく、電車や新幹線を使えば明日には戻ってこれるだろう。週末のお休みには、もう一度きちんと輝翔さんと話し合おう。

この仕事を成し遂げられたら、それは私の自信に繋がるだろう。輝翔さんと向き合って話をするために私に課せられた、重大な試練なんだ……と、思う。

必ず無事に帰ってくると、イスカンダルに向かう乗組員の気持ちで決意を固め、まずは駅に向かおうと歩き始めた時だった。

「なに……、あれ？」

遠くのほうに、およそ住宅地には似つかわしくない黒ずくめの男が二人。もしかしなくとも、あれは追跡者というやつだろう。

そういえばおじいちゃん、つけられているかもって言ってたじゃん！　あんなリムジンであんな高級ホテルから送り届けられるのを見られていたら、私が例の箱を預かったってバレバレじゃん！

どうしても身の危険を感じた時は差し出してもよいとは言われたけれど、こんなすぐに渡すのは情けない。そして、追いかけられたら逃げたくなるのが人間の性。相手はまだ私が出てきたことに気付いてないようだから、隠れて進むっきゃないっしょ！

こうして、家々の隙間やビルの合間に潜みつつ、なんとか駅の近くまではたどり着くことができた。

だが問題はここから。予想通り、駅は人で溢れかえっている。今のところ奴らの姿は見当たらないけど、見張られている可能性は極めて高い。路線を調べて切符を買って改札を通って電車を待って……ああ、クリアしなきゃいけない関門が多すぎる。もたもたしている間に見つかったら、開始早々アウトになってしまう。

まった。

物陰(ものかげ)からチャンスを窺(うかが)っていると、こちらを向いたサングラスの男と、目が合ってしまった。

「――いたぞ！」

ヤバイヤバイ、見つかった！

駅とは反対方向へとダッシュで逃げ出す。足の速さには自信がないけど、小柄な体格を活かして縦横無尽(じゅうおうむじん)に細い路地を抜けた。申し訳ないとは思いつつ、途中に置いてあったポリバケツなんかもひっくり返して、まさに映画のワンシーンさながらの逃亡劇だ。ぶちまけたゴミは、責任もって奴らが片付けてくれるだろう……多分。

だけど、いかんせん体力が……

日頃からマメに運動しているわけじゃないので、ちょっと走っただけですぐに息が切れてしまう。なんとか商業施設に逃げ込んだけど、こんなところでゼイゼイしてたら余計に目立つじゃない!?

しれっと、スタッフ専用の入口からでも抜け出すしかないか……

商品棚に隠れながら周囲を見渡しても、それらしき人影は見当たらない。気配を消しつつ後方に注意をしながらゆっくり進んでいると、突然横顔に衝撃を受けた。

――ああ、しまった！　うしろばかり見て、前を見てなかった！

慌てて正面を向くと、目の前には真っ黒いスーツの布地……よかった、ファンデーションはついてない。

「すすす、すいません！」

スーツの無事を確認してから相手の顔を見上げれば、不機嫌そうに私を見下ろす眼鏡越しの目とかち合った。

「おや？　君は……」

「い、一ノ瀬さん……!?」

なんという偶然。そこにいたのは、一ノ瀬副社長様だった。


「ＳＵＺＡＫＩ商事の隠れ姫が、こんなところでかくれんぼか？」

私を認識した一ノ瀬氏が馬鹿にしたかのようにあざ笑う。おまけに、またその呼び方かい。なんて厭味ったらしい男なんだ。

嫌な記憶を呼び起こされてついムッとしてしまったが、あいにく私は取り込み中なのである。

「ぶつかって申し訳ありませんでした。じゃ、私は急いでますんで……」

適当に謝罪してさっさと立ち去ろうとすると、店内に入ってこようとする黒服男たちの姿が見えた。

げげっ、キタ――――！

咄嗟に、一ノ瀬氏の陰に隠れる。

「なんだ？」

身を屈めた私の頭の上に、一ノ瀬氏の怪訝そうな声が降ってきた。

「いや、ちょっと……オニがいまして」

かくれんぼと称した彼に合わせて、我ながら巧いことを言ったというのはさておき。彼の腕の隙間から様子を見つつ、奴らが通り過ぎるのを待つ。一ノ瀬氏の身長が高いおかげで、いい具合に私の姿は見えていないらしい。

このまましばらく壁になったまま移動させてくれたらありがたいな、なんて都合のいいことを考えていると、突然私の肩に一ノ瀬氏の手が置かれた。

一ノ瀬氏は私の肩に手を回すと、抱え込むようにして歩き出す。

「ちょ、ちょっと……!?」

「追われているんだろう？　静かにしていろ」

彼はそのまま、私が目指していたスタッフ専用の通用口へと入って行った。

ひとまず、逃げ切れた……？　背後でバタンと扉の閉まる音がして、肩の力がふっと抜ける。そうすると、自然と置かれた手のほうに意識がいってしまう。肩が異様に重たく感じる。

助けてもらっておいてなんですが、なんで私、あなたに軽々しく肩など抱かれているのでしょう?

「あのぉ……?」

「こっちだ」

一ノ瀬氏は手を離すどころかグイッと強く力を込めると、私を抱えたまま廊下を進む。引きずられるように歩いた先の扉を抜けると下へ続く非常階段があり、地下駐車場に繋がっていた。

「乗れ」

停められていた濃紺のボディのスポーツカーの横に立って助手席のドアを開けた一ノ瀬氏に、なかば強制的に放り込まれた。

乗れっていうか、もう乗せてんじゃないか! だいたい、なんでそう命令口調なのよ!?

などと文句を言ってやろうかと考える間もなくドアが閉まり、彼は反対側に回って運転席へと乗り込んだ。

――けっ、副社長様の車は左ハンドルですか。このセレブ野郎め。

「……ありがとうございました」

心の中ではとてもじゃないが聞かせられないような悪態をついていても、とりあえずお礼だけは言っておいた。一応助けてはもらったんだし、感謝を伝えるのは人として当たり前のこと。

奴らが店内にいる限りは、裏口を通ろうが鉢合わせする可能性はなくもない。偶然出会った一ノ瀬氏の車の中は、比較的安全な場所だと思う。

——しかし、どうしてこの人はこんなところに？

「一ノ瀬さんは、どうしてあそこにいたんですか？」

私が逃げ込んだ商業施設の一階は、恐らくどこのデパートや百貨店でも同じように女性向けのコスメなんかを取り扱うフロアで、そんなところを男の人が、しかも一人でうろつくなんて珍しい。

まさか……女装趣味でもおありなのでしょうか。

確か最近、仕事のストレスや私生活での鬱憤を晴らすために女装にハマる男性が急増しているというニュースを見た。中にはこっそり女性用の下着を身に着けて『こんなに真面目にしているけど、実は俺、ブラジャーしてるんだぜ』なんて変な優越感を味わっている人もいるらしい。

そういえば、この人も綺麗な顔をしているし、お肌もツルツルでファンデーションのノリもよさそうだ。仕事の合間に新製品のチェックでもしに立ち寄ったのだろうか……？

私の脳内に、女性用のドレスを身にまとい、真っ赤なハイヒールでモデル並みのポージングを決めるフルメイクの一ノ瀬氏が完璧に出来上がる。それが意外なほど違和感がなくて、勝手にちょっと引いてしまった。すると、私の考えを察したのか、嫌そうな顔をした一ノ瀬氏と視線がぶつかる。

「あそこの売り場でうちの商品を取り扱ってもらっているから、下見に来ただけだ」

ああ、お仕事ですか。私的な用事じゃなかったのね……

考えてみれば、副社長ともあろうお方が平日の昼間から自分用のコスメの物色なんかするわけないか。

いやでも、仕事終わりに来店するのは人目が多いから、あえてこの時間に？

「なにか、よからぬ誤解をしていないか？」

呆れたように問いかけられ、思わず心臓が大きくドキンと跳ねた。

「……別に、女性へのプレゼントを選んでいたわけじゃない」

ああ……そっちか。スイマセン。全然その発想はありませんでした。

美形で副社長でさぞかし女性におモテになるんでしょうが、どうもこの人からは異性の影を感じない。

最初に会った時もクールなイメージだったけど、一度見下した相手だから猫を被る必要がないと判断したのか、口調は命令形だし、隠しきれない俺様臭がぷんぷんしちゃってる。きっとこの手のタイプは女性に対してもひどく冷たいに違いない。プレゼントなんてもってのほかだし、身体だけのドライな関係をキープしつつ、いらなくなったら容赦なく切り捨てちゃうのかも。

……ん？　どっかで、聞いた話のような？

「そんなことより、おまえは誰に追われているんだ？」

自分に女装癖の疑いがかけられていたとも知らず、一ノ瀬氏はそんなことを聞いてきた。

……そういえば、そうだった。

いや、自分の置かれている状況を忘れていたわけではないですよ？　あれだけあからさまに挙動不審な行動をすれば、誰だって私が追われていると気付くだろう。問題は、それをどう説明するかということで。

おじいちゃんから預かった謎の箱を謎の組織から守りつつ運んでいる最中などと、本当のことは言えない。一応これは極秘任務で、誰にも明かすわけにはいかない……という自分ルールがある。それに、一ノ瀬氏が敵でなくとも、箱の中身に興味を持たれては困る。明かしてしまえば、彼が奴らと同様にこの箱を欲しがるとも限らない。

だけど、じゃあなんと言い訳しよう。平日の昼間から本気でかくれんぼをしていたというのは苦しすぎるし、仕事中だとしてもあの態度はおかしかったはず。

　どうにか言い訳を絞り出そうとしていると、思っていた以上に沈黙が続いていたらしい。

「……話せないなら仕方がないな」

　業を煮やしたのか、一ノ瀬氏はエンジンをかけ、車はゆっくりと進み始めた。

「ど、どこに行くんですか？」

「ひとまず、SUZAKI商事まで送ってやる」

　スロープを上がり地上の光で一瞬目が眩んだ。と同時に、行き先が駅とは逆方向であることに気付く。

「こ、困ります！　私はこれから行かなきゃいけないところがあるんです！」

　慌てて発した声は思っていた以上に大きくて、一ノ瀬氏の目が驚いたように丸くなる。

　でも、このまま会社に戻ったら輝翔さんにも事情を話さなければならなくなる。そしたら、おじいちゃんとの約束が果たせなくなってしまうじゃないか。せっかく私を信じて託してくれたのに、なんにもできない役立たずなんだとは、これ以上思われたくない。

「とりあえず、駅。駅に向かってください。ああ、でも最寄り駅じゃなくて、できれば一本向こうのヤツで」

　さっきの駅にはすでに奴らがいたから、できるだけ早くここから遠くへ。どうして一ノ瀬氏が送ってくれているのかはこの際気にしないことにして、とにかく必死さが伝わるようにアピールした。

一ノ瀬氏はそんな私の様子を不思議そうに眺めていたが、やがて小さくわかった、と返事をしてくれた。

「乗り掛かった舟だ。だが駅といってもいろいろある。目的地はどこだ？」

「えーっと……」

どうせ送ってもらうなら新幹線に乗れるところまで送ってもらったほうが都合がいいけど。目的地を教えるだけなら一ノ瀬氏に箱を狙われることはないだろうし、支障はないはず。それにおじいちゃんも、困った時には遠慮なく誰かを頼れって言ってたし。

お付きの人から預かった目的地の住所を伝えると、一ノ瀬氏は信号待ちの間にスルスルとカーナビを操作した。新幹線に乗れる駅までの最短ルートでも検索してるんだろうな、多分。

安心した私は、ようやくシートに深く腰を沈めた。


「……おい」

それからどれくらい走っただろうか。無言の車内に一ノ瀬氏の低い声が響く。

――いや、寝てませんよ!?

無言の車内が退屈で、緊張の糸が切れてちょっとだけ眠くなったな、なんて思っていたけど、ほんのちょっとだけだから。

弾かれるように身体を起こそうとすると、動くな、と思いっきり頭を押さえつけられた。

「目立たないように確認しろ。うしろの車は知り合いか？」

眼鏡の奥の目がチラリとバックミラーを見るのに合わせてそっと見上げれば、私たちの車の背後にピッタリと張り付く一台の車がいた。

――ひえええっ！　あ、危ない追跡者!?

乗っている男はダンディでもなければセクシーでもない。能面みたいな無表情にサングラスをかけた男二人が運転席と助手席にって、怪しすぎることこの上ないわ。

もちろん知り合いであるわけもない。黙ってぶんぶん首を横に振ると、一ノ瀬氏はチッと大きく舌打ちをした。

「……つかまってろ」

それから一ノ瀬氏は、ノールックで、ウインカーも出さず、路地を突然左折した。

「ひぃぃぃっ！」

身体が大きく右に振られて、勢いで頭を軽く窓ガラスにぶつけてしまった。ちくしょう、左ハンドルめ！

「あ、危ないじゃないですか！」

それほどは痛くなかったけど頭をさすりながら文句を言えば、見向きもせずに「つかまってろと言っただろ」と返された。

でもさ、私は大丈夫だとしても、歩行者とかいたら危ないじゃん!?　方向転換する時は三メートル前で方向指示器を出して周囲の安全を確認することって、教習所で習わなかった!?

「目視はした。緊急事態だ、それぐらい我慢しろ。それより喋るな、舌を噛むぞ」

言った傍からまた車はスピードを落とさず左折する。ああ、もう、カーブでは減速。これも常識！

うげえ、とか、ひゃあ、とか叫び声を上げる私を振り回しながら、一ノ瀬氏は巧みなハンドルとギアさばきで路地をすり抜け信号をかわす。うしろの車がどうなったかなんて、そんなの、わかるわけないじゃん……。

追いかけられたら逃げたくなるのは、みな同じらしい。

「どうやら撒いたみたいだな」

街中でのカーチェイスを繰り広げた後、車はのどかな住宅地へと差し掛かった。道路脇のコンビニへと車を停めた一ノ瀬氏は、ハンドルから手を離すとふう、と軽く息を吐く。

……私は、違う意味で吐きそうだ。

コーヒーでも飲むかと気遣ってもらったが、その厚意はノーサンキュー。彼が買い物のために車外へと出ている間、口元を手で押さえながら湧き上がる胃液を必死で飲み下した。

しばらくすると、一ノ瀬氏は片手にコーヒーのカップを持ちつつスマホで誰かと電話をしながら戻ってきた。両手が塞(ふさ)がっているのでドアを開けられなくて、運転席の横に立って会話をしている。ドアを一枚隔(へだ)てているためよくは聞き取れないが、喋っているのは英語だと思う。

腕時計を見ると、時刻はもう夕方になろうとしている。よくよく考えてみれば、彼も仕事の途中だったはず。成り行きで私を拾ったばっかりに長い時間席を空けることになり、彼の会社もさぞかし迷惑しているんじゃないだろうか。

……もしかしなくても、これはかなり申し訳ないよな。

彼が運転席へと戻ってきたら、もう一度謝罪をしてその辺の駅で降ろしてもらおう。

しかし、ここはどこなんだ!?

スマホさえ使えれば位置情報で現在位置の確認はできるけど、そうすると敵に私の居場所を知られるかもしれないし。正体のわからない相手がどうしてわたしのスマホを特定できるのかと不思議に思う気持ちもなくはないけど、いつの間にかつけられていたことから、可能性がないとも限らない。最初に言われた通り、まだしばらくは電源を落としておいたほうがいいのだろう。

そうこうしていると、一ノ瀬氏が運転席へと乗り込む。

「おい、目的地への到着に約束した時間はあるのか？」

「へ？　いや、特にはありませんけど……」

おじいちゃんには届け物を頼まれただけで、日時の指定はされていない。そう遠い場所ではなかったので今日明日中には終わらせるつもりでいたけど、このままだと多分着くのは夜になりそうだ。

いくらなんでも、夜遅くに他人様のお宅を訪問するのは失礼かな。しかも、届けた後はどうやって帰ればいいのだろう。終電に間に合う時間帯ならいいけど、最悪どこかで宿を探さないといけなくなるかも。

そうと決まれば、一刻も早く目的地を目指さなくては。

一ノ瀬氏も同じことを考えていたのか、すぐに車のエンジンをかけた。

とにかく、これ以上はこの人の世話になるわけにはいかない。ついでに、荒い運転も懲り懲りだ。

どこでもいいから駅の近くで降ろしてくれと頼もうとしていると、彼の胸元からピリリという電子音が流れ始めた。一ノ瀬氏は片手で運転しながら、もう一方の手でスーツの胸ポケットからスマホを取り出す。

片手運転も、運転中のスマホも、禁止ですよー？

「……おまえの上司からだ。どうする？」

懐から出されてこちらへと向けられたスマホには、『須崎専務』との表示があった。

――げええっ！

よりにもよって、なんでこの状況、このタイミングで。

取引相手なんだから仕事の用件なのだろうけど、なにも今電話してこなくったっていいじゃないか。もし、万が一にも私がこの人と一緒にいて、彼の車に乗っているなんてことが輝翔さんにバレたら……おおう。

手の前で両手をクロスして無言でアピールすると、なぜか一ノ瀬氏は、笑った。

「はい、一ノ瀬です」

私の意思表示を受け取った後、スマホと一緒にポケットへと入れていたインカムを耳にはめ、一ノ瀬氏は輝翔さんとの通話を開始した。

「はい……その件ですか、はい、それは構いませんが……」

察するに、会話の内容は仕事に関するものだった。ハラハラしながら一ノ瀬氏を見ていたが、私が心配しているような話題は出てこない。

当然といえば当然のことだけど。私が謎の組織から逃げ回っている間も、輝翔さんは変わらず仕事を続けている。私と、喧嘩した後でも……

社会人として当然のことだけど、それが無性に、寂しかった。

「わかりました。ただ、私は所用で明日まで不在にします。すぐには会えませんが、それでよければ……ああ、あと、あなたの秘書はそこにいますか？」

隣で交わされるやり取りを聞き流しながら、そろそろ終わるかな、なんてぼんやりしていると、突然一ノ瀬氏が不穏なことを口にし始めた。

私はここにいるんだから、輝翔さんの傍にいるわけないじゃん！

なにを言い出すんだと、思わずぎょっとした。けれども彼は一瞬こちらに目線を向けただけでたいして表情を変えない。

「いえ……別に。先日の件があったのでクビにでもなったのかと。そうですか……では、よろしくお伝えください。では」

なるほど。私がウロウロしていた理由を、そういうふうに受け取っていたのね……。

失敗はしたけど、いきなり懲戒解雇になるほどの失態ではなかったと思うんだけどな。

まあ、実害が出なかったのは輝翔さんのおかげではあるんだけど。一ノ瀬氏は私のことを、余程無能で無用な人間だと思っているらしい。そんなことないと、強く反論はできないけどさ。

……でも、なんでこの人はそんな私を助けてくれたんだろう？

「今から車を飛ばしてもどうせ到着は夜になる。今日はこのまま一泊して、明日には送り届けてやる」

「はい？」

——なんだって？

電話を終えた途端、一ノ瀬氏は突然妙なことを言い出した。

「さっき会社に連絡を入れた。必要な決裁があれば連絡が入る。明日まで丸一日フリーだ」

「いやいや、そこまでしていただかなくて大丈夫ですよ。どこかの駅まで送ってもらえれば、あとは自分でなんとかしますから」

「……どこかの駅が、よくわからない」

「はあ？」

「しょうがないだろう？　海外生活が長かったから、地理には疎いんだ」

——要するに、迷子、なんですね。

「そりゃ、あれだけ滅茶苦茶に走っていたら現在位置だって見失うだろう。幸いカーナビに目的地は入力してあるから、素直に従えばそのうち着く」

彼の言葉でカーナビの画面を見ると、右上に表示された到着予想時刻は、約五時間後……うへぇ。

「いやいやいや、そうじゃなくって！」

勝手に巻き込んだのか巻き込まれたのかは別として、一ノ瀬氏にそこまでしてもらうのは申し訳ない！　それに、聞き捨てならんのは、このまま一泊……だと？

どうして私が、この人とお泊まりなんぞせにゃならんのだ。

「助けていただけたのは感謝しています。でも、あとは自力でなんとかするので、一ノ瀬さんはこのままお帰りください。カーナビがあるから、帰れますよね？」

一ノ瀬氏の言う通りに目的地への到着が夜中になったとしても、赤の他人と宿泊するなど言語道断。

それに、万が一にも輝翔さんにバレたら……おおう。

あの嫉妬深い王子のことだ。やむを得ない事情があったとはいえ、一ノ瀬氏と二人きりで過ごしていることが知れただけでも、どうなるかわからない。なのにお泊まりまでしたなんてことになったら……うん、ヤバイ。殺されるかも。

でも、仮に輝翔さんに知られたとしても、身の潔白は証明できる。いくら喧嘩中でも当てつけに他の男の人と不義理を働くつもりは一切ないし、貞操だって守るつもりだ。

私がそんなことをするはずがないことぐらい、輝翔さんだってわかってくれているはず。

……輝翔さん、今頃なにしてるかな。

さっきの一ノ瀬氏の電話で、私がいなくても通常通りの仕事を続ける輝翔さんに寂しさを感じた反面、迷惑をかけていないことに安堵する自分もいた。

頑張っている輝翔さんの邪魔はできない。だからこそ、余計な心配はかけたくないし――不安にさせたくない。

「もしかして、一泊する間に俺がなにかするとでも思っているのか？　心配しなくても、おまえみたいなちんちくりんを相手にするほど困ってはいない」

「な……っ!?」

――なにおぅ!?

人が真剣に考えてる時に、空気の読めないこと言いやがって。

あと、ちんちくりんで悪かったなぁ！

「だが、おまえには別の意味で興味がある。おまえは、あの須崎輝翔を変えた女だからな」

「変えた？」

――私が、いつ、輝翔さんを？

「輝翔さんとは、付き合いが長いんですか？」

「付き合いというほどでもないが、須崎の御曹司は昔から有名だったからな」

運転に集中しつつも、一ノ瀬氏はどこか昔を懐かしむように表情を緩めた。

一ノ瀬氏の会社であるTカンパニーは外資系企業で、彼はその創業者一族だという。

ただし、須崎グループに比べれば歴史は浅い。幼少時より外国にて生活していた一ノ瀬氏は輝翔さんとは面識がない頃から、比較対象としてその名前を聞いていたのだそうだ。

同年代の、将来を嘱望された人物。そんな彼に追いつけ追い越せで、お互いに切磋琢磨しながら経済界を背負って立つ人間になって欲しい、と一ノ瀬一族は考えていたらしい。

　例えるなら、甲子園での活躍が期待される注目選手同士……ライバル、みたいなもの？

「帰国後、何度かパーティーで顔を合わせるようになったが、あいつも俺も似たような考えの持ち主だとすぐにわかった。社交の場は人脈作りの場でもある。あいつの振る舞いは実にスマートで合理的で、将来はよきビジネスパートナーになれるだろうと期待していた。それが、いつの頃からかあいつは社交の場に現れる回数が減った」

　前を向いて話していた一ノ瀬氏の冷たい視線が、チラリと私へ向けられる。

　それから、呆れたように溜め息をひとつ吐いた。

「調べてみたら、知り合いの中学生の家庭教師を買って出たというじゃないか。将来のための人脈作りも忘れて、会社を継ぐことよりも教師の道を選んだのかと驚いた。だけどあいつは予定通りに今の職に就いた。ようやく本気になったのかと思えば、今まで空席だった秘書の席におまえを迎え、婚約までしたという。その上、その秘書は必要以上には表に出てこない。どれだけ優秀で美人なんだと想像していたら、先日のアレだ。正直、失望したね」

　言い終えるや否や、もうひとつおまけに溜め息を吐かれた。

　輝翔さんが社交界に頻繁に顔を出していたのは中学生までで、その後はわりと控えていたと聞いたことがあったけど、その原因も私、だったということ？　私の出会いの時期とは、ちょうど重なっているけど……

そりゃ、そんな話を知っている人からすれば、私がどんな人間なのか気になって仕方ないだろうな。

——でもさ？

「勝手にハードルを上げておいて、勝手に失望しないでください」

私と知り合ったから社交界に出かける回数が減ったなんて言われても、私がお願いしたわけではない。当時の自分を思い出してみても、輝翔さんを虜にできるような魅力があったとは思えないし、むしろ年齢よりも幼かったくらいだ。

そこが輝翔さんのロリコン趣味に火をつけたのかも……などという推測は、黙っておこう。

「俺にはあいつがおまえに執着する意味がわからない。あいつはおまえのどこにそんなに惚れているんだ？」

——んなもん、知るか！　本人に聞け、本人に。

その後しばらく押し問答は続いたけど、『ここまで連れて来てやった恩人を夜中に一人で帰らせるつもりか!?』との一ノ瀬氏の言葉に押し切られ、渋々泊まりを了承させられた。

一ノ瀬氏は持っていたタブレットで周辺の施設を確認し、山間のコテージに予約を入れた。ちょうどこの辺りは避暑地ということもあって、ゴルフ場やキャンプ場といったレジャー施設が多いのだそうだ。シーズンオフの平日は宿泊客もそう多くはないらしく、いくつか立ち並ぶ棟の一番奥の一番大きなコテージが押さえられたという。大きなリビングにベッドルームが二つ、トイレと浴室は共有だけど、これは安心してもいいだろう。

室内に入ると一ノ瀬氏はリビングのソファに座ってメールチェックを始めた。会社から送られてきた書類や業務連絡などに目を通しながら、必要があればスカイプで通信するから大人しくしていろと言われたため、とりあえずキッチンで夕食の準備をすることにした。

コテージに入る前に立ち寄ったスーパーで、レンジで温めるごはんとカレーの材料を購入した。ちなみに、ここまでの交通費やコテージの代金はすべて一ノ瀬氏が払っている。もちろん私も財布を出したけど、女性に払わせるつもりはないと鼻で笑われた。この態度がなければ、すごくいい人だと思うんだけど。

なので、これはせめてものお礼だ。出来合いのお弁当でいいと言う一ノ瀬氏を無視して、ばら売りの野菜と二人用のカレールーをチョイスしたが、不思議とスーパーの中では一ノ瀬氏は大人しかった。多分、食材の買い出しなんてしたことがないから物珍しかったんだと思う。初めて輝翔さんと買い物に行った時のことを思い出して、なんだか笑えた。

キッチンには一通りの調理器具が備えつけられていたので、普通に料理はできた。さすがに調味料はないので、パッケージ通りのなんの変哲もないノーマルなカレーしか作れなかったけど、それは致し方ない。煮込んでいる間も一ノ瀬氏はまだ仕事をしている様子だったので、ついでにお風呂のお湯も張った。

「……なんだか、メイドみたいだな」

あくせく動き回る私を、一ノ瀬氏は仕事の手を止めてじっと見ていた。

「メイドってなんですか。せめて奥さんくらい言ってくださいよ」

世話をされることに慣れているセレブ思考がそうさせるのか、家事に勤しむ女性を見て、すぐに召使いだと連想するのはやめてほしい。私だってあなたの奥さんになったつもりはないけど、どうせ例えるのであれば後者のほうがまだマシだと思う。

「奥さん、ね……」

一ノ瀬氏は私の言葉を小さく繰り返すと、また黙って仕事に没頭する。深く突っ込まれなくてよかったんだけど、スルーされるのもムカつくなぁ……

初めて輝翔さんに手料理をご馳走した時、彼は私の周りを鬱陶しいくらいにチョロチョロして離れなかった、なんてことを思い出した。お鍋に入れる野菜を切っているだけなのに、興味津々に覗き込んだり、エプロンの紐を引っ張ったり。若干エロいいたずらをされかけたことは置いておくとして、子供みたいに喜ぶ輝翔さんに、家庭的なのが好きなんだな、と微笑ましく思った。元来ズボラな性格の私が家事に前向きになったのは、輝翔さんの嬉しそうな姿を、もっと見たいと思ったからだ。

——そういえば、輝翔さんのあんな顔も、もうしばらく見ていない。

最近は仕事が立て込んでいたから、甘々ラブラブムードからも遠ざかっていたし、家のことも疎かになりがちだった。だけどそれは私が輝翔さんの秘書として、将来の須崎家の嫁として成長するためには仕方のないことで、いずれ時間が解決すると思っていた。

ふと窓の外の風景に目を向ければ、周囲には夜の帳が下り始めていた。都会の喧騒から離れた場所なので灯りはほとんど見えず、この時間ともなればただ暗闇が続くばかり。

ここを抜ければ、明日にはおじいちゃんの指定した目的の場所に着く。与えられた使命をやり遂げればそれが私の自信になると勝手に信じていたけれど、果たして本当にそうなのかと、ふいに心細さを感じた。

それから、出来上がったカレーをリビングのローテーブルを挟んで二人で食べた。

「うまい……」

「そうですか？　本当はもっと隠し味とか入れたいんですけどね。お口に合ってよかったです」

セレブな一ノ瀬氏にも、庶民のカレーは概ね好評だったようだ。輝翔さんもカレーとかハンバーグとかが大好きだし、普段贅沢なものを食べ慣れている人たちには、こういった素朴な味は逆に新鮮なのかもしれない。

……今頃、輝翔さんもご飯を食べているのかな。

私がいなくても仕事はできるだろうけど、一人きりの部屋に帰れば、さすがに寂しくなったりするのだろうか。

一方的に怒っておきながら、少し離れただけで気になるなんて、つくづく私は身勝手だ。あの部屋は元々輝翔さんのマンションで、同棲するまで彼は一人暮らしだった。一人に戻ったといってもほんの数ヶ月ぶりで、私も明日には帰るつもりでいる。子供じゃないんだし、そんなに心配する必要なんてないのだけれど、それでも、一人で過ごす輝翔さんの姿を思うと胸が痛む。

「ところで、一ノ瀬さんには秘書の方はいらっしゃらないんですか？」

なんとなくしんみりとしてしまった気分を変えようと、黙々とカレーを食べ続ける一ノ瀬氏に聞いてみることにした。実は、前から気になってたんだよね。

SUZAKI商事に来社した時も商業施設でばったり出くわした時も、この人にはお付きの人がいなかった。Tカンパニーだって、決して小さな会社ではない。創業者一族の息子で副社長ともなれば、秘書の一人や二人は同行するのが普通だと思うんだけど。

「いるにはいるが、秘書には事務方のみを任せている。他社との交渉や現地視察の予定は自ら調整したほうが早いからな。ちなみに俺の秘書はアメリカ人だから、こと日本での外出に関しては役に立たない」

なーんか、棘のある言い方。自分だって迷子になったくせに……

「でも、不便じゃないですか？　いくら一ノ瀬さんが優秀でも、サポートする人は必要でしょう？」

「四六時中行動をともにしなくとも、サポートだけなら方法はいくらでもある」

なるほど、タブレットやＰＣがあれば、離れた場所でも繋がっていられるってか。このＩＴかぶれめ。

「でも、それってなんか寂しくないですか？　機械は話し相手にはなってくれないから、移動中のちょっとした雑談とか相談とか、息抜きにもなるし必要なコミュニケーションだと思いますけど」

大事な商談や難しい会議が続くと、輝翔さんも移動の車内で険しい顔付きになっていることが多い。私は輝翔さんの仕事の手助けを直接することはできないから、せめてリラックスしてもらいたくて、その日の夕飯のリクエストを聞いてみたりと場を和ませる努力をする。少しだけ緊張の解けた輝翔さんの表情を見ると、ホッとするものだ。たまに行き過ぎて、よからぬピンクな空気になってしまうこともあるけど。

「仕事にそんなものは不要だ。それに、なんでも他人に任せるのは嫌いなんだ。一人のほうが気楽だしな。個々で仕事をこなすほうが責任の所在が明らかになる。当然、ミスをした時も自分で挽回する」

「それって、私をディスってますよね？」

どうせ私は初歩的なミスをして、輝翔さんに尻拭いしてもらいましたよ。あなたみたいな優秀な人間には、ろくに仕事もできない私みたいな秘書なんて必要ないんでしょうね。

……だったら、輝翔さんは？

「ビジネスの場は、所詮狸と狐の化かし合いだ。お互いに腹の中では自分の得になることを考え、自分や会社のために有益なものを選別する。反対に損することや面倒なことからは一定の距離を置くものだ。少なくとも、昔の須崎輝翔も同じ考えだったと思う。だが、今はどうだ？」

どうだ、と尋ねられたなら、答えは否しかない。なぜなら、輝翔さんが私を手元に置いているのは損得勘定なんかじゃないからだ。

輝翔さんが私を必要としている理由は――

「俺には、おまえみたいな人間を手元に置きたがるあいつの気持ちが理解できない。取り立てて美人でもなければ優秀でもない。スタイルもまあ、普通だな。それとも、そんな顔をして実は床上手とかいうやつか？」

この流れで、下ネタをぶっ込むな……！

それにしても、ちんちくりんとか普通とか、えらい貶されてるな、私。

「……だから、私を助けたんですか？」

輝翔さんの気持ちが理解できないから、私と一緒に行動すればわかるかもしれないって？

なんかそれ、輝翔さんが私に執着するように、一ノ瀬さんも輝翔さんに執着してるって言ってるようで、キモイんですけど……

もしかしてこの人、輝翔さんのことが好きなんでしょうか。

散々私に強く当たるのも、もしかしてそれって、嫉妬とか？

「なにかよからぬ想像をしているんじゃないだろうな？　俺はゲイじゃない」

――わあ、バレテーラ。

「だが、おまえといると確かに落ち着くかもしれないな。なにしろ、考えていることがわかりやすい。少なくとも腹の探り合いをする必要はなさそうだ」

イメージ通りのクールで毒舌家だった一ノ瀬氏は、用意したカレーを綺麗に食べ終える頃、少しだけ砕けた表情を見せた。

7　対決!?　美月vs輝翔　決着編

食事が終わって使用した食器を片付け、お風呂に入った。もちろんお先にどうぞと勧(すす)めたけど、外国生活の長い一ノ瀬氏はレディファーストの精神が染みついているようだ。彼がお風呂に入っている間、一人になった私はスマホを片手に大きな窓の傍(そば)に座り込んで、ぼんやりと外を眺めていた。

なんだか大変な一日だった。そんな怒涛(どとう)の時間を過ごす中でも、気が付けば輝翔さんのことばかり考えてしまう。

輝翔さんがセレブな御曹司(おんぞうし)で、彼と結婚するということは、自分も須崎の名に相応(ふさわ)しい人物にならなければいけないことはわかっていた。だから私は、少しでも輝翔さんの役に立つ人間になりたくて。

だけど私は、セレブな生活を望んで輝翔さんと結婚したいわけじゃない。輝翔さんに頼りにされるのは嬉しいけど、自分の意思で最初から優秀な秘書を目指していたわけでもない。

仕事面で言えば、私がいなくても滞ることはないのだ。私が突然消えても、一ヶ月くらいは慌ただしいかもしれないが、すぐに落ち着くだろう。私がいなくて困るのは最初だけで、会社という歯車はパーツを代えて回り続ける。

——私じゃなきゃダメなんだって言われるなにかが欲しかった。

だけどそれは、会社の中で見つけられる役割ではないのかもしれない。

そうか、私は……

私は輝翔さんにとって、どんな存在でありたいのか。

それを意識した時、迷いに満ちていた頭の中が妙にすっきりした気がした。

輝翔さんのことならなんでもわかるような錯覚に陥っていたけど、本当はそんなことない。仕事のミスで焦っていたことと強引に結婚の話を進めようとする真意がわからないことでイライラしていたが、それは多分輝翔さんだって同じ。

いくら相手が輝翔さんであっても、私がなにを思い、なにを感じていたのかなんて百パーセントわかるはずがない。不安や心配についてきちんと話をして、私たちはわかり合うべきなんだ。

切ったままだったスマホの電源を入れ、輝翔さんへと電話をかける。緊急時以外は使わないほうがいいとは忠告されたけど、逸る気持ちを抑えられなかった。

——大丈夫。ちゃんと話せば、わかり合える。

だけどその電話は、数回の呼び出しの後で留守番メッセージへと切り替わる。

時間的には帰宅していてもいいくらいなんだけど、もしかしたらなにか急ぎの仕事でも入ったのかもしれない。

メッセージを吹き込もうかと考えたけど、着信記録を残しておけば折り返しが入るだろうと電話を切った。

「――電話か?」

振り返ると、一ノ瀬氏が立っていた。濡れた髪にシャツをまとったラフな格好で、リビングに続くドアに寄りかかりながらこちらを見ている。

……ごめんなさい、輝翔さん。今、少しだけ一ノ瀬氏にときめいてしまいました。だって、色気度合いがアップしてるんだもん。

男の人のお風呂上がりなんてそうそう見慣れたものではないし、一ノ瀬氏は傍から見れば相当のイケメンだったりする。散々貶されているし、私もそんな気はないから、なにかが起きることは絶対ないけど! なんだか急に、緊張してきた。しかも私、スッピンだし!

一ノ瀬氏の姿を見たまま、私は固まってしまった。するとなにを考えたのか、彼はつかつかと私へ近付いてくる。

「そうしていると、案外見られなくもないいな」

一ノ瀬氏の腕が伸びてきて私の顎(あご)に触れる。強制的に上向きにされた先で、彼の瞳が眼鏡の奥で妖(あや)しげに細められていた。

——あ、顎クイかよ！

私には興味がないと言っていたくせに、どうしていきなり女子の胸キュンシチュエーションを実践(じっせん)し始めてんの？

もしかして、ライバルの鼻を明かすためその彼女を寝取るとかいう、ベタなパターン？このフラグだけはあり得ないと思っていたのに、これは、もしかしなくともピンチなのか!?

ああ、やっぱり泊まりを選択したのは軽率(けいそつ)だった。人のことをちんちくりんだなんて言うくらいだから、こういう展開にはならないと思って油断していた。いくら恩人でも、知らない人には付いて行っちゃダメなんだ。

値踏みするみたいにジロジロと見られて、背中に冷たい汗が流れた。

「さっきも言ったが、須崎輝翔はおまえのどこをそんなに気に入ってるんだ？」

「だから……それは、本人に聞いてください」

輝翔さんの気持ちなんて、輝翔さんにしかわかるはずがないじゃないか。

「それはそれでプライドに障(さわ)る」

吐く息がかかるほどの距離に、一ノ瀬氏の顔が近付いてくる。

──やめて、近い！　近いってば！

「おまえともっと親密になれば、あいつの気持ちが理解できるだろうか？」

私に対してなんの好意も持っていないこの人が輝翔さんと同じことをしたからといって、気持ちを共有できるわけない。それ以前に、そんなことのために利用されるなんてまっぴら御免だ。

顎に置かれた手を、力ずくで振りほどく。スッピンだろうが顔が曲がって変顔になろうが、好きな人の前でもないんだから知ったこっちゃないわ！

「じょ、冗談はやめてください！　私は輝翔さん以外の人に触れられるつもりはありません」

震える声を必死に抑え、精一杯虚勢を張って一ノ瀬氏の顔を睨み付けた。

私の抵抗に対して、一ノ瀬氏は面白そうに口の端を持ち上げる。顎から外れた手は、今度は私の手首を掴んで離さなかった。

「なら、質問を変えよう。おまえがあいつを選んだ理由は、金か？」

「はあ？　んなわけないじゃないですか！」

私が輝翔さんの傍にいたいのは、輝翔さんがお金持ちだからとか、かっこいいからとか、そんな理由ではない。ただ純粋に、輝翔さんのことが好きだから。

一緒にいたら安心できて、幸せな気持ちになれて──そういえば、輝翔さんも同じことを言ってくれていたっけ。

「……なら、どうしておまえはあいつのもとから逃げ出したんだ？」

――はい？

私が、輝翔さんから、逃げ出した……？

……もしかしてこの人、私を追っているのが輝翔さんだと勘違いしてる？

「須崎輝翔は逃げ出したおまえを躍起になって探している。だから、おまえを助けたんだ」

「違います！　私は……」

なんということでしょう。誰に追われているかの詳細な説明は避けた結果、こんな誤解を招いていたとは。

一ノ瀬氏は、永遠のライバルである輝翔さんが必死になって私を追いかけている理由が知りたくて、私の逃亡の手助けをしたらしい。

でも、私を追いかけているのは、輝翔さんではないんです！

だけど、なんと言って説明しよう？　今さら、謎のおじいちゃんから預かった謎の箱を巡って謎の組織に追われているって話したところで、どうも信憑性に欠ける気がする。

一ノ瀬氏の身体を避けようと後ずさりすると、すぐに背中に冷たい窓ガラスが当たる。

ああ、今度は窓ドン！　……こうも簡単に追い詰められて、私って学習能力がないのね。

そうして窓に張り付いていたら、外の音が聞こえてきた。大草原を駆ける風の音ではない、機械のようなバリバリと響く音――これは、ヘリコプター？

どこかに自衛隊の飛行場でもあるのか、それとも夜景を楽しむ遊覧飛行か。いや、こんな山の中を飛んでも夜景なんて見えないだろうから、遊覧飛行ってことはないか。

危機的状況にもかかわらず外を飛んでいるヘリが気になるなんて、どうかしている。助けて、なんて叫んだところで遥か上空にいるのだから聞こえるはずないのに。

でも、音はだんだんと大きくなっている。それどころか、まるですぐ近くを飛んでいるかのようだ。心なしか窓に当たる風圧も強くなっている気もする。

そっと首を傾け、空を見上げて……ぎょっとした。

――ち、近いどころか、すぐそこに！

私たちのコテージのすぐ上に、ヘリコプターが一機、空中で止まっていた。

いや、止まっているのではない。ゆっくりと高度を落としている。次第に風圧が強くなり、窓が激しく揺れる。

……まさか、割れたりはしないだろうけど。

一ノ瀬氏に手首を掴まれたまま草むらを見ていると、やがてヘリは私たちの目の前の草原に着陸した。

呆然とする中、ヘリから降りてきたのは――夜なのにサングラスを掛けた、輝翔さんだった。

ヘリの巻き上げる風に髪やコートの裾が激しくはためいていても、身体の芯がぶれることはない。地上に降り立った輝翔さんはヘリのライトに照らされながら、まっすぐにこちらへ歩みを進める。その威風堂々たる姿は、さながらハリウッドスターのようだ。

それにしても、サングラスにヘリコプターでのご登場だなんて……

――狙撃されるかと思った。

コンコン、と窓をノックされる音で、ようやく一ノ瀬氏の手が私から離れた。

一ノ瀬氏はさして動じた様子もなく、促されるままに鍵を外して窓を開く。その瞬間、ビュウッと強く冷たい風が吹き抜けた。……まるで、輝翔さんの絶対零度の怒りのようだ。

恐る恐る見上げてみても、輝翔さんと視線が交わることはなかった。

「こんばんは、一ノ瀬副社長。遅い時間に申し訳ありません」

サングラスを掛けているので、彼の目が笑っているのか怒っているのかは窺えない。

だが、露わになっている口元には笑みを浮かべている……ように見える。輝翔さんは一ノ瀬氏に向かって、よく通る声で話しかけた。

「どうしても見ていただきたい書類がありまして、無礼を承知で押しかけてしまいました」

輝翔さんはコートの内ポケットに手を入れると、中から一通の封筒を取り出して一ノ瀬氏へと差し出した。

「今回の契約に関する最終報告書です。お電話でも話しましたが、至急確認していただけますか」

タイミングよくヘリのプロペラもストップするし、なんか芝居がかってるっ！

「思っていたよりもお早いお着きでした。よくここがわかりましたね」

書類を受け取る一ノ瀬氏の声色から、動揺は感じられない。一ノ瀬氏は軽く笑みを浮かべながら封筒から書類を取り出すと、その場ですぐに目を通し始めた。

「会社にお伺(うかが)いしたら、こちらに滞在(たいざい)していると教えてくれました」

「それは、嘘ですね。うちの社員が個人情報をそんな簡単に漏らすはずがない……いつからですか？」

「いつから、と問われれば最初からですね。私の秘書の動きは、彼女が自宅を出た時からおおよそ把握(はあく)していました。私付きの秘書の動向を知っておくのは、私の務めでもありますからね」

輝翔さんは平然と言うけれど、最初からバレてたなんて相当衝撃的！

しかし私が動揺していることなど気にせず、彼は話を続ける。

「私には、そういったことも請け負ってくれる優秀な部下がいるのです。その部下から、彼女があなたと一緒にいると報告がありまして。それで、あなたの車のナンバーを知っていたので、ちょっと知り合いにお願いしてNシステムを使わせてもらいました」

「なるほど。わざわざ高速を走った甲斐がありました」

頭上では、男たちのよくわからない会話が繰り広げられている。

Nシステムって、あの、警察密着二十四時とかで聞くあれか!?

「さすがに詳細な場所まではわからなかったんですけどね。ちょうど上空を旋回している時に、私の秘書のGPSが反応したので特定できました」

輝翔さんの言葉を聞き、私はずっと握りしめていた自分のスマホに視線を落とした。

さ、さっきのあれか――っ!

おじいちゃんの忠告通り、スマホの電源は切ったままにしておくべきだった。GPSで追跡されるかもっていう、おじいちゃんの予想は当たったけど、でも……あれ？　追跡してきたのは、謎組織じゃなくて輝翔さんだったぞ？

これじゃあまるで、輝翔さんが謎の組織のボスみたい……って、もしかして!?

「私の秘書が、随分とお世話になったみたいですね」

「少しだけドライブを楽しませてもらっただけです。あとは手料理をご馳走になったかな。なかなか楽しい時間でしたよ」

ひいいっ、頼むからそれ以上べらべら喋らないでぇ！

頭に浮かんだ疑問は、輝翔さんを煽るような一ノ瀬氏の言葉で一気に吹き飛んだ。嫉妬の塊のような人に向かってドライブだの手料理だのと告げたら、あとでどんな目に遭わされるか知れない。迂闊にも一ノ瀬氏と一緒に泊まらざるを得ない状況を作ってしまった、自分の責任でもあるんだけどさ。

恐ろしさのあまり一ノ瀬氏に向かって必死の無言アピールを続けるが、彼の口は一向に止まる気配がない。それどころか、

「ああ、あとは……」

と、一ノ瀬氏の手がふたたび伸びてきた。そうして、私の肩を掴み、ぎゅっと懐に抱き寄せられた。

「少しだけ、抱かせてもらったかな？」

――だ、抱くの意味が違うっ！

誤解を招くようなことを言うんじゃない！　抱かれたのは肩だけで、なんにもやましいことはしてないから！

沈黙が重苦しくのしかかる。一刻も早く逃れようと懸命に身を捩るが、一ノ瀬氏の手にはますます力が籠められた。

……こんな様子を見せては、絶対に輝翔さんが怒るに決まっている。

だが、輝翔さんはなぜか冷静だった。そっちのほうが怖いけど！　いつもであればすぐに私を引き離そうとするところなのに、輝翔さんはその光景を黙って見ていた。

「それで、なにか収穫はありましたか？」

ようやく輝翔さんが口を開いたが、そこからはなんの感情も読み取れなかった。

サングラスの奥の瞳がどんな色をしているのか、やっぱりさっぱりわからない……

「いや、特には。とりあえずは須崎家の影響力がどの程度かを推し量ることができたくらいだな」

輝翔さんの様子に苦笑を漏らした一ノ瀬氏は、私の身体をまっすぐ自分へと向き直らせる。

正面から私を見下ろした彼は、驚くほど真剣な顔をしていた。

「もう状況は理解できているだろう？　おまえがどこへ逃げようが、この男は執念で追いかけてくるぞ。どうしてもおまえが逃げたいというのなら、今度こそ本気で手を貸してやるが？」

輝翔さんを挑発しているような雰囲気は感じない。この人は、本当に私が輝翔さんから逃げてきたのだと信じているんだ。

「どうして、そこまでしてくれるんですか？」

いくら輝翔さんとはライバル関係であったとしても、彼のもとから逃げようとしている恋人を手助けしようとするなんて、なにを考えているんだろう。

「そうだな。永遠のライバルが無駄な時間を過ごしているのが惜しいからだ」

「……あなた、やっぱり輝翔さんのことが好きなんでしょう？」

「好きか嫌いかで言ったら、嫌いだよ。こいつはいつも俺の比較対象だからな。だが、どうせ戦うのであれば正々堂々とフェアな状況で戦いたい。そのためには、おまえは邪魔だ」

ろくに仕事もできない秘書が輝翔さんの傍にいれば、必ず足を引っ張る形になる。今は提携先として協力体制にある二人も、いずれは対立することになるのかもしれない。もしもそうなった時に、できるだけフェアに戦いたいというのだから、彼の考え方は非常に潔いものだと感心すらしてしまう。

口ではなんだかんだ言いながらも、やっぱりこの人は輝翔さんのことが好きなんだ、と思う。

「そうですね。ビジネスの場において、私はなんの役にも立ちません」

一ノ瀬氏の真意はわからないけれど、私が輝翔さんの秘書でいることがいずれ不利な状況を作り出すかもしれないというのは事実だ。

私は、秘書として取り立てて優秀ではない。今は輝翔さんにフォローしてもらってなんとかやれているけど、それだけじゃ不十分だ。

彼はいずれ本社へ行き、須崎グループを背負って立つ社長となる。そうなった場合、いくら私が努力を続けても、輝翔さんの役に立つには限界がある。輝翔さんのために少しでもいい秘書になろうとしたけれど、世の中には私より優秀な人も向上心のある人もたくさんいる。輝翔さんの役に立ちたいというのであれば、私は輝翔さんの秘書からは身を引くべきなんだと思う。

「でも、私は輝翔さんの役に立ちますよ?」

私を見つめる一ノ瀬氏の目が驚きに見開かれる。今の流れだと、『わかりました。身を引きます』と大人しく言うと思っていただろう。

——はっ、甘いわ。

なにを隠そう、私は輝翔さんにべた惚れなのだ! 輝翔さんを好きだという人が目の前にいるのであれば、それが男であろうが女であろうが、受けて立ってやろうじゃないか!

「私は輝翔さんの傍から離れません。だって、私の代わりはいませんからね?」

自分史上最大級の強気発言をぶっ放してやりましたよ。

今までの私であれば、相応しくないだのと言われればその通りだと納得して萎れていた。

だけど、私はようやく見つけた。

私の代わりの秘書はたくさんいるかもしれない。でも、私の代わりに輝翔さんを支える人はいない。私が、私でなければダメだと思われる人間になりたいのであれば、私の目指す道はひとつしかない。

「せっかく助けてやろうと思ったのに。馬鹿だな」

一ノ瀬氏の眼鏡の奥の目がスッと細められる。

相変わらずの、嫌味な態度。だけど、もう不快には感じなかった。

「タダより高いものはないって、昔から言いますからね。こんな危ない誘いには乗れません」

なにせ私は庶民ですから。にっこりと笑いかければ、一ノ瀬氏の身体が一瞬強張ったような気配がした。

「輝翔さんだけが幸せになるのが気に入らないんでしょう？」

その昔、輝翔さんも一ノ瀬氏と同じように、自分にとって有益であることを優先して過ごしていた時期があったと彼は言っていた。そして、私と出会ったことによって変わってしまったとも。そのことに気付いているのなら、彼もまたそれを望んでいるのかもしれない。

損得だけの人間関係なんて、やっぱり空しいだけだ。地位や名誉やお金を求めることが悪いとは思わないけど、私はそんなもの欲しくない。それよりも、一緒にいて楽しいと感じる気持ちや孤独を取り除いてくれる存在と一緒にいられるほうがいい。

「おまえは、こっちの世界に向いていてていない」

「でしょうね。私もそう思います」

私は、セレブなマダムになりたいわけでも、バリバリのキャリアウーマンになりたいわけでもない。それでも、輝翔さんと一緒にいたいのだ。

私にできるのは、コピー機の修理といった地味な仕事をこつこつと頑張って周囲のサポートに徹すること。仕事で疲れた輝翔さんを、少しでも癒してあげること。

私は『須崎家の嫁』になりたいんじゃない。

『輝翔さんのお嫁さん』になりたいの。

覚悟は決まった。あとはこれを、ちゃんと伝えるだけ。でも……

うしろの様子に気を配るが、果たしてなにを考えているのやら。嫉妬深いこのお方に、いらぬ誤解を与えていなければいいのだけれど。

——さて、どうしよう?

憧れから始まった恋だから、輝翔さんや須崎家という大きすぎる存在に対して気後れしていたのは事実だ。けれども、自分の結婚する相手が輝翔さんだということに関してはなんの迷いも感じていない。

それを素直に伝えるには、今のこの状況では支障がある。

二人きりであれば、土下座して話を切り出すことができるけど……

「さて。二人で話すなら、私は席を外しましょうか？」

どうやって話を切り出そうかと考えていると、一転して副社長モードに切り替わった一ノ瀬氏が、実にナイスな提案をした。

うん、そうしていただけるとありがたい。

ここまでお世話になっておきながら、この場を丸く収めるためには、一ノ瀬氏に退場してもらえると都合がいいなんて考える私は、悪い女でしょうか？

こんな山奥まで連れてきてもらって、もういいからさっさと帰れなんてのはさすがに失礼すぎるか。

そう考えあぐねていたら、輝翔さんが代わりに答えてしまった。

「場所を変えるなら私が出て行きますよ。ヘリも待たせてますからね」

「ちょ、ちょっと！」

慌てて声を上げると、黒眼鏡と銀縁眼鏡の視線が一斉に私に注がれた。黒眼鏡のほうは目元が見えなくて感情を窺（うかが）えないが、視線が冷たい気がする。

違うんだーー！　一ノ瀬氏とお泊まりしたいとか、三人で仲良く川の字になって寝たいとか、そんなんじゃないんだーー！

私が一ノ瀬氏にお願いしてここに連れてきてもらったのには理由があって、目指すゴールはすぐそこにある。二人で話す機会は持ちたいけれど、ここまで来てふりだしに戻るなんてのは嫌だ……なんて。我ながら勝手だけどそう思ってしまっている。

それで仕方なく、バッグの中に入れておいた黒い箱と目的地の書かれた紙という物的証拠を手に事情を説明した。もちろん、おじいちゃんに関することは伏（ふ）せてある。なにがあっても依頼主の情報を守ることは、隠密（おんみつ）の基本……だから、だ。

「……なるほどね」

一通りの説明を終えると、私の話を黙って聞いていた黒眼鏡が口を開く。

「どうもこちらにも誤解があったようだ。この件に関して一ノ瀬副社長は無関係なんですね。巻き込んでしまって申し訳ない」

そう言って黒眼鏡は銀縁眼鏡に頭を下げた。

どうやら輝翔さんもなにかしらの誤解をしていたようだが、素直に謝ったということは、『私と一ノ瀬氏の愛の逃避行疑惑』は解消されたらしい。

「よくわからんが、思い当たる節があるようですね」

「まあ、恐らく。彼女がここに行きたいというのであれば、そこには私が付き添います」

「ここでフェードアウトさせられるのは、いささか不本意ですがね」

「それは申し訳ないとは思います。ですが、これ以上うちの秘書と親密になられるのは、私にとっても不本意なんですよ」

　表面上は穏やかに、けれども物騒なやりとりをする黒眼鏡と銀縁眼鏡だけど……ああ、輝翔さんったら、黒眼鏡だけでは隠し切れない黒いオーラが漏れちゃってます。

「仕方ありませんね。思った以上に早く仕事の報告書をあげていただけたので、それを土産にするとしましょう」

「この仕事を早く片付けるのが、とある人と私の約束でしたから。こちらの案件は片付いたので、さっさともう一つに取り掛からせてもらいたいんですよ」

　当たり障りのない会話をしているだけのはずなのに、どうして輝翔さんの黒いオーラが増していっているのかがさっぱりわからない。

　その後、一ノ瀬氏は私の荷物をまとめて我々をポーンと庭に放り出した。だから、ひとまずこの場からは私たちが立ち去ることで決着がついたのだと、思う。

「あの、ありがとうございました！」

　ふたたび轟音を上げ始めたヘリコプターに押し込まれる前に、一ノ瀬氏に向かってお礼を叫ぶ。すると、彼はなんとも言いようのない笑みを浮かべた。

「おまえという人間のことはよくわからなかったが、深入りするのは損になりそうだということはわかったのでやめておく」

……結局、不要な人間として認定されたようだ。

ここまで振り回して、余計なお金と時間と労力を費やさせてしまったことは本当に申し訳なく思う。だから彼が、私を厄介な存在だと思ってしまうのも致し方ない。

私の中の一ノ瀬氏の評価は、上方修正されたんだけどね？

彼と輝翔さんがライバルならば、また会う機会があるのかもしれない。できることならその時も、単なる敵ではなく協力できる仲間であって欲しいと願う。

とりあえず今は――夜のヘリコプターって、めっちゃ怖ぇ！

初体験の遊覧飛行は、真っ暗闇の中を飛び回るだけで楽しい時間ではなかった。

……おまけに、隣の黒眼鏡はぴくりともしないんだもん。

高所恐怖症で固まっているというわけでもなさそうなのに、さっきから一言も発しない。そういえば、ヘリの中どころか姿を現してからずっと、私とは会話をしていない。口を真一文字に結んで前を向く横顔からは、表情を窺い知ることができなかった。だから目的地までの数分間、重苦しい機内には羽音だけが響き続けた。

しばらくしてヘリは、目的地近くのゴルフ場へと着陸した。

おじいちゃんが指定した目的地は、山間の温泉地にある一軒の立派な旅館だった。フロントで名前を告げると、出迎えた仲居さんがにこやかに応対してくれた。すでにおじいちゃんから連絡が来ているらしく、今夜はここで一泊することに。そして明日準備が整い次第、声をかけてくれる手はずになっていると言う。

セレブなおじいちゃんの知り合いなだけあって、大きな門の両脇には松明が揺らめいて趣がある。露天風呂が完備された全室離れの隠れ家的なお宿で、文豪や政治家たちもお忍びで通ってくるのだそうだ。箱を渡す人物が旅館の女将なのかこの宿に滞在する権力者とかなのかは不明だけど、ここを定宿にしているであろう人物だから、それなりの身分に違いない。

「お連れ様もいらっしゃるかもしれないということで、二人分ご用意しておりました。ごゆっくりおくつろぎくださいませ」

二間続きの大きな和室まで案内してくれた仲居さんは、うふふ、なんて笑いながらそそくさと去っていった。しかも、すでに二組の布団がセッティングされてある。

今の私たちからは温泉旅行に来たラブラブカップルなオーラは出ていないと思うんだけどな。

……いい加減、サングラスは取ろうよ。

「お風呂、入りますか？」

広い和室の隅っこにバッグを置きながら、窓辺に立つ輝翔さんに恐る恐る声をかけた。

「俺はいいから、美月が先に入れば？」

「あ、私、もうお風呂は済ませたんです」

露天風呂は魅力だけど、わたしはさっき一ノ瀬氏のコテージでもう入っちゃったから、明日の朝にでものんびり浸からせてもらおうかな。

言い終わるなり、部屋の温度が猛烈に下がったような気がした。ヤバい、失言だった。

……すっかり冷えたので、もう一度お風呂をいただこうと思います。

当然のことながら、王子様のご機嫌は最高潮にナナメなようだ。いつもであれば一緒に入ると言うだろうに、自分の荷物を持ってさっさと部屋から出ていってしまった。一緒にお風呂に入りたくないという意思表示なのか、一緒の部屋にいたくないという拒絶なのか。

——今は、輝翔さんが温泉効果で心身ともにリラックスしてくれることを、ただただ願うばかりである。

その後、私たちは順番にお風呂に入り、ようやく膝と膝を突き合わせた。なぜか二組の布団の上に正座して。

——だって、後からお風呂に入った輝翔さんが戻ってくるまでの間、ピッタリくっついたままの布団が気まずくて引き離そうとしてたら、帰ってきちゃったんだもん！ 輝翔さんが、布団を動かそうとしている私を見るや否や、その上にドスンと腰を下ろしてしまったものだから、仕方なく私もその向かいに正座したわけで。

布団の上で話し合いだなんて、マヌケ過ぎ……

さすがにサングラスはもうかけてないけど、輝翔さんは布団の上に胡坐をかき、窓のほうを向いて座っている。

まっすぐ私を見たくないほど、嫌われてしまったということなのだろうか。

もしかしたら、仲直りしようなんて気持ち、輝翔さんにはないのかもしれない。

喧嘩して飛び出したっきり仕事も放棄し、取引先の副社長と成り行きとはいえ逃避行していたのだから、呆れられても当然だ。

輝翔さんが私に愛想をつかしてしまっても、仕方がないだろう。今さら、結婚について前向きになったと打ち明けたところで、もう手遅れなのかもしれない。

長く続く沈黙が余計に不安を煽る。そこまで深刻になるとは想定していなかった、自分の軽率な行動を後悔する。

少し前まで、輝翔さんと別れるという選択肢はいつも私の心にあった。輝翔さんが、私よりも相応しい相手を見つけたなら、きっと私は捨てられる。その時は、みっともなく縋るのではなく笑顔で綺麗に別れようと決めていたはずなのに。いざとなると、どうしてもそんな気にはなれそうもない。

ようやく輝翔さんの傍にいるための覚悟ができたのに。泣いて縋ってでも、どうにかして彼の気持ちを取り戻したい。

先になにかを言われるのが怖くて、土下座をしてでも許しを請おうと布団に手を伸ばした時――


「……俺が、悪かった」

なぜか輝翔さんに、土下座されてしまった。


出会った時から、輝翔さんは王子様だった。

優しくて紳士的で容姿端麗で頭脳明晰。大企業の御曹司でありながら、それを少しも鼻にかけない性格のよさも併せ持っていて。

だけど実際はそれだけじゃなくて、嫉妬深くて独占欲の強い腹黒な一面もある俺様で。

――その人が、私の前で深く頭を下げている。

「美月が混乱している隙に、結婚の話を進めてしまおうとした。気弱になっている時こそチャンスだと思った。本当に、悪かった」

目の前にある後頭部を、布団に三つ指をついた状態で呆然と見下ろしていた。

額をこすりつけるくらいに伏してしまった輝翔さんから、低くくぐもった声が発せられる。

「でも、美月を大切にしたいと思う気持ちに嘘はないんだ。だから、その……別れるとかは、勘弁してください……」

徐々に小さくなっていくセリフの最後の部分に、思わず噴き出しそうになった。

だって、あの強気な輝翔さんが、こんなにも弱々しく私に許しを請うなんて……

「頭を上げてくれませんか……？」

輝翔さんの手にそっと自分の手を載せた。慌てて無理やり引き起こすこともできたけど、多分輝翔さんは嫌がる。夜なのにサングラスだったのも、わざと私から視線を外していたのも、恥ずかしかったからなんだと思う。

だってほら、わずかに覗く耳の端が赤くなっている。ようやく顔を上げても、まだ視線を合わせてくれない。

輝翔さんのプライドが山より高い、と思ったことはないが、私にこんな姿を見られるのは不本意なのだろう。輝翔さんはいつも、私の前ではちょっとキザで余裕があって大人だった。付き合うようになってからはまた違った一面を垣間見るようになったけど、基本的には余裕綽々で、私の前を歩きながら導いてくれる存在だった。だから、こんなにもカッコ悪い輝翔さんは、見たことがない。

「輝翔さんは、どうしてそこまでして私と結婚したいと思ってくれるんですか？」

今なら、普段はうまく隠されている輝翔さんの本音がわかるかもしれない。それがわかれば、私は――

「だって、ほら……誰かに取られるかもしれないし……」

「はあ――!?」

ポツリ、と輝翔さんが呟いたのは、なんともマヌケな理由だった。

「私、そんなにモテませんけど？」

自慢じゃないけど、私は焦って結婚しなくてもすぐに次の相手が見つかるようなモテモテの人生は歩んでいない。それを言うなら、私のほうが輝翔さんを捕まえておかなければいけない立場だろう。

輝翔さんはバツが悪そうにしながらも、ちょっと拗ねたように口を尖らせる。

「だって、ほら……一回、脇道に逸れたじゃん」

「脇道？」

「長谷部だっけ？　……元カレ」

まさか、その名をふたたび輝翔さんから聞こうとは。

長谷部くんは私の大学時代の同級生で、初カレにして、輝翔さん以外で付き合った唯一の人物である。

確かに私は過去に一度、輝翔さん以外の人を好きになってお付き合いをした。同じサークルで気心の知れた長谷部くんと仲間内からお似合いだよと持て囃されて付き合ってはみたものの、結局お互いの就職で自然消滅してしまった。その後、同窓会の席で再会したことはあったけど、そういえばあの時も輝翔さんはこんなふうに気にしていたっけな。

……でもさ？　あの頃の輝翔さんは私にとって手の届かない存在だったのだ。まさか数年後に、今のような状況になるとは夢にも思っていなかった。ついでに言うと、当時から輝翔さんに想いを寄せていたけど、私なんかが好きになってもどうにもならないと諦めていたんだから。脇道に逸れたと言われるのは語弊がある。

それに、私はあの恋愛を後悔したりはしていない。脇道だろうが回り道だろうが、それが私の歩んだ道。あの過去があるから、私は今、自分の気持ちと真摯に向き合うことができている気がする。

ていうか、私が脇道に逸れたというのなら、輝翔さんだって同じじゃないか？

輝翔さんが、私と出会った十年前から想い続けてくれていたことは知っているけど、その間に女性経験がなかったわけではないということもわかってる。輝翔さんの、特に夜のテクニックは、それはもう、初心者の私をいともたやすく陥落させるほど……なのだから。それ相応の経験があることは、聞かずとも容易に想像できる。恋心と下半身事情は必ずしも一致しないと、これまで目にした数々のテレビのバラエティ番組や週刊誌の特集や友人たちの体験談から理解しているつもりだ。

だけど、私はそれを確かめるつもりはない。輝翔さんはこれまで関係を持った女性たちと私を比べたりはしないから。

——なのに、自分のことは棚に上げて、私のたった一人の男性経験が許せないってのかい？

思わず、輝翔さんに向けた目が鋭くなってしまったのはお許しいただきたい。

「だって、どれだけ俺が待ったと思ってんの!? いい年した男が中学生になったばかりの女の子に夢中になって、周囲からはロリコンだの変態だのと散々言われて、我慢して我慢してやっと堂々と付き合えると思ったら他に男ができてて！ とにかく俺はもう、あの時みたいな後悔はしたくないんだ！」

「そんなに、私が中古車なのが気に入らないんですか？」

「そういうわけじゃなくて……！ ただ不安というか、自信がないというか……またいつか、俺以外の男を選んでしまうんじゃないかと思うと、早くなんとかしないとって焦って……」

いつもであればよどみなく的確に物事を語る輝翔さんが、言葉を選びながらしどろもどろになっている。そこには余裕も打算もない。顔を赤く染めながら――私のために。

「これから先も美月にはいろんな出会いがある。俺の知らないところで出会った誰かと、どこかへ行ってしまうかもしれない。だったら、ずっと俺の手元に置いて、身も心も溺れさせて、俺なしでは生きていけないようにしてしまいたいと思う。なんだったら、監禁したいくらい。でも、もちろん美月のためを思えばそんなことはできない。だから……ずっと俺の傍にいてくれる確証が、早く欲しかった」

なんだか途中でものすごく物騒な言葉もあった気がするが……聞かなかったことにしておこう。

「だから、結婚を急いでいたんですか？」

輝翔さんは、黙ったままコクンと頷いた。

「でも、結婚したからといって、未来が必ずしも約束されるわけではない気も……」

「そんなのわかってる！　でも、絶対に幸せにするって約束する！」

パッと顔を上げた輝翔さんは、ことさら強く断言した。

「自分でも気持ちが悪いくらいに執着してるって自覚はしてる。最初はただ、手に入らなかったものに対しての憧れみたいなものだと思ってた。でも、そうじゃなかった。美月がいると安心して、気持ちが和らぐ。美月は最初から俺に過剰な期待も要求もしてこなかったから、無理して自分を作る必要がなかった。そんな存在が傍にいてくれる環境を知ってしまった今、もしもそれを失ったらと思うと、怖くて仕方がなくなる。一緒にいればいるほど好きになって、俺、美月に依存しているんだ」

そう言い終わった輝翔さんは、うなだれるように下を向くとそのまま動かなくなってしまった。

ぶっちゃけ過ぎて、自己嫌悪にでも陥っているのかもしれない。

――輝翔さんは、出会った時から私にとっての王子様だった。

中学生になったばかりの私と、高校生にしてすでに大人の雰囲気を醸し出していた輝翔さん。

私が困った時には支えてくれる。私が迷った時には導いてくれる。輝翔さんはずっと、そんなふうにしてくれていた。

だけど、すべてをさらけ出した輝翔さんは、ちっとも完璧な王子様なんかじゃなかった。子供みたいに駄々をこねたり、恐ろしいまでの独占欲と執着心を見せたり。

本当に、なんてかっこ悪い。

だけどよかった――本心を見せてくれて。これで、私も支えられる。

「輝翔さんに依存しているのは、私も同じです。一番最初に輝翔さんを追いかけ始めたのに、私なんですから」

　初めて輝翔さんに会った日のことは、今でも鮮明に覚えている。あの日から、私はすっかり輝翔さんの虜になってしまった。

「私はずっと前から、輝翔さんのことが好きでした。だけど、どうすることもできないというのもわかっていたんです。だから私は、自分の気持ちに気付かないふりをしていて」

　いつまでも俯いたまま動かない輝翔さんに両手を伸ばし、そっと彼の頬を包み込んだ。

　顔を上げた輝翔さんの瞳に映る自分に向かって、笑いかける。

「中古車の立場で言わせてもらえれば、最初に誰が乗ったかよりも、最後に誰が乗ったかが大事なんですよ？」

　……もちろん、下ネタ的な意味ではなくて。

「これから先の長い人生……いつか私が動かなくなる時まで、ずっと大事にしてくれますか？」

　最初の相手も大事だけれど、それよりもっと大事なのは、一番長く、最後まで傍にいる人。

　願わくは、その相手は輝翔さんがいい。

　誰よりも長く、ずっと一緒に……

　今までもこれからも、私はたくさんの人に出会うだろう。

だけど、出会った時から私の心を捉えて離さなかったのは、輝翔さんだけなんです。

瞳の中の私の姿が微かに揺れた。

一瞬大きく見開いた彼の瞳が、まっすぐに私の姿を捉える。ようやく私のことを見てくれた。

輝翔さんの告白を聞きながら、私はずっと、嬉しかった。かっこ悪いなんて思いながら、かっこ悪い輝翔さんが愛おしくてたまらなかった。

輝翔さんだって完璧な人間じゃない。

——だから、私たちは大丈夫。お互いを補いながら、生きていける。

「私はずっと、自分は輝翔さんに相応しくないと思っていました。だから、学歴も家柄もない私が輝翔さんの傍にいるためには、誰からも認められるような立派でなんでもできる人間にならなければいけないと思っていたんです」

長く憧れていたから、周囲が輝翔さんやその伴侶たる人物に多大なる期待を寄せていることを熟知していた。輝翔さんの隣に立つのであればそれ相応の人間にならなければならないと、知らず知らずのうちに気負いすぎていたようだ。

「でも、秘書課には私より有能で、高い志を持って働いている人がたくさんいる。輝翔さんは、私がいなくても仕事をするのに困ることもない。少なくとも、私は仕事に関しては輝翔さんの役に立てそうにありません。それどころか、逆に足を引っ張ってしまうことがあると思います」

「そんなことは……俺は、美月がいないと腑抜けになるよ？」

腑抜けになった輝翔さんも、ちょっと見てみたい気もするなぁ、なんて。

「美月はもう、十分俺の役に立ってる。美月がいると安心するって言ったよね。俺は、美月がいてくれるだけで頑張れるんだから」

輝翔さんはそう言ってくれるけど、今のままでは私はお荷物になるだけだ。これから先の人生を一緒に過ごすのであれば、いつまでもうしろを歩いている場合じゃない。

「私は、輝翔さんを支えられる人になりたい。これから先も輝翔さんと一緒に過ごすなら、いつまでも手を引いてもらうんじゃなくて、並んで歩いていけるようになりたいと思います」

輝翔さんに憧れる後輩でも秘書でもなく、あなたの妻として。

私はしっかりと自立して、輝翔さんが安心して帰れる場所を守りたい。掃除して、洗濯して、ご飯を作って。輝翔さんと私と子供たちで、笑顔いっぱいの温かい家庭を作りたい。

――幸せにしてもらうのではなく、二人で一緒に幸せになりたい。

「こんな私でよかったら、お嫁にもらってくれますか？」

輝翔さんの目をしっかりと見つめ、自分の想いを口にした。

一瞬ひゅっ、と大きく息を吸い込み固まった輝翔さんだったけれど、すぐに体勢を立て直したようだ。

「もちろん。俺は美月の『最後の男』になるよ」

そう言って不敵に微笑んだ輝翔さんは、最高にかっこよかった。

＊＊＊＊＊

私の頬に温かな掌(てのひら)が添えられ、軽くまぶたを閉じる。すると唇に、甘くやわらかな感触が伝わった。

「美月、好きだよ……愛してる」

啄(ついば)むようなキスを繰り返しながら、合間に輝翔さんがささやく。

「はい。私も、輝翔さんが好き。大好き」

自分からも顔を寄せて、何度も何度もキスをした。

だんだんと、唇の重なる時間が長くなる。私にのしかかる輝翔さんの重みが増していく。私は輝翔さんの首に腕を回しながら、流れに逆らわずにそのまうしろの布団へと倒れ込んだ。

「……ん……ふ、……あん……」

やわらかくて温かい輝翔さんの舌に自分の舌を絡め取られ、触れた場所からとろけてしまいそうだと思った。お互いの唾液が混ざり合い、ぴちゃぴちゃと水音が響く。流し込まれるそれをこくりと飲み下すと、ほのかに甘い味がした。まるで媚薬のような液体が身体に広がり、下腹部がきゅんと熱くなる。

唇が離れても、二人の間は銀色の糸で繋がっていた。どちらからともなく吐息を漏らすと細い糸はぷつりと切れてしまったけれど、輝翔さんは構わずに私の耳へと顔を寄せた。

「は……っ……ん」

ゾクゾクと肌が粟立ち、くすぐったさも手伝って自然と身体をくねらせる。

スプリングの効いたベッドとは違い、布団の上だと余計な音が響かない。その分、二人の浴衣の衣擦れの音や息遣いがダイレクトに伝わってくるような気がする。

険悪なムードから一転しての甘い時間に、早くも身体に帯びる熱が高まっていく。なのに――

「……腹、減ったな」

唐突に、輝翔さんが耳元で呟いた。

なにも今、この流れで言わなくても……せっかく、いい感じだったのに！

とはいっても、腹が減っては戦はできない。

「食べてないんですか？」

「仕事を終えて、そのますっ飛んで来たから。美月はなに食べた？」

「あ、私はカレーを作って……」

——びくぅっ！

言い終わる前に、首筋に強く吸い付かれて驚きのあまり身体が大きく震えた。

「いいな、一ノ瀬のヤツ」

低く唸るような声が、身体の内側まで響く。

カレーが食べたかった、というわけじゃないよね……

「さ、先になにか食べます？」

お腹が空くとイライラするものだよね？　ひとまずは、性欲よりも食欲を満たしてください。

抱き締めていた輝翔さんの身体から手を離そうとしたが、その手をがっちりと掴まれてしまった。

「……輝翔さん？」

輝翔さんの口が弧を描く。

「いいよ。美月を食べるから」

——ひぃっ、なんか笑顔が黒いぃぃぃぃ！

輝翔さんの両手が、私の浴衣の襟を広げる。すると、ひんやりとした空気を露わになった両胸に感じた。

「お風呂上がりに下着、着けなかったんだ。もしかして期待してた?」

「そんなんじゃ……っ」

一日に二回もお風呂に入ったから、ちょっと熱かっただけだもん。それに私は寝る時にはブラジャーを着けない派だから、断じて仲直りエッチなんてのを想定していたわけではない。

いや、本当は、ちょっとだけしてたけど。

「輝翔さんだって、わざと布団の上に座り込んで二つの布団を離せないようにしましたよね?」

気付いてないとお思いか。くっついていた布団を引き離そうとした時、あなたが睨みをきかせていたことは見逃さなかった。

「そりゃ、もちろん。もしも一ノ瀬になにかされたのなら、一刻も早く上書きしたかったから」

上書きって……。私、そんなに信用されてないの?

「手料理を振る舞った上に風呂上がりの姿まで見せるとか、いくらなんでもサービスしすぎ。あいつが本気で手ぇ出してきたら、どうするつもりだったの?」

「そんなこと、されてませんから！」

——うう、嫉妬してたのは、手料理だけじゃなかったのね。

でも、ちんちくりんの私の湯上がり姿に欲情するのは輝翔さんくらいのもの。そんな風に疑われた一ノ瀬氏が気の毒だ。

「あと、美月はお風呂上がりとかの色っぽい男にも弱いから、ちょっと心配だった」

……わあ、バレテーラ。さすが輝翔さん、私の嗜好をよくご存じで。

「……でも、私がこんなにドキドキするのは、輝翔さんだけですよ？」

私のお胸に手を当てているのだから、心臓の音でわかるでしょう？

輝翔さんにだけ、私の身体は反応する。身体だけじゃない。心だって、もう随分前から輝翔さんの虜になっているのだから。

「本当だね。美月の心臓、すごくドキドキいってる」

骨ばった両手が乳房を包み込む。そして、掬い上げた膨らみに頬をくっつけた輝翔さんが、大きく深呼吸した。

「ああ、癒される」

ええっ、私のこんな浅い谷間でも!?

お顔を挟めるような立派なものではないのに。申し訳ない程度のそれが、輝翔さんにどんな癒しを与えているかは知る由もないが、とりあえず、惨めになるからやめて欲しい。

「美月が許してくれなかったらどうしようかと思った」

輝翔さんが、心底安心したようにそっと呟いた。

もしも私が逆の立場だったとしても、きっと同じくらいうろたえたと思う。そう考えたら、自分の軽率な行動が申し訳なくて仕方ない。

「……初めて会った時から惹かれていたわけじゃないんだ。俺は高校生で、美月は中学生で、女性として意識するには幼過ぎて。本当は、諦めようとしたこともあった。……でも、ダメだった。理屈とかじゃなく、ただ傍にいて欲しいと思ったのは、後にも先にも美月だけだった」

私の心臓に直接言い聞かせるように、輝翔さんの声が肌を通して染み込んでいく。

珍しく輝翔さんが自分の心情を素直に吐露していた。

「だから、俺が守らなくちゃと思った。権力に群がって他人の足を引っ張り合う奴らとか、醜い嫉妬や謂れのない悪意を向ける奴らから、全力で美月を守るって決めた。その上で、美月が俺から離れられなくなるように、どろどろに甘やかして愛してやろうって。だけど、ずっと傍で見ていたはずなのに、美月は気付かないうちに守られるだけのか弱い女の子から、いつの間にか立派な大人に成長してたんだね……」

輝翔さんは淡々とした口調で喋り終わると、ふたたび大きく息を吐いた。

そんなに立派な大人になったわけじゃないけど、それなりに強くはなったと思う。

「……変わった私は嫌ですか？」

もしかすると輝翔さんは、か弱くて守りたくなるようなタイプの女性が好きなのかもしれない。

恐る恐る問いかけると、輝翔さんは弾かれたように顔を上げる。

「まさか。むしろ、今までより、もっと好きになったよ？」

輝翔さんが片手を伸ばし、ゆっくりと私の頬を撫でた。

「美月が好きだよ。可愛くて優しくて素直で健気で頑張り屋で一生懸命な美月のことを、これからもずっと、好きになる」

真摯な言葉に、心が震えた。

導くように、いつも私の一歩も二歩も先を歩きながら、私を見守ってくれていた人。

でも本当は、私がその手に追い付くのを、ずっと待っていただけなのかもしれない。

溢れた感情は涙になって溜まっていく。目尻に溜まった涙を輝翔さんの指が掬い……え、舐めた？

「だからもう、俺以外の誰にも、美月には指一本触れさせないからね？」

向けられた輝翔さんの瞳にギラギラしたものを感じて、ちょっとだけ背筋が寒くなった。

だけど同時に、ふたたび身体の芯にぽっと火が灯ったような気もする。

乳輪の周りを指でくるくるとなぞられると、中心が痛いくらいに尖り始めた。もどかしさとくすぐったさで、はあ、と大きく息を吐く。そしたら、輝翔さんにぱくりと先端に食らいつかれた。

「あん……、ダメ……ぇ……」

「どうして？　気持ちよさそうだよ」

軽く鼻で笑い、口に含んだ尖りをちろちろと舌で舐めながら、もう一方は指先で擦られる。

「お、お腹が空いたんですよね？」

「だからこうやって美月を食べてる。甘くておいしいよ」

赤い舌を見せつけるように動かしながら意地悪く笑った輝翔さんは、そのままちゅっと強く吸い付いた。

「んっ……」

輝翔さんの肩に添えていた手に、つい力が籠もる。

「気持ちいい、だろ？」

甘いささやきにそそのかされて、思わずこくりと頷いた。

輝翔さんと仲直りできたことで緊張の解れた身体は、いつもより快感に素直に反応してしまう。

熱く濡れた舌でねっとりと捏ね、細い指先で転がすように弄ぶ。与えられる快感は私から理性を奪い、輝翔さんの匂いに包み込まれているうちに、他のことはなにも考えられなくなる。

「こっちも、可愛がってあげないとね」

ぺろりと先端をひと舐めすると反対側の乳首に吸い付き、同じように丹念に愛撫される。唾液で濡れたもう片方の乳首も指先でくりくりと摘まれ、私の口からはますます艶を帯びた吐息が漏れた。

「美月の喘ぎ声、好きなんだ。我慢しないで、もっと啼いて聞かせてよ」

「そん、な……っあ、はあ……ん……」

いやらしい言葉に羞恥心を煽られても、感じていることはバレバレで。それどころか、油断したら、もっと、とはしたなくねだりたくなってくる。

輝翔さんに触れられることにこの上ない悦びを感じる私の身体は、彼を欲して潤んでいる。だから、胸に触れていた手がショーツの穿き口へと掛けられた時、自分から腰を上げてしまった。

「んんっ、あっ、ああ……ん……っ」

乱れた浴衣の裾を払って、剥き出しになった秘部に輝翔さんが顔を寄せた。

敏感な部分を舐められ、強い刺激に弾かれた背中がしなる。優しく焦らすような動きなのに、全身を刺すような痺れが駆け抜けて、自分の腰が面白いように跳ねていく。ねっとりとした感触で下から上に丁寧になぞられる。そして時々硬く尖らせた舌先でぐりぐりと刺激され、奥から蜜が流れ出す。舐め上げられるたびに、あそこが卑猥な音を立てている。

「すごいね、舐めても舐めても溢れてくる。こうしたらもっと感じるかな？」

「あっ、やぁ……ん、はぁ、あ、あっ……」

輝翔さんは舌と唇で秘部を貪りながら、両手でも休むことなく胸の頂を弄んでいた。

硬く勃ち上がった乳首を指と指の間に挟んで擦っていたかと思えば、時々強く摘まみ上げる。そしてもう一方の胸の先端には、触れるか触れないかの絶妙なタッチで触れてくる。

……なんでこの人、ことセックスに関してだけは、こんなに器用なの？

異なる刺激を上手に使い分けながら的確に弱い場所を攻め込まれ、私は高みへと押し上げられていく。

だけど、このままだと、食べつくされる……っ！

「輝翔さん、待って……、お願い、そこばっかりは……っ」

下っ腹に力を入れて、必死に声を絞り出した。情けないくらいに掠れて震えた声で訴えるも、輝翔さんは構わずに花弁の上の蕾を吸い上げる。

「ひゃ……っ、あ、ああっ」

電流のように強烈な刺激が一気に駆け巡り、たまらず悲鳴のような声を上げた。

なんだか今日の輝翔さんは容赦がない。それに、私にも余裕がない。火照った身体は今にも溶けだしそうだし、あそこは痺れたようにヒクヒクと痙攣し続ける。

「待たないよ。もっと乱れて、俺に溺れているところを見せて」

吐く息が触れただけでも達してしまいそうなのに、輝翔さんは尖らせた舌の先で膨れた花芽を嬲り続ける。しかも、いつの間にか移動していた指を、そこに突き立てた。

「ああっ、ん、そこ……あぁぁっ！」

「ん、ここがいいんだよね？」

ぐにぐにと内壁を擦る指で一番感じるところを押されて、いっそう高い声を上げる。

それとともに、高まった熱がそのまま溢れ出すような、奇妙な衝動が湧き上がる。

「はあっ、ああ、ダメ……っ、なんか、ヘンな……っあぁぁっ」

それは未知なる感覚だった。目の前が白んだり火花のような星が散る経験はあっても、堰を切って流れ出すような奥の変化を感じ続けたことはない。

得体の知れないなにかが襲ってくる気がして腰を引こうとしたら、輝翔さんのもう一方の腕がそれを阻む。

「いいから、ヘンになって」

「ああっ……いや、ダメ……っ！　あ、あああっ……!?」

――その瞬間、最奥でなにかがパンと弾けた。

生温かくてさらさらとした透明な液体が、顔を寄せていた輝翔さんの口元に向かって
ぷしゃりと噴き出す。

量は左程多くはなかったと思う。だけど私は自分で自分にびっくりして、それから、
急に怖くなって全身がガタガタと震え始めた。

大変なことを、してしまった――!?

「あ……、ご、ごめんなさい……っ！　そんな、どうしよ……」

なんてことをしてしまったんだ。

見開いた目からは、涙がぼろぼろと零れ出す。

だって、輝翔さんに向かって、おもら――ああ、考えるのも嫌ぁ！

「どうして謝るの？」

私の足の間から顔を上げた輝翔さんは、泣き顔の私を見て不思議そうにしていた。だ
けど、口の周囲を手の甲で拭っている様子に、申し訳なさでますます涙が止まらなくなる。

「潮噴くぐらいに感じたんだろう？」

「しお……？」

料理に使う調味料のあれですか？　困惑していると、輝翔さんは濡れた指先を私の唇にちょん、と載せた。

舐めてみると……確かに、汗みたいな、しょっぱいような味がする。

「女性のオーガニズムが極まった時に出るんだって。だから、恥ずかしいことじゃないよ」

「そうなんですか……？　でも……」

とりあえず、粗相したわけじゃないとわかってホッとした。でも、やっぱり恥ずかしい。

顔を両手で覆いながらチラリと輝翔さんを覗き見れば、彼は手の甲についた液を舐め上げていた。

「美月がそれだけ感じてくれたなら、俺は嬉しいよ。だから今日はもっと——美月をたっぷりと味わわせてね？」

弧を描いた唇を見て、流れ出る涙があっという間に引っ込んだのは言うまでもない。

——む、貪り食うとは、このことか！

輝翔さんはゆっくりと私の身体を引き起こして抱きかかえ、それから唇を塞いだ。

ねっとりと舌を絡ませながら、ふたたび身体を這い始めた手によって、すぐにまた官能のるつぼへと引きずり込まれる。

「ふ……あ……、んぅ……ん……」

足の間に差し込まれた指が、蜜でぐちゃぐちゃになった秘穴の中へと進む。二本に増やした指でナカを掻き混ぜながら、親指で蕾の上をくるくるされる。もはや私は崩壊寸前にまで追い詰められていた。

「あっ……あん、輝翔さん、待って……っ、もう、やだぁ……」

追い立てられた身体はすぐさま次の絶頂を迎える。手や足を動かすことすら億劫なのに、輝翔さんに触れられている場所だけは自分の意思とは関係なくビクビクと反応し続ける。

さすがにもう、限界だ。これ以上攻め続けられたら、どうにかなってしまう……！

せめてもの抵抗で、だらりと伸ばしたままの手を緩慢に動かすと、指先に熱く滾ったモノが触れた。

私は無意識のうちにボクサーパンツの中でそそり立つ陰茎に指を這わせた。すると、輝翔さんの身体がピクリと揺れる。

「なに？　これが欲しいの？」

困ったように笑いながら、挿入された指にいっそう激しく蜜壺を掻き回された。

身体の奥底が、今まで以上に強く戦慄いている。

「ん……欲しい……、輝翔さんの、ちょうだい……？」

これは本当に自分なのかと疑うくらいに甘ったるい声だった。

自分から輝翔さんを欲しがるなんて、私はいつからこんなことが言えるようになったのだろう。

輝翔さんと付き合うようになって、もう何度も彼自身をこの身に受け入れてきたというのに、裸を見られることにもいまだに慣れる気配はない。自分からキスをすることも、輝翔さんに奉仕することも、本当は死ぬほど恥ずかしくて、我に返ると穴があったら入りたい衝動に駆られる。

だけど、それ以上の悦び(よろこ)を、私はもう知ってしまった。

口では意地悪なことを言いながらも、私に触れる手も唇も優しい。輝翔さんのすることのすべてが、私への愛情表現なんだと身をもって実感している。

「あ、輝翔さんと二人で、一緒に気持ちよくなりたい……」

早く、輝翔さんとひとつになりたい。身も心も、全部輝翔さんで満たされたいの。

輝翔さんの目を見つめながら、お願い、と声に出さずに口を動かした。

「まったく……こんな時に限って甘えてくるんだから」

そう言って輝翔さんは立ち上がり、部屋の隅へと歩いていく。

頭に浮かんだ疑問符は、ゴソゴソと荷物を漁る(あさ)輝翔さんのうしろ姿で解決した。

あー、そうね。浴衣(ゆかた)には、仕込めないもんね……

——その時、私の中にちょっとしたイタズラ心が芽生えた。

戻って来た輝翔さんが私の隣に座ったのをいいことに、とう、と勢いよく飛びついた。

「美月……？」

私をうまく受け止めながら、輝翔さんは布団の上にごろりと横たわる。

驚いて目を丸くした様子に、私はすっかり気をよくした。そのまま輝翔さんの上に跨り、彼の滾りにそっと手を伸ばす。

「今日は……私が輝翔さんを食べるんです」

――いつもいつも、翻弄されてばかりだと思うなよ？

にっこりと微笑んだら、手の中の熱がピクリと震えた。

同時に、輝翔さんがたまらないといったように小さく噴き出す。

「もちろんどうぞ。最後に誰が乗ったかが大事、なんだよね？」

……だから、それは、下ネタ的な意味ではありません。

熱いそれは、入口に押し当てるとなぜかひんやりと冷たく感じた。

私は仰向けに寝転んだ輝翔さんの上に馬乗りになり、ゆっくり腰を下ろす。すると、硬い先端が花弁を押し広げながら徐々に体内へと侵入してくる。

「ふ……っ、ん……」

下から内臓を突き上げられるような圧迫感があり、下唇をぐっと噛み締めた。足に力が入らなくて、ともすれば倒れ込みそうになる。

胸の上に両手をついて、込み上げてくる声を噛み殺しながら、少しずつ身を沈めていった。

「……ん、は……っあ……あ」

圧倒的な質量に耐えながらようやくすべてを呑み込む。すると、輝翔さんの腰と私の臀部がぴったりと密着し、身体の中心がどくどくと脈打った。幸い浴衣の裾に覆われて結合部は見えないが、目を閉じていても私たちが一つに繋がっていることがしっかりと感じられる。

組み敷かれた輝翔さんは、眉間にしわを寄せながら恍惚とした表情でこちらを見上げていた。まるで輝翔さんを支配しているかのような光景に背筋がぞくりと震える。

——が、しかし。ここからどう動いたらいいのでしょう?

腰を上げるべきか、左右に振るべきか。少々乱暴にしたくらいで根元からぽっきりと折れることはないだろうけど、でも、どうすれば……?

途端に、気付いてしまった。

輝翔さんに見守られながら自分で腰を振りまくるだなんて、そんなのヤダ、恥ずかしすぎる!

「……美月、動いて?」

「ム、ムリ……っ」

ああ、どうして私はこんな大胆な行為に突っ走ってしまったのか。輝翔さんの上に跨って自分から腰をグラインドさせるとか、そんなセクシー路線なことができるかい！

今さらながら自分の行動に後悔を覚えて、おろおろと視線を彷徨わせながら逡巡した後、やっぱりいつも通りでいいと判断した。

私は、輝翔さんの下にいるほうが、居心地がいい。

「あの、輝翔さん？　やっぱり……あっ、ああっ！」

いつもの体勢に戻らさせてください、とお願いするつもりが、ふいに下からずんと突き上げられた。

「ん、やっ、……あ、あああっ」

目の前に星が飛び、反らした喉から嬌声が上がる。

輝翔さんの手が私の腰を掴み、そのまま緩く揺さぶってきた。

「ああ……、美月、すっごいエロい」

持ち上げられ、突き落とされながら、輝翔さんに意地悪な声をかけられる。

――やっぱりこの人、ドSだ！

上にいようが下にいようが、ちっとも主導権なんて握らせてはもらえない。

肌をぶつけながら出し入れされるのがどうしようもなく気持ちよくて、次第にゆっくり動かされるだけでは物足りなくなってくる。

それで自分から腰を落とすと、さらに大きな快感が突き抜けた。

「あっ、あっ、は、……んっ、あっ」

肩に乗っていた浴衣(ゆかた)がするりと下に落ちていく。ずちゅずちゅと音を立てながら出入りする場所を見なくとも、自分が感じているのかは激しくなる水音でわかってしまう。

「……美月が俺の上で自分から腰を振って啼(な)いてるなんて、夢みたい」

輝翔さんの手が伸びてきて、私の乳房をやわやわと揉(も)みしだいた。

はあはあと大きく喘(あえ)ぎながら輝翔さんを見ると、愛しげな瞳とぶつかった。

……ああ、なんか、わかったかも。

激しい行為や情事の最中(さいちゅう)には似つかわしくないほど、輝翔さんは穏やかに微笑んでいた。

ちょっと意地悪な態度には、照れ隠しの意味もあったのだろう。胸の上に置いていた手をするすると滑(すべ)らせて、輝翔さんの上に覆(おお)い被(かぶ)さり、白く浮き出た彼の鎖骨に舌を這(は)わせた。ちゅっ、と吸い上げると、小さな赤い印が浮かび上がる。

「輝翔さん、好きです……」

小さくささやいて、そっと唇に口づけた。

この人のことが愛おしくてたまらない。

かっこいいところも、かっこ悪いところも、全部私にだけ見せて。どんなあなたも、変わらず好きになってしまうから。

――最高にかっこよくて、最高にかっこ悪い、私の愛しい人。

愛をささやきながら、何度も何度もキスをした。

「……美月、ちょっともう、我慢できない」

「あっ、あっ、も……、ああん、あああ……っ！」

大人しくキスを受け入れていた輝翔さんが慌ただしく身体を起こし、私の身体がうしろへ揺らぐ。すぐさま攻守が逆転し、ずちゅずちゅといやらしい音を響かせながら激しい抽送が開始された。

ぐっと腰を持ち上げられ、びくびくと痙攣する媚肉を穿たれる。

「美月、好きだ……愛してる……」

奥歯をぐっと噛み締めた輝翔さんが苦し気に言った。

「やあああっ、あきとさ、も、イクっ……、あああ、ああああ――っ!!」

熱く滾った肉棒が一際強く押し込まれた瞬間、目の前が真っ白に弾ける。

直後に小さな呻き声を上げながら倒れ込む輝翔さんを、幸せな気持ちでそっと抱き締め、包み込んだ。

翌日。部屋にやって来た仲居さんによって、なぜか私は振袖に着替えさせられた。

「あの、どうして着物なんでしょう？」

「まあ。正装するのは当然じゃないですか」

うふふ、と笑う仲居さんに疑問は感じたものの、格式のある旅館の雰囲気も手伝って、これから会う人がかなりの偉い人だからだということで納得してしまった。

ほら、よく、園遊会にお呼ばれした人が振袖姿だったりするでしょう？

輝翔さんはといえば、別室にいる。結局昨日は食事もせずに……だったので、今頃はお腹一杯食べているのかもしれない。私も、お腹空いた……

昨日は一晩中、輝翔さんと愛をささやきながら抱き締め合った。エッチが終わってからも短いキスを繰り返したり、お互いの身体にキスマークをつけまくったりしながら、久しぶりの二人だけの時間を存分に満喫した。

だけど、調子に乗ってキスマークをつけまくったことを、すぐに後悔することになる。

着替えの最中、件のキスマークを見られてしまったから。

赤い肌襦袢を着せてもらいながら俯いていた私は、それ以上に赤い顔をしていたことだろう。

「さあ、お綺麗ですよ。では参りましょうか」

鮮やかな赤い生地に満開の桜が咲いた豪華な着物に身を包み、私たちが宿泊した離れよりもさらに奥にある母屋へと通された。

周囲を塀に囲まれた母屋は、そこだけが独立している。よく手入れされた石庭に臨む廊下を通ると、一際立派な襖が現れ、中へと入るように促された。

ゆっくりと膝を折り、「失礼します」と言ってから襖を開けると、入口のほぼ正面に輝翔さんが座っていた。

昨日着ていたものとは違う黒のスーツにシルバーのネクタイ。いつもよりもかしこまった服装をしている。輝翔さんは、私の顔を見るとはにかむような笑顔を見せた。

だが、驚いたのはそこではない。

輝翔さんの左には、お母様が座っている。しかも、留袖姿で。さらにそのまた隣には、輝翔さんと同じく黒のスーツを着たお父様。

さらにさらに、勢ぞろいした須崎家の向かいには、うちの父と母が座っていた。こちらも、輝翔さんのご両親同様に正装である。

「おお、美月ちゃん。よく来たの。さあ、中に入りなさい」

向かい合う両家のちょうど真ん中、床の間の前に座っているのは、紋付袴姿のおじいちゃんだった。

「美月、とにかく中に入れ」

死角になっていたうしろのほうから声をかけてきたのは、兄の悠一。もちろん隣には沙紀さんがいた。

両家の親族が正装姿で勢ぞろいって、これは、もしかしなくとも……

勢いよく輝翔さんの顔を見ると、思いっきり目が泳いでいる。

……やってくれたな？


「美月ちゃん、ここにおいで」

ちょいちょいと手招きするおじいちゃんの前に、渋々ながら正座した。

どうして、気が付かなかったのか。したり顔のおじいちゃんは、誰かとよく似ている。

「――私を、だましましたね？」

恨めしく思いながら呟くと、おじいちゃんは口の端を意地悪く持ち上げて、輝翔さんそっくりにニヤリと笑った。

「そうかの？　ヒントはかなりあったと思うがの」

ＳＵＺＡＫＩ商事のパーティーに列席していたこと。輝翔さんに連れて行かれたホテルに居合わせたこと。お母様とＳＮＳ友達だったこと。須崎の家と関わりがあること。

――おじいちゃんは、正真正銘、『お祖父ちゃん』だった。

「だいたい、蓉子ちゃんも輝翔も詰めが甘いんじゃ。逃げられんように確保するなら、このくらいの準備をせんとな」

「今時、結納とか古いんだよ」

ボソッと呟いたのは、輝翔さん。

「なにを言うか。古くからのしきたりを馬鹿にするものではないぞ？　孫可愛さに、急いでこれだけのものを準備した儂に感謝しろい」

おじいちゃんの背後には、桐の台座に載った赤や金のめでたい飾りがずらりと並ぶ。

やっぱり、これは、結納なのね……

「だが、美月ちゃんにも猶予は与えたぞ？　あんたには儂ら兄弟の件で迷惑をかけたからの」

「はあ……」

儂ら兄弟、というのは、少し前の百合子さん家族の騒動のことだろう。発端となったのは、おじいちゃんとそのお兄さんとの跡継ぎ問題だ。

……でも、謎の箱を持って逃げ回るのが、猶予ってどうよ？

「美月ちゃんが無事に輝翔から逃げ切って一人でここに現れたなら、儂はなにがなんでもあんたを自由にしてやろうと思っておったよ。なんなら今からでも遅くない、輝翔はやめて儂の嫁になるか？」

ふふん、と胸を張ったおじいちゃんに対して、須崎家側から一斉に鋭い視線が突き刺さった。

なにより一番眼光鋭かったのは、おじいちゃんの隣に座る、老齢のご婦人、だった。

「へぇ、私と別れて若い嫁を迎えるつもりだったんですねぇ」

「い、いや、そんなことはないぞ？　万が一おまえに先立たれた時の、せめてもの慰めにな……」

――奥さん、ご健在やないか！

な・に・が、死んだ妻の形見を持ってあの世に行く、だ！　チッキショー！

だったら、箱の中身はなんなんだ。中身の価値に興味はないけど、私はなにに振り回された？

振袖の袂から黒い箱を取り出し、おじいちゃんに断りを入れてから包装紙を剥がす。

中から出てきたのは、立派な木箱に入った……紅白饅頭だった。

――この流れなら、結婚指輪じゃないんかい！

「ごめんね、美月ちゃん。お父さんって昔っから強引なのよ。もしも悠介が美織ちゃんと出会ってなかったら、私も危うく悠介と結婚させられるところだったし」

上座で巻き起こる夫婦喧嘩を涼しい顔で眺めながら、お母様は呑気にお茶を啜る。お母様からさえも強引だと称されるおじいちゃんは、間違いなく、輝翔さんよりもお母様よりも性質が悪い。

「ともかく、Tカンパニーとの契約も締結し、美月ちゃんの捕獲にも成功したんじゃから、輝翔の必死さは十分伝わったのじゃろう？」

なによ、捕獲って。首を傾けて輝翔さんを見ると、やれやれといった様子で首を竦めてみせる。

「ジジイが美月を攫ったなんて言うもんだから、余計な労力を使ったよ」

――ああ、黒ずくめ軍団の親玉は、輝翔さんでしたか……

輝翔さんはスッと立ち上がると私の隣へと歩み寄り、私の隣に並んで腰を下ろす。

「美月の行動がジジイの差し金なのは気付いたけど、まさか結納の準備までしているとは思わなかったんだよ。一応俺も席には着いていたけど、美月が嫌なら……どうする？」

どうする？　と聞かれましても。

「――美月、私たちのことは気にしなくていい」

口を開いたのは父だった。

「たとえ今日決めなくても、私たちはおまえの結婚に反対するつもりはない。大切なのは二人の気持ちだと、伝えたはずだ」

礼服姿の寡黙な人は、まっすぐ私を見ながらそう言った。隣の母も穏やかに微笑みながらゆっくりと頷き、輝翔さんのご両親も、同じだった。

ここには、私の味方がたくさんいる。

「……いえ、お受けします」

大きな声で、はっきりと。自分の覚悟を証明するかのように、堂々と答えた。

「いいの？」

予想外、とでも言いたげな輝翔さんに向かって、私は満面の笑みを浮かべた。

「だって、未来はもう決まってるんですよ？」

強引に物事を運ばれるのも、もう慣れた。だけどそのたびに、私はちゃんと自分の意思で選択させてもらえている。

輝翔さんは私にプロポーズして、私も輝翔さんにプロポーズした。お互いの両親も承諾して、なにより私たちの気持ちはひとつに固まっている。

輝翔さんに囚われた時点で、私の運命は決まっていた。

それはきっと、ねずみが王子様に出会ったあの日から——

8　健やかなる時も、病める時も

よく晴れた、とある日曜の午後。

鏡を覗き込んでいた私の耳に、ドアをノックする音が届いた。

「どうぞ」

「きゃあ、美月ちゃん綺麗！」

ドアを開けた沙紀さんは、ウエディングドレスに身を包んだ私を見るなり大袈裟に飛び跳ねた。

「それにしても、急ぎの式なのにオーダーメイドのドレスがよく間に合ったわね」

「あ、このドレスはニューヨークの百合子さんが……」

百合子さんの名前を出した途端、沙紀さんから冷気を感じたので、途中で言葉を止めた。

今日は、私と輝翔さんの結婚式。

いろいろあったあの日からも、やっぱりいろいろあった……ことはない。

だって、結納したのって、昨日だよ!?

――なにがどうしてこうなった!?

昨日の結納(ゆいのう)の後。

あとは若い二人で、なんて送り出され、それってお見合いの席での常套句(じょうとうく)でしょうが！　というツッコミを心の中で繰り出しつつ、私と輝翔さんは温泉街を散策した。

「しかし、慌ただしかったですね」

輝翔さんとの小さな喧嘩(けんか)が、まさかこんな結末へと繋(つな)がるなんて想像してなかった。

わずか二日の間に起こった騒動を思い出して苦笑いを浮かべると、輝翔さんも綺麗な青空を見上げてふう、と息を吐いた。

「本当だよ。もっとスマートに結婚の承諾(しょうだく)をもらうつもりだったのにさ」

悔しそうに漏らした言葉に、また違った笑いが込み上げてきたけどぐっと我慢した。

「ところで、美月はジジイになんのお願いをするつもりだったの？」

「ああ、あれですね――」

特にそれを期待していたわけではないけど、おじいちゃんからの依頼を達成したら、できる限りのお願いを聞いてもらえることになっていた。でも、今回は、一ノ瀬氏と一緒にいるところを発見捕獲した輝翔さんの勝利となったから、ご褒美(ほうび)はなし、らしい。

「私を輝翔さんの秘書から外してくださいって、お願いするつもりだったんです」

……ああ、もう、別に青筋立てて不機嫌になるような話じゃないんですってば。

「輝翔さんはこれから、須崎グループの上に立つ人になるじゃないですか。その時隣にいる秘書は、私では力不足だと思うんです」

自分の限界を自分で決めるな、なんてセリフもあるけど、それでも努力だけではどうにもならないことだってある。

大企業の社長を支える人材は、やはりそれ相応の才能が求められる。これから先、私がどんなに頑張っても、その大役は務めきれないだろう。そして、そのしわ寄せは全部、輝翔さんにいってしまう。

「私は輝翔さんに頼りにされる人間になりたいんです。だけど、仕事面でそれは難しい。それに、仕事もプライベートも一緒だと、うまくいかないこともあると思うんです。仕事での失敗が尾を引いて、家の中が険悪になるのも嫌でしょう？」

今回みたいに、と小さく呟くと、頭上でクスッと笑う声がした。

「俺は美月を頼りにしてるけど？」

「私もそうですよ。でもそれは、仕事のパートナーとしてではないですよね。私は、輝翔さんが安心できる場所を作りたい。疲れて帰って来た時にくつろげる家を準備してあげたい。私は、輝翔さんをサポートするお嫁さんになりたいんです」

不器用な私では、仕事を頑張れば頑張るほど、その他が疎かになってしまう。仕事と家事、どちらも同じくらいに頑張ることは、私にとって難しい。ならば私は、優秀な秘書よりも、優秀な主婦になりたい。

輝翔さんは少し困ったような、だけど嬉しそうな顔で私を見下ろす。

「じゃあ、仕事を辞めて専業主婦になる？」

「いえいえ、仕事は辞めません」

家庭に籠(こ)もりきりになると、それはそれで輝翔さんに依存してしまう。秘書を辞めたからといって、自分を磨く努力まで辞めるつもりはない。社会に出て、自分自身の世界を広げて、輝翔さんを支えられる人間になるための成長を続けたい。

それに――

「輝翔さんが失業したら、私が支えなきゃいけないでしょう？」

目を丸くする輝翔さんに向かって、イタズラっぽく笑ってみせた。

「輝翔さん、あんなところに教会がある」

「リゾート地だから、結婚式場もあるんだろうね。……入ってみる？」

温泉街から少し離れた木立(こだち)の中に、小さなチャペルがあった。

わずかに古ぼけたそこは、輝翔さんの言う通り結婚式用に建てられたものらしく、牧師さんは常駐していないようだ。

中は綺麗に改装されている。木目のアイボリー調のベンチが並び、陽の光が降り注ぐ大きなステンドグラスには、キリストを抱く聖母マリアが描かれていた。

「できるなら、私はこんなこぢんまりとしたところで結婚式をしたかったんです」

須崎家の嫁になるからには、そんなことは許されないけれど。御曹司の結婚式ともなれば大規模にならざるを得ないことは承知している。

でも本当は、そんな立派なものでなくていい。仕事上のしがらみに囚われないで、私の結婚を心から祝福してくれる家族や友人たちだけを呼んで、ささやかな式を挙げたい。それは叶わぬ夢と知りながらも、正面にある祭壇の前に少しだけ立ってみた。振袖姿っていうのが似合わないけど。

やっぱり教会式ならドレスがいい。どうせなら、これでもかというほどの長いヴェールをズルズルと引きずってやろうじゃないか。

そんな私の様子を眺めていた輝翔さんは、手で口元を覆ってなにやら考え込み、それからなぜか顔を赤らめた。

……なにを妄想したの？

「参ったな。俺の願いばかり叶えてもらって。俺からもなにかお返ししなきゃ」

「お返しなんていいですよ。輝翔さんとの結婚は、私の願いでもあるんですから」

「そういうことを言われたら余計に。美月のお願い事なら、なんでも叶えてあげたくなるんだよね」

そう言ってからの輝翔さんは、早かった……で、今に至る。

チャペルの空き(あ)を確保すると、すでにニューヨークから送られてきていたウエディングドレスを運び込み、あっという間に親族だけの結婚式の準備を整えてしまった。

もちろん正式な結婚披露宴(ひろうえん)はまた別でする予定だけど、その前にどうしても私の夢を叶えたかったのだそうだ。

恐るべし、執着(しゅうちゃく)王子……

ウエストからふんわりと広がったプリンセスラインのウエディングドレスは、百合子さんによって発注されたオーダーメイド品。採寸もしていないのにどうしてそんなことができたのかと不思議がっていたら、以前買い物に連れ出された時に採寸したじゃないとお母様に爆笑された。

……あの時のあれは、このためか！

胸元がハートカットされたドレスはデコルテのラインが薄いヴェールに覆(おお)われ、さらにキラキラとしたスワロフスキーがふんだんにちりばめられている。これなら、胸元のキスマークも隠せる。……そんな対策も万全なんて恐ろしい。

「百合ちゃんに急いでもらってよかったわー！　関係各所に、ちょっとばかし権力使っちゃった」

お母様は舌をペロッと出しながらウインクしていた。

――須崎家のみなさまは、権力の使い方を間違っておる。

そろそろ行きましょう、という沙紀さんに促されてチャペルへ向かうと緊張した面持ちの父が待っていた。

「まさか、結納の翌日に嫁に出すとは思わなかった」

溜め息混じりに俯いた父の目が、少しだけ潤んでいるようにも見えた。

「お互い、須崎家には苦労するね」

父の腕に自分の手を絡ませながら、二人で小さく笑った。

目の前の扉がゆっくりと開くと、眩いばかりの光が乱舞する。

その光の先に、シルバーのフロックコートを着た輝翔さんが立っていた。

ヴァージンロードを一歩ずつ進むこの行為は、まるで幸せの階段を上がっているように感じられた。

階段の上では、にっこりと笑みを浮かべた王子様が私に向かって手を差し伸べている。

私も、その手に向かって自ら手を伸ばす。

手を引いてもらって歩くばかりではなく、自分の意思で前に進むために。

「美月、すごく綺麗だ」

「輝翔さんも、ものすごくカッコいいです」

「好きだよ、美月。今まで生きてきた中で、今日が一番幸せ」

「私も好きですよ。とりあえず、前を向きましょうか？」

祭壇では、私たちが乗って来たヘリで近くの教会から急遽搬送された牧師さんが待っている。

そして、私たちが前を向いたところで、彼は動揺することもなく誓いの文を読み上げる。

「須崎輝翔。あなたは、その健やかなる時も病める時も、喜びの時も、悲しみの時も、富める時も、貧しい時も、これを愛し、これを敬い、これを慰め、これを助け、その命ある限り、真心を尽くすことを誓いますか？」

「誓います」

輝翔さんの、低すぎず高すぎず、よく通る声が厳かなチャペルの中に響く。

「羽田野美月。あなたは――誓いますか？」

隣に立つ輝翔さんをチラリと横目で見た。

背筋を伸ばし、まっすぐに前を向く輝翔さんは凜々しくて、やっぱり何度見てもカッコよかった。

優しくて紳士的で、中学生の頃からずっと憧れていた人は、実は、意地悪で嫉妬深くて独占欲も強い腹黒王子だった。

おまけに彼は、高校生の頃に出会った幼い少女に恋心を抱き、彼女が大人になるまで見守ってくれていた。

余裕に満ちた自信たっぷりな輝翔さんも、みっともなく取り乱した情けない輝翔さんも——

知らなかった一面を知るたびに、どんどんあなたを好きになる。

それはきっと、これから先も同じ。

「誓います」

健やかなる時も、病める時も。

私はあなたを、愛し続けることでしょう。

番外編

腹黒王子の一年計画

結婚式の約一年後——

桜はすでに散り、多くの人が五月病との戦いを終えた六月最初の金曜日。SUZAKI商事の総務課三人娘——太田さん、黒木(くろき)さん、そして私——は、オフィスの隅でお弁当をつつきながら仕事のチェックをしていた。

「あとは会議室の準備だったっけ?」

「それ、後輩くんたちに手伝ってもらってランチの前に済ませました。お客様とうちの上層部の分の席とお茶の準備もしてあります。それに、万が一に備えて、席もお茶も少し多めに確保しておきました」

「さすが羽田野ちゃん、気が利くわね」

尊敬する先輩である太田さんに褒められて、私は鼻高々だ。

「出席するのは社長、副社長、専務、常務と各課の部長よね?」

「新任の幹部の方も来られるそうですし、社長が見えるので他の幹部の方も同行するかもしれないそうです。秘書課に確認した時に、そう仰ってました」

「秘書課への根回しも万全か、お見事」

太田さんの同期で、課のムードメーカーでもある黒木さんにも拍手してもらって、光栄です。

……やっぱり私は、褒められて伸びるタイプだ。

「ところで、今年の新人は、どう?」

「んー、まだ新人研修の途中だけど、今のところは及第点、かな?」

太田さんと黒木さんは、四月に入った新人教育を取り仕切っている。

「でも、みんな素直でいい子ですよ。教え甲斐がありますね」

私も二人のサポート役として新人教育に関わっているので、お手製の玉子焼きを頬張りながら話に加わった。

羽田野美月、二十四歳。この春で社会人三年目を迎え、ついに、念願の後輩を持ったのです。

――もちろん、秘書課ではなく、総務課の。

「まあね、『なんでもできる』総務課だから、これくらいで音を上げてもらっちゃ困るわ」

「そうそう。とはいえ、総務の仕事に馴染めなくて早々に配置換えの希望を出す新人も毎年何人かはいるけどね。まあ、羽田野ちゃんほど慌ただしく異動になるのは異例よ」

「まさか、秘書課から出戻ってくるなんてね……」

二人の言葉に、私は思わず苦笑いした。

入社一年足らずで突然専務付き秘書に抜擢された私だったが、約一年ちょいの任期を終えて、このたび無事に総務課へと復帰した。

輝翔さんは、Tカンパニーとの業務提携の契約締結といった功績が認められ、三月の組織改編によりめでたく本社へ栄転した。それと同時に、私も古巣の総務課へと配置換えになったのだ。

「出戻り直後は大騒ぎだったよね。ついに専務と別れたのかって、社内中の専務ファンが浮足立ったもの」

太田さんの言う通り発表直後はちょっとした騒ぎになった。新人が異例の大抜擢で秘書課に異動したと思ったら、わずか一年ちょっとで出戻り。とんでもない大失敗をやらかして降格させられただの、輝翔さんに捨てられただの、あることないこと散々噂になった。

「……まあ、お祭り騒ぎも一瞬だったけどね」

黒木さんから向けられた視線の先には、私の左手にキラリと輝く結婚指輪。

『いつか』を突然に迎え、私は輝翔さんのお嫁さんになった。

ただ、公の場での発表は、輝翔さんの本社役員就任の報告を兼ねて結婚披露宴ですることになっているため、職場では今まで通り旧姓の『羽田野』を名乗らせてもらっている。

輝翔さんから贈られたマリッジリングは、もちろんシンプルなデザインというわけではなく、小さめのダイヤがこれでもかというほど並んでいる。輝翔さんの普段の生活はそんなに派手でもないのに、どうして人を着飾ることに関してはこうもセレブ趣味が全開になってしまうのか。

満面の笑みを浮かべながら、『誰がどう見ても美月が俺のものだってわかるように、二十四時間三百六十五日片時も離さずに身に着けてね？』なんて言いながら渡されたけど……だったら、もう少し普段使いができるものにして欲しかったです。

こんなゴージャスな指輪をはめて水仕事とか電球交換とか、やりにくいったらありゃしない。なので、輝翔さんのいないところでは、こっそり外させてもらってます。

だが、今日ばかりはそうも言っていられないのよね……

「でも、羽田野ちゃんが戻ってきてくれてから、秘書課と連携がとりやすくなったかも。それになんだか、みんな以前ほど刺々しい態度じゃなくなったし。今までより仕事がしやすくなったわね」

「秘書課のみなさまは、お目当ての専務がいなくなったから、毒気が抜けたんじゃない？

それに、未来の社長夫人には媚を売っとかなきゃね」

ニヤニヤ顔の黒木さんは、私をからかう気満々だ。

「もう、やめてくださいよ。私は公私混同はしません。これまで通り、総務部総務課のいち社員として、みなさんのお役に立つのです」

同じ総務部でも、花形部署の秘書課と違って総務課は社内の『なんでも屋』。他部署の仕事が円滑に進むようサポートし、従業員の満足度向上に努めることが仕事である。私は私で須崎グループに関わる社員のみなさんを根底から支えていく。それが、須崎家の跡取りである輝翔さんの妻として私の選んだ道だった。


「――羽田野先輩」

ちょっとだけ緊張した声に振り返ると、男女二人組が並んで待っていた。

これが、私の可愛い後輩二人。男の子の名前は早乙女渚くんで、女の子は穂積真琴ちゃん。二人とも、大学を卒業したばかりの二十二歳。早乙女くんの持ち場は本来は違うのだけれど、今は三ヶ月の試用期間中のため、真琴ちゃんと一緒に私が指導を受け持っている。

「お昼終わった？　じゃあ、そろそろ準備しようか」

「はい。午後は本社からの表敬訪問でしたっけ」

「そうだよ。エントランスでお出迎えだからね」

　三月の改編で顔ぶれの変わった本社の役員さんたちは今、関連企業への挨拶回りをしている。そして今日は、我がＳＵＺＡＫＩ商事にやって来ることになっていた。

　実際にお相手するのは、うちの偉い人たちだけど、訪問の時間に手の空いている社員一同でエントランスにてお迎えするようにとのお達しがあった。

　本社から社長以下重役一同が集まるということは、当然、あの人やあの人が来るわけで……

「――なにも起きなきゃいいけどね」

「嵐の予感がするわ」

　背筋が寒くなっていたら、いつの間にか太田さんと黒木さんがすぐ傍まで来ていた。

「不吉なこと言うのはやめてください」

　変な期待の眼差しを向けるのはヤメテ……っ！


　お昼休憩を終えてすぐ、私たちは一階のエントランスに向かった。

　お腹がいっぱいになり、気も緩んで眠たくなる時間帯。日当たりのよいエントランスにはまだ人影もまばらだ。エントランスにある台の正面に置かれた花瓶の前に持って来た花束を下ろし、早速後輩くんたちに指示を出す。

「真琴ちゃんは私と一緒にお花を活けるよ。早乙女くんは観葉植物の掃除をお願い。葉っぱに埃がついてないか、よく確認してね？」

「エントランスの掃除をするのも、総務課の仕事なんですか？」

「本社からお偉いさんたちが来るから、今日は特別。エントランスは会社の顔だよ、きちんと綺麗にしておかないと笑われちゃうでしょう？」

花束の入っている新聞を広げ、小ぶりの向日葵を並べていく。

「羽田野先輩、生け花もできるんですか？」

「できるってほどじゃないけど、うちの母が趣味で習っていたから教えてもらったの。最近は、自分でも時間のある時に通い始めたんだよ」

思えば、お茶といいお花といい、うちの両親の躾は至るところで役に立っている。まさかそれが、私が須崎家へ嫁ぐ日に備えての準備だったとは、知らなかったけど。

「お疲れ様、羽田野さん、先日は出張の手配ありがとう」

「お疲れ様です。領収書、早めに出してくださいね？」

お花を活けている間に、通り過ぎる社員の人たちから声をかけられた。今までは特に気にも留められなかった仕事なのに、最近はなぜかよくお礼を言われるようになった。

未来の社長夫人に対して、媚を売っているだけなのかもしれないけど。

「……羽田野先輩って、顔が広いんですね」

詳しい事情を知らない真琴ちゃんが感心してくれているので、深く考えるのはやめた。

「小さなことから、こつこつと。取るに足らないようなことでも、必ず誰かの役には立つのよ」

私は特別な人間じゃない。『普通』な私が『普通』を頑張る。それがきっと、私と輝翔さんの役に立つことに繋(つな)がるのだから。

「羽田野さん」

作業を終える頃、少しずつ集まって来た社員の中でも一際煌(ひときわきら)びやかな集団――我が社の花形、秘書課の一人に声をかけられる。

「村本さん……いえ、課長！　お疲れ様です」

キャメル色のパンツスーツに白いブラウス、首元には馬具柄のピンクのストールを巻いた村本さんが、片手を上げて近付いてきた。

「課長じゃなくて課長代理よ」

私のすぐ目の前まで来て、村本さんはちょっと困ったような笑みを浮かべながら訂正した。

私の総務課出戻りに伴い、輝翔さんの専属秘書として田中課長が本社に随行(ずいこう)することになった。代わってその席に就(つ)いたのが、村本さん。

結婚して重役秘書からは身を引いた村本さんだったけど、元々重役からの信頼の厚いバリバリのキャリアウーマンだった彼女。残業したくない、激務が嫌だとごねていたところを、輝翔さんと田中課長、そしてなぜかうちの兄まで加わって必死に説得し、次の候補が見つかるまでの繋ぎということでなんとか承諾を得たのだそうだ。

「代理じゃなくて、課長になっちゃえばいいじゃないですか」

「嫌よ。これ以上夫婦の時間が減ったら、子作りが疎かになるじゃない？」

「子作りって……」

真昼間の会社のエントランスで、堂々と明るい家族計画を披露しないでください。

「そういえば、悠一さんのとこには子供が生まれたんですってね」

「そうなんです！　先月なんですけど、可愛いんですよ！」

兄と沙紀さんの間には、先月待望の第一子が誕生した。小さなアイドルに、兄夫婦はもちろんのこと、寡黙な父も能天気な母もデレデレで、もちろん私もメロメロだ。兄たちから送られてきた写メを早速スマホの待ち受け画面にしたところ、『だったら、うちも早く作ろうか？』なんてニヤニヤ顔の輝翔さんに迫られて……ああ、いかん。昼間っから思い出しちゃったよ。

「名前はなんて言うの？」

「それが……悠里っていうんです……」

「へえ、いい名前じゃない。女の子？」

「いえ、男の子です」

悠里……ゆうり……ゆり……どちらのチョイスかは知らないが、響きに百合の香りを感じてしまってドキッとした。兄のことが好きだったという百合子さんを連想してしまったことは、私の胸の中だけに留めておこう。

沙紀さんは満面の笑みで悠里を捏ねくりまわしているし、兄は可愛い息子に目尻が下がりっぱなしだし、あの無口で無表情な父までが先日、悠里に向かって赤ちゃん言葉で話しかけていた。

「あーら、誰かと思えば羽田野さんじゃない」

長い髪をワサーッと掻き上げながら、大きなお胸を揺らして八センチ以上はあるピンヒールで闊歩してきたのは、もちろんあの人。

「三沢主任、お疲れ様です」

かつての私の教育係である三沢さんは秘書課の主任へと昇格した。ちょっと怖い人だけど、私をビシバシと指導したその手腕が評価されてのことと思う。

「相変わらず地味ねぇ。でも、あなたにはそっちのほうが、しっくりきてるわ」

……会社既定の制服なんだから、ほっといてください。

「そうですね。やっぱり私にはこの格好でせかせかと働いているのが性に合っているみたいです」

三沢さんはまた長い髪をワサーッと掻き上げ、大きく溜め息を吐きながら首を横に振る。

「その節は、いろいろとありがとうございました」

「せっかく一年かけて、ようやく使えるレベルにまで育てたと思ったのに」

私が秘書課を去ると決めた時、一番に引き留めようとしたのは、実は三沢さんだった。

三沢さんといえば、社内に多数存在した専務ファンの代表格で、私が最も恐れる人物だった。好いてもらえる要素なんて、これっぽっちもなかったはずなのに。

「今だから言えることだけど、専務から直々にあなたを頼むって再三お願いされていたのよ？　それがいきなり総務課に戻るだなんて、私の指導方法が悪かったって疑われるじゃないの」

「三沢さんのご指導は、今後も必ず私の役に立ちます」

地獄の三沢教官によるしごきに耐えて、得るものは多かった。指導は細かくて厳しかったけど、無理難題をふっかけられたり理不尽な理由で怒られることはなかった。

周囲に溶け込めずに悩んでいた時期に私を気にかけてくれた三沢さんと村本さんには感謝してもしきれない。

「言っとくけど、あなたが褒められて伸びるタイプだなんて思ってないからね。部署は違っても、たるんでいるところを見たら容赦なく指導してあげるから。だから……」

――目ぼしい御曹司がいたら紹介しなさいよ？

小声でぼそぼそと呟いて、三沢さんは秘書課の輪の中へと戻っていった。

残された私と村本さんは、顔を見合わせて噴き出した。


「羽田野先輩って、秘書課にもお知り合いがいるんですね」

村本さんと別れて仕事に戻ると、後輩の真琴ちゃんは目を輝かせていた。

「去年は一年ほど秘書課に研修に出てたからね」

三月に総務課に戻った私の前身を、四月入社の真琴ちゃんが知らなくても当然だ。研修と呼ぶほど生ぬるいものでもなかったけど、今となってはあの時期は修業期間だったと思っている。

「新人でも頑張れば認めてもらえるんですね……私も、頑張らなくちゃ」

私の場合、頑張りが認められてのことでもなかったんだけど、そこは言わないでおこう。しかも、出戻りだしね。

「真琴ちゃんは秘書課が希望だったの？」

「いえ、そういうわけではないですけど、華やかだしデキる女性って感じで憧れますね」

「……穂積には無理だろう」

反対側から、呆れた口調で早乙女くんが口を挟む。

「なんでよ、頑張れば、もしかしたら私だって！」

「見た目からしてダメだろ。羽田野先輩くらい綺麗じゃないと秘書にはなれねぇよ。ね、先輩？」

真面目で堅い印象の真琴ちゃんに対し、早乙女くんはどちらかといえばややチャラい。今だって、シャツのボタンはひとつ空いているし、ネクタイだって緩んでいる。私を綺麗と言ったのだって、恐らくは調子のよいお世辞だ。だから、真に受けて喜んだりは、しないんだから……！

「真琴ちゃんは十分可愛いわ。見た目を言うなら、早乙女くんのほうがだらしなくてダメでしょ？　服装の乱れは心の乱れです」

言いながら、早乙女くんの首元へと手を伸ばしてボタンを留めてネクタイを整える。見よ、この見事なお姉さんっぷり。決して綺麗なんて褒められて調子に乗っているわけではない。いまだに学生気分が抜けていない新人とは違う、社会人三年目の大人の女の貫禄ってやつですよ。

「……いつもはしていないのに、どうして今日ははめてるんですか？」

早乙女くんの声が、周囲に聞こえないようにするためなのかワントーン下がった。

大人しくネクタイを締められながら、どうやら私の左手の指輪が気になったようだ。

「――気分よ、気分」

　本当は、してないことがバレたら面倒なことになる人と、これから対面するからなんだけど。

「実は、男除けってやつですか？」

「んー、そうかもしれない」

　まあ、渡した本人はそのつもりなんだろうけどね。

　一応念を押しておくが、仕事中でさえこんなものをはめておかないといけないくらいに私がモテるなんてことはない。この一年で劇的に容姿が変わることもなければ、史上最大級のモテ期が訪れたなんてこともなく、ただひたすらの通常運転。それに、『元専務』を知っているこの会社の社員に、表立って私を口説こうなどという強者がいるはずもなかった。

　……だが、四月入社の彼は、どうやら違うようだ。

　ネクタイから離した私の手を、早乙女くんの手が追いかけてきた。

「羽田野先輩、今晩はお暇ですか？　よかったら俺と食事にでも行きませんか？」

　耳元に顔を寄せて、低い声でささやく。

　――これは、いわゆるナンパってやつですか!?

　ついうっかり、胸がときめく……なんてことはあるわけないじゃないですかっ！

太田さん、目を丸くして凝視してないで助けてください。黒木さんは、なんでそんなに期待に満ちた顔をしてるんですか。

「……行かない」

なるべく冷たく突き放して、掴まれた手を振りほどこうとした。

だけど早乙女くんは悪びれた様子もなく、余裕の態度をかましている。それどころか、口元には不敵な笑みさえ浮かべていた。どうやら、相当遊び慣れているようだ。

「金曜なんだし、たまにはいいじゃないですか。羽田野先輩はいつも仕事が終わったら急いで帰ってしまうので、一度ゆっくりお話したいと思ってたんですよ。初任給も出たし、奢りますから」

こんな社員が集まっているところで、よくも堂々と先輩に対してそんなことが言えるもんだ。いくら小声でも、聞こえる人には聞こえるっつーの。

隣の真琴ちゃんなんて、驚いているのか呆れているのか、さっきからプルプルと震えている。興味本位で面白そうにしていた太田さんや黒木さんでさえ固まってしまった。

セクハラやパワハラが問題になる昨今でも、飲みニケーションにだってそれなりの意義があるとは思っている。先輩と後輩の交流という目的があるのなら、私だって無下に断ったりはしない。

でも、その前にきちんと承諾をもらわないといけない相手がいることも、忘れていませんから。

「後輩に奢ってもらわなくても大丈夫です。食事に行くなら私が――」

「――誰と誰が食事に行くって？」

……その瞬間、昼下がりのエントランスが凍りついた。

地を這うような低い低い声の持ち主は、私の真うしろにて、それはそれは真っ黒い笑みを浮かべて立っていた。

寒い、寒いぜ！　ここはツンドラ地帯か！

「あら……須崎、本部長。お久しぶりです。いつの間に？」

半日ぶりに会う輝翔さんは、薄い縞の入った黒のダークスーツに真っ白いシャツ、水色と紺のストライプのタイトなネクタイで爽やかかつ威厳のある姿を演出している。コーディネートした妻のセンスも素晴らしいが、意図した以上の見事な着こなしです。

須崎専務、改め、須崎統括本部長。それが本社での輝翔さんの役職だ。ようやく彼は須崎グループの後継者としてのスタートラインに立ち、ここから上を目指して精進していく。

だから、真っ先に私のところに来なくてもいいじゃない!? ここには、あなたが養うべき大切な社員や、SUZAKI商事の社長や副社長や新専務だっているんだよ!?

太田さんも黒木さんも、気付いてたのなら教えてよー! ……ってもしかして、気付いてたから固まった?

「それで、誰と誰が食事に行くの?」

くっきりとした二重の大きな目を細め、小さめの厚い唇で弧を描きながら小首を傾げているけれど、その瞳は決して笑ってなんかいない。

その視線は、私の手を握る早乙女くんの手に向けられている。

うおー! いつまで手ぇ、握っとんのじゃい!

「今日は早めに上がれそうだから、家で手料理を作って待ってくれてるんじゃなかったっけ?」

「い、行きませんよ? 今度、時間のある時に、可愛い後輩と呑みにでも行こうかなーって……」

早乙女くんが驚いている隙に、慌てて手を振りほどいた。

それでも、咄嗟に機転を利かして彼を庇った私を褒めてやってほしい。将来のある若いもんが、こんなところで目をつけられて地方に左遷なんて、気の毒すぎるじゃないか!

「ふうん……美月のほうから、誘ってるんだ? 随分と偉くなったもんだね」

ううっ、輝翔さんの背後から噴き出すオーラがさらに勢いを増しちゃったよう……

「あらあら、美月ちゃんたら、後輩くんを誑（たぶら）かしちゃってるの!?　いいわねー、若いわねー」

輝翔さんのうしろからひょっこり顔を出した須崎グループ本社社長は、やたらと明るい笑顔を振りまいていた。

——お母様、絶対楽しんでるでしょう!?

「へえ……美月が誑かしてるの？」

一層鋭くなった眼光に、思いっきり首を横に振りまくった。

ごめんね、早乙女くん。私だって自分の身が大事なの。ここは、全力を持って否定します！

「……もしかしなくとも、須崎グループの御曹司（おんぞうし）ですよね？　入社式で見ましたもん。もしかして、羽田野先輩って、この人と付き合ってるんですか？」

ドーーーン！

固まっているとばかり思っていた早乙女くんは、突然思いついたように無邪気な顔して地雷を踏みぬいた。

「そっか、それで今日は珍しく指輪をしてたんですね？　なぁんだ、彼氏に買ってもらったって言ってくれればいいのに～」

うう……『二十四時間三百六十五日片時も離さずに身に着けろ』という言いつけを守っていないこともバレバレじゃないか。見捨てようとした私に対する嫌がらせだとしても、もうそれ以上は言わんでくれ……

ねずみと称された私だが、今日ほどねずみになりたいと思ったことはない。このまま小さくなって、どさくさに紛れて逃げ出せたなら、どんなに楽だろう。

だけどそんなことはできるはずもなく、小さく身を縮めて俯く耳元に、輝翔さんがそっと唇を寄せた。

「どういうことか、帰ったらちゃんと説明してね？　奥様」

――とりあえず、大好物のハンバーグでも作って、お帰りをお待ちしておりますね。旦那様。

＊＊＊＊＊

エントランスでの一件により、午後の総務課は見物客たちで満員御礼となった。

……みんな、頼むから仕事してよ。

「いやー、羽田野先輩って既婚者だったんですかー。だったら早く言ってくださいよ。俺は人のモノには手を出さない主義なんで」

そもそもの原因を作った早乙女くんは、あっけらかんと笑いながら真っ赤になって俯(うつむ)いている私に言い放ちやがった。

「左手の薬指に指輪をはめている時点で気付きなさいよ」

「だって、結婚指輪にしては豪華すぎるデザインじゃないですか。それにさっきも言ったけど、いつもは外しているじゃないですか～」

ああ、頼むからそんな、でっかい声で言わないで。遠くのほうで、冷気をまとった大魔王様がこっちを窺(うかが)っている気配がするんだから。

「こんな主張の強い指輪を贈るとか、御曹司(おんぞうし)って独占欲の強い人なんですね。でもまあ、これで羽田野先輩が須崎グループの御曹司の奥さんってことが知れ渡ったから、結果オーライじゃないですか?」

あっはっは、と胸を張る早乙女くんを隣の真琴ちゃんがどついてくれなかったら、きっと私が手を出していたと思う。

……ありがとう、真琴ちゃん。

今日は、定時になるとともにダッシュで帰宅した。

これ以上衆目(しゅうもく)に晒(さら)されるのは御免(ごめん)だし、なにより、輝翔さんのご機嫌をなんとしてでも直さねば!

スーパーで食材を調達して帰宅した私は、髪を一つに結んで若奥様らしい白のふりふりエプロンに身を包み、輝翔さんの大好物のハンバーグを一心不乱に捏ねまくる。こっぱずかしいけど、せっかくだし形だってハートマークにしてやろうじゃないか。

ちなみに、ふりふりエプロンは沙紀さんからの結婚祝いだ。沙紀さんも愛用してるんだって。

……兄の趣味が嘆かわしい。

「ただいま。あ、いい匂い」

「おかえりなさい！」

予定より少し早く、リビングの扉を開けて輝翔さんが帰宅した。私はちょうどハンバーグの焼きに入ったところで、ご機嫌取りの鉄板ともいうべきお出迎えのタイミングを逃してしまった。

ソファに荷物を置いた輝翔さんがキッチンに立つ私の隣へとやってくる。

「ハンバーグ？」

「はい。今日は煮込みにしてみました」

フライパンの中がくつくつと音を立て、周囲にケチャップとソースの甘酸っぱい匂いが漂い始める。輝翔さんは付け合わせのミニトマトをひとつ摘むと、ぱくりと口に放り込んだ。

「あ、つまみ食いしちゃダメですよ？　手も洗ってないじゃないですか」

「だって、一日あちこち動き回って腹減ってんだよ」

ちょっとだけ口を尖らせながら、もぐもぐと咀嚼する輝翔さんはまるで少年のようで可愛らしい。

これは、思っていたよりも機嫌は悪くないのかもしれない。

早乙女くんによる、まったく場を読んでくれない発言の数々は、結果として輝翔さんの意図するところを実行することとなった。今日のあの場で、私が輝翔さんの妻であるということが四月入社の新入社員にも知れ渡り、少なくとも今後も、私が社内の人間と禁断のオフィスラブに発展するフラグは立つことがないだろう。

そんなに心配しなくとも、私はちっともモテないのにね。

「ねえ、美月。おかえりのチューは？」

ミニトマトを呑み込んだ輝翔さんが、瞳を潤ませながら甘えたように顔を覗き込んでくる。

「はあ……お、おかえりなさい」

私がキスしやすい位置まで下りてきた唇に、軽く自分の唇を合わせた。

――うわあああっ、なんだこれ!?

ついつい流されてしまったけど、甘い、甘すぎるぜ、新婚生活！

「ご飯、もう少しでできますから。それとも先にお風呂にしますか？」

真っ赤になっているであろう顔を隠すために、サッと視線を外した。焦ったふりをしてフライパンの火を調整していると、ふわりとうしろから抱き締められた。

耳のうしろに輝翔さんの吐息がかかり、心臓がとくりと跳ねる。

「じゃあ、美月」

「……はい？」

輝翔さんのささやき声に、思わず首を傾げた。

「ご飯にします？　お風呂にします？　それとも私？　ってやつだろ。だから、美月がいい」

「な、なにを言ってるんですか！」

確かにご飯かお風呂かは尋ねたけど、それとも私？　なんてのは言ってないぞー!?

そうこうしているうちに輝翔さんの手が、服の上から私の胸を揉みしだく。もう一方の手はスカートの裾を持ち上げ、ショーツの上からくにくにと秘肉をまさぐった。

「ちょ……、ちょっと、待ってぇ……！」

帰宅してすぐ、こんなところでおっぱじめるつもりですか!?　まだご飯を作ってる最中なんですってば！

胸を弄ぶ手を懸命に払いながら身を捩って逃げようとすると、輝翔さんの唇が首筋へと吸い付いた。

「あ、跡つけちゃ、ダメ！」

「……だって、印をつけてないと誰のものかわからないだろう？」

スカートの中から抜け出た手が、抵抗している私の左手をそっと撫でた。

「やっぱり、指輪してないね……？」

――し、しまったぁ！

「こ、これはですね、ハンバーグを作るのに邪魔……いや、汚れるから外しただけであって！」

だって、邪魔なんだもん。しょうがないじゃないか！

そりゃ、ハンバーグを捏(こ)ねる時にはビニール手袋はつけますよ？　でも、調理中に万が一、肉とか野菜とかが挟まったら、嫌じゃないですか？　ダイヤモンドとミンチ肉が並んだ指輪なんて、どんだけ肉好きやねん！　って突っ込まれちゃうでしょーが！

「輝翔さんからもらった大事な指輪だから、汚したくないんです。それに、指輪なんかで証明しなくっても、私はもう輝翔さんの奥さんに間違いないんですよ？」

そう。いるはずもないライバルに向かって所有権をアピールしなくとも、私は、名実ともに須崎輝翔のものなのだ。誰かに言い寄られることがあったとしても、私が靡(なび)くはずもないし。

私が好きなのは、後にも先にも、輝翔さんしかいないのだから。

「でも、美月が既婚者だって知らない連中もいたよね？」

「それは、新入社員だから、仕方がないじゃないですか」

新入社員は、覚えることがいっぱいあるんです。先輩のプライベートなことよりも、仕事を覚えることのほうが優先なんです。

「百歩譲って水仕事の時は外すのを許したとしても、いつも指輪をしてないってどうして？　朝出かける時は、毎日ちゃんとはめてるよね？」

「それはその……着けたり外したりして、失くしたら困るから」

嘘はついてないんです。大事な大事な結婚指輪を落としたりしたら、そっちのほうが一大事になるじゃないですか。

「ふうん……まあいいや。言い訳は後で聞いてあげるから」

じりじりとにじり寄ってきた顔が、鼻先が当たる距離でピタリと止まる。

輝翔さんの目には情欲の炎が揺れていた。

「とりあえず、言いつけを守らなかったお仕置きをしないとね？」

こ、この色欲夫め！

……とりあえず、フライパンの火だけは、消させてください。

腰のうしろで結んでいたエプロンのリボンが解かれ、緩んで肩から落ちたエプロンを避けながらカットソーとブラが取り除かれる。ファスナーを下げられたスカートは床に落ち、穿いていたショーツも引き下げられた。

……なのに、エプロンだけはそのままって、どういうこと？

余計なものをすべて取り払った輝翔さんは、ふたたびエプロンのリボンをきゅっと結び直す。

――これは、世にいう『裸エプロン』ってやつじゃないですか!?

「やっぱり裸エプロンといえば新妻のたしなみだよね？」

「知りませんよ、そんなの！」

何気にコスプレ好きな輝翔さんは、これまでにもエプロン姿は萌えるとか不吉な発言をしていた。いつかはリクエストされるんじゃないかと内心ひやひやしていたが、まさか強制的に、とは思ってもいなかった。

……もしかして沙紀さん、それを読んでのプレゼントだったのか？

間髪容れずにうなじに輝翔さんの唇が触れて、シンクを掴む手にきゅっと力が入る。エプロンの脇から差し込まれた手が、胸の辺りで不自然にうごめく。

輝翔さんは両手で胸の膨らみを下から掬い上げ、感触を楽しむようにむにむにと揉んだ。尖った乳首がエプロンと擦れて甘い痺れが広がり、口から切ない吐息が漏れる。

「嫌がっていても、美月の身体は素直だよね。ほら、もうこんなに硬くなってる」

「――あっ」

すっかり勃ち上がった乳首を指で摘まれて、堪えきれずに嬌声を上げた。

指で挟んだそこを、痛みを感じないぎりぎりの強さで引っ張りながら、輝翔さんは舌を首筋や肩、肩甲骨の窪みに這わせてくる。痺れるような刺激とくすぐったいような感覚に同時に襲われて、身体を支える手や足がガクガクと震えた。

「すごいコリコリしてる。見えなくても、赤くなってるのがわかるくらい……美月は、わかる？」

「やだ……、そ、そんなこと、言わないで……っ」

弄られた場所がジンジンと疼いているけど、素直に認めることはできなかった。輝翔さんに与えられる快感をすっかり覚えきってはいても、裸を晒すことや身体の変化を指摘されることはいまだに恥ずかしい。

「本当に、いつまで経っても初心だよね」

そう言った輝翔さんはふいに片手だけ外に出すと、大きく広げた手の平でエプロンを掴んで中央にぐっと寄せる。

途端に、赤く色づいた乳首に外気が触れた。

「ほら、やっぱり赤くなってた」

露わになったそこを指先で嬲りながら、輝翔さんはわざと耳元でささやいた。

「……ん、や、……は、……あ」

転がすように弄んだり、摘んだり擦られたり、輝翔さんの指によって形を変える様を見せつけられる。どうしようもなく恥ずかしいのに、それ以上に気持ちよくて、視線を逸らせない。

こうやっていると、自分が誰に支配されているのかを嫌でも実感してしまう。口では嫌だ、恥ずかしい、と言っても、輝翔さんに抱かれるたびに私の身体は素直に悦ぶ。入籍してから一年が経つけれど、輝翔さんは飽きもせずに私を求めて、その愛情は薄れる気配もない。いろいろ悩むことがあっても、輝翔さんに愛されているということは、確かに私の自信になる。

ここまできたら、抵抗しようなどという気はすっかり失せてしまっていた。それどころか、次第に身体が熱くなって、下半身がきゅんきゅんと疼き始めている。踏ん張っていた足を擦り合わせると、背後で輝翔さんが小さく笑うのがわかった。

「なに？　ここ、触ってほしいの？」

エプロンの裾を捲りながら、輝翔さんの手が割れ目へと差し込まれた。

「あ、あ……っ」

「……美月のここも、もうグチョグチョだね。垂れてきてるかも」

軽く掻き分けられただけで、くちゅり、と粘着質な水音が響く。閉じた入口をこじ開けられると、トロリと蜜が零れ落ちた。

「や……っ、ああっ、あ……」

ナカに入り込んだ二本の指が左右の壁をえぐりながらバラバラと動き回る。蜜壺を掻きまわされ、突き抜けるような刺激に下半身がビリビリと痺れた。シンクに倒れ込むようにうつぶせになり、突き出した腰が淫らに揺れることも構わず、夢中で喘ぎ続けた。

「なに？　そんなに気持ちがいいの？」

輝翔さんの問いかけに、無言で首を縦に振った。

ふ、と笑った輝翔さんの息が腰を掠めた。そして突然、お尻の膨らみにキスをされる。

「や……っ！」

びくっと大きく身体が震えた。不格好なまま振り返ると、お尻の向こう側で跪いた輝翔さんの視線とぶつかる。

「だって、白くて丸い可愛いのが目の前にあったら、食べたくなるでしょ」

「……っ、そこはダメ……っ、ひゃあっ！」

突然ぐらりと身体が揺れて、視界が横向きに倒れていく。

全力で身を捩ったら、はずみで手が滑ってしまった。

まるでスローモーションのように、世界が斜めに流れていく。実際にはゆっくりと倒れているわけではないけど、こういう時は体感速度が遅くなるって、本当なんだ……

　身体を床に打ち付ける、と思う前に、ぼすんと身体を包まれた。

「……おお、危なかった。セーフ」

　素早く手を広げて私を受け止めた輝翔さんは、片手で私を抱えながらほっと肩を下ろした。

　うう……、エロいくせして、カッコいい……！

「ありがと、ござます……」

「なんで片言？　どこもぶつけてない？」

「はい、だいじょぶです」

　元はといえば、こんなところでいやらしいことをしてきた輝翔さんのせいなのに。くそ、落差がありすぎて動揺が隠せない。カッコよく助けてくれた王子様の腕の中で、裸エプロンって、なんなのよ……!?

　座り込んだら、足やお尻が床に触れて冷たい。それでも立ち上がれないでいる私の頬に、輝翔さんがチュッとキスをする。

「ごめん。ちょっと苛（いじ）めすぎた」

　それから子供をあやすみたいに、優しく頭を撫（な）でられた。

「本当ですよ……黙って指輪を外してたのは、私が悪かったんですけど」

「ああ、うん。それはまあ、ある程度予想できてたんだけどね。普段使いには向いてない代物だから」

「――はあ⁉」

「それでも、誰が見てもわかるように、目立つ指輪を贈りたかったってこと」

言いながらまた、私の頬にキスをする。

少しだけ身体が落ち着いてきた私はふと、早乙女くんのことが気にかかる。所有権を主張したい輝翔さんにしたら、今日の彼の行動は癪に障ったかもしれない。だからといって左遷とかはあんまりだ。シャツの袖をきゅっと掴むと、輝翔さんが私の顔を覗き込む。

「あの。早乙女くんのこと、ですけど」

「大丈夫。疑ってないよ。それに彼はなかなか頭の回転もいいし機転も利くみたいだ。数年後を楽しみにしておくよ」

意外にも輝翔さんは、早乙女くんを評価していた。それはそれでホッとした。

……んん？　ならばどうして、私は『お仕置き』されたのだ？

「いずれこういうイベントが発生するのかと楽しみにしてたもんだから、つい。あと、裸にエプロンってシチュエーションが、異様に興奮した」

私の疑問を素早く察知し、サラリと説明されたのだが。

――『約束破ったからお仕置き』プレイのために、沙紀さんに可愛いエプロンをプレゼントさせて一年も前からネタを仕込んでたのか!?

「この、変態王子！」

そんなくだらないことのために、余計な思考と時間を費やすな！

「ごめん、ごめん。謝るから、許して？」

謝罪の言葉なんか口にしてるけど、絶対反省してませんよね？

だって、クスクス笑いながらこめかみにキスし続けているし、背中に回された手が、さっきから妙にさわさわしてるんだもん。

「……許しません」

口を尖（とが）らせて、明らかに不機嫌を演出しながら恨（うら）みがましく睨（にら）み付けてやった。そしたらようやく笑うのをやめたので、私は少し溜飲（りゅういん）が下がった。

「ちゃんと最後までしてくれなきゃ、許しません……」

言うや否（いな）や、ガバッと身体を持ち上げられて、ベッドルームに運ばれた。

太腿（ふともも）が擦（こす）れるたびに、ぬるぬると滑（すべ）って仕方なかったんだもん。

……火をつけた責任は、取ってもらわなきゃ。

お姫様抱っこで連れ込まれ、ベッドの上に下ろされると同時に唇が落ちてきた。

ぬるりと湿った輝翔さんの舌が、私の頬の内側や上顎（うわあご）を舐（な）める。舌の表面をつつかれて、自分の舌をおずおずと差し出せば、熱い舌にねっとりと絡め取られた。

「ん……う……、っ……ん……」

唾液が混ざり合い、ぴちゃぴちゃと音が立つ。擦られるたびにお腹の奥がジンジンと疼き、溶けそうなくらいに熱くなっている。

サイドボードに手を伸ばした輝翔さんだったが、なぜか動きがピタリと止まった。

「……輝翔さん？」

上目遣いに仰ぎ見れば、小さな箱を片手になにやら考え込んでしまっている。手にしているのは、もちろんコンドーム。

「ああ、ごめん。いつまで避妊するべきかなって、ちょっと考えてた」

「……え？」

ドキッとする必要なんてないのに、それでもやっぱりドキッとした。

正式なお披露目はまだとはいえ、私たちは一年も前に入籍を済ませているから、避妊を続ける必要はない。特に周囲からも止められてはいないし、お母様に至っては一足先におじいちゃんになったうちの父に対して、ライバル意識まで持っているようだ。

それでも輝翔さんが避妊をするのは、もうしばらく二人きりの時間を楽しみたいからだと思っていた。なのに輝翔さんがいつまでするべきか、なんて言うとは。

「もう少し美月と二人きりでいたいと思ってたけど、悠一を見て羨ましくなった」

「……そうですね」

悠里が生まれてからの兄は本当に活き活きしていて、一家の大黒柱として沙紀さんと悠里を守るために今まで以上に仕事に励んでいる。仕事で顔を合わせるたびに自慢されて困ると愚痴っていた輝翔さんだけど、鬱陶しがりながらも微笑ましげにしていたのは知っていた。

「どうする？　最後の一線、越えてもいい？」

真摯な瞳に見つめられて、しばし考えを巡らせた。

結婚するまでは、自分は輝翔さんに相応しくないからと心に壁を作り上げていた。だけどその壁は、輝翔さんによって打ち砕かれた。もはや、私たちを隔てるのは、薄っぺらいゴム一枚だけ。

仕事のことやこれからのことを考えたら、不安がないわけじゃない。だけど、輝翔さんとちゃんと一つになりたいと思うことに、躊躇う理由があるのだろうか。

ずっと手の届かない人だと思っていた。――でも、もう今は違う。

「いいですよ。私も、輝翔さんと家族を作りたいです」

私の覚悟が決まると同時に、輝翔さんの手がカチャカチャとベルトを外す。

ゆっくりと覆いかぶさってくる身体に、しっかりと両腕を回した。

「ん……っ、あっ、ああ……っ」

膝裏を掴(つか)んだ手に、大きく足を押し広げられた。それから蜜口にあてがわれた楔(くさび)が、濡れた媚肉(びにく)を割りながら埋まる。膣を埋め尽くす圧倒的な質量に目をきつく閉じて耐えた。

「うわ……すごい、熱い……美月のナカ、うねってる。なんか感動……」

「は……っ、そういうこと、言わないで……ぇ」

輝翔さんが感嘆(かんたん)の声を漏らすものだから、身体の中がより一層熱くなる。

二人の間に隔(へだ)てるものがないだけで、こうも違うものなのだろうか。どくどくと脈を打つ輝翔さん自身を自分のナカではっきりと感じ取れる。強い圧迫感の他には気持ちがいいとしか思わない。じわじわと差し込まれるのがもどかしくて、つい自分から腰を揺らして奥まで誘導してしまう。

「ちょっと待って、そんなに締め付けられたら、俺ももたない」

切羽(せっぱ)詰(つ)まった様子の輝翔さんが一瞬止まりかけたのを、頭を振って否定する。同時に、私のナカも縋(すが)るように輝翔さん自身を締め付けた。

「いや……っ、もっと、早く、奥まできて……っ」

「……わかった」

輝翔さんの手が私の腰を掴み、下半身がグイッと浮いた。

「あ、あああっ！」

ずん、と重い響きが奥底まで伝わる。最奥まで貫かれ、ぴんと伸ばしたつま先にまで電気のような痺れが走った。

「あっ、輝翔さん……あきと、さん……、あっ、ああ、んんっ」

蜜を孕んだ肉棒がずるりと引き抜かれ、ふたたび強く押し込まれる。内壁が激しく擦られる感覚に、背筋がぞくぞくする。激しく上下に揺さぶる輝翔さんの動きに合わせ、嬌声とともに名前を繰り返した。

打ち付けられるたびに互いの肌がパン、と音を立て、結合部からはぐちゅぐちゅと卑猥な音が溢れ出す。強く突き上げられる衝撃は瞬く間に快楽へと変化し、徐々に大きな波がやって来る。

「ん、あ、あきとさ、……わたし、もう……っ」

「ん、いいよ」

耳元でささやく輝翔さんの息も上がり、より抽送のスピードが速くなった。

「ああっ、あ、輝翔さ……んっ、ああ……っ、あああああ――っ!!」

荒い呼吸の中で叫びながら、私のナカが激しく収縮する。

「――っ……美月……っ」

輝翔さんが苦しそうに呟き、ぎゅっと抱き締められる。強く押し付けられた腰の先で輝翔さん自身が震え、お腹の奥に熱が迸った。

輝翔さんに腕枕をされながら、落ち着くまでベッドの上で転がった。

先ほどから、少し身体を動かしただけで足の間からトロリとしたものが溢れ出てくる。濡れてしまったシーツを避けつつ、はあ、と溜め息を吐いた。

「あとで交換して洗濯もしなくちゃ……とりあえず、夕食ですね」

お風呂にも入りたいけど、せっかく作ったハンバーグを食べたい。フライパンは、もうすっかり冷めてしまったことだろう。

「ごめん……手間が増えたね。明日は実家に行く予定だっけ？」

「はい。いろいろと準備することがあるので、夜までには帰ります」

「三つ指ついたり？」

「父からは、遠回しにやめてくれって言われてますけどね」

「百合子も明日帰国するって、真木さんが言ってた」

つむじにキスをする輝翔さんを見上げると、サイドボードに飾られたカレンダーに目が留まった。

「……もしも今日で赤ちゃんができたら、嫌味なマダムに節操がないとか言われるんでしょうか？」

「そう？　今までよく我慢したって、褒めてもらいたいくらいだよ」

この一年、輝翔さんが律儀に避妊を続けてきた理由はもうひとつあった。

ピンクのマーカーで印をつけたその日は、もうすぐそこまで迫っている。

「いよいよ、なんですね」

「……ちょっとビビってる？」

「大丈夫ですよ。今日まで一年、準備してきたんですから」

明後日(あさって)――六月最初の、日曜日。

幸せになれるというジューンブライドに、私と輝翔さんは二度目の結婚式を挙げる。

「好きだよ、美月。――愛してる」

「はい。私も、輝翔さんのことを愛してます」

羽田野美月、改め、須崎美月として。

二人で歩む幸せな未来が、ここから始まる――

二人で一緒に過ごせるのなら、怖いものなんかなにもない。

書き下ろし番外編

もうひとつのCan't Stop Fall in Love

私と彼の物語

私の名前は羽田野沙紀、旧姓を柴田(しばた)沙紀といいます。この春に結婚をして、めでたく人妻となりました。

私の夫は、駆け出しの弁護士・羽田野悠一。私の義理の父となった羽田野悠介先生が代表を務める弁護士事務所の跡取りで、私も大学卒業後よりそこで事務員として働いています。

彼と出会ったのは、私が大学一年生、悠一さんが二年生の時でした。

以前、義妹の美月ちゃんに「結婚相手として兄でよかったのか」と問われたことがありましたが、私は出会った時から悠一さんと結婚すると決めていたんだと答えました。だって、本当に出会った瞬間、そう感じたんですもの。

今思えば、あの頃の「彼ら」との出会いは、本当に貴重で、かけがえのないものでした。いい機会なので少しだけ、昔のことを振り返ってみようかと思います——

桜の花咲く四月。私が進学した大学には、ちょっとした有名人がいた。

そう、悠一さん本人……ではなくて、彼の友人である須崎輝翔さん。

新入生の間では入学式からその話題で持ちきりだった。

日本有数の大企業である須崎グループの御曹司。しかも、噂ではかなりのイケメンらしい。彼と同じキャンパスに通ってお近づきになれば、就職活動は勝ったも同然。万が一にも恋人になれれば玉の輿だって確定だと、皆がその場にいるはずもない御曹司を探して浮き足立っていた。

だけど私は、会ったこともない御曹司のことよりも、見事に咲き誇った桜の花に目を奪われていた。

……ようやく念願だった新生活が始まる。

私の実家はここよりずっと田舎にあって、父は事業を経営する傍ら議員を務めている。ちょっとした名家の娘として、周囲よりも少しばかり地位の高い人間として扱われる私は、閉鎖的な学校や田舎町では不本意ながら権力者だった。

もしも私や私の家族の機嫌を損ねでもしたら村八分にされるとでも思っているのか、誰も私に逆らわない。大人も子供も、私を見ればご機嫌を伺う。だけど、笑顔で近づいてくる彼らの本心が別のところにあるということは、幼心にもすぐに察しがついた。

上っ面だけの付き合いの同級生に、建て前ばかりを並べる大人たち。そして、世間体ばかりを気にする両親——

そして私もまた、自分を殺して笑顔の仮面を貼り付けて過ごした。まるで何かに囚われているような重苦しい空気の中で、小さな波風さえ立てないようにひっそりと。小山の大将なんて、ちっとも面白いことはなかった。

いい加減に嫌気がさした私は、大学進学を機に故郷を離れることを決意した。

私はもっと、明るくお気楽で充実した人生を送りたい。くだらないことで笑い合って、時には意見を戦わせて険悪なムードになる、そんな当たり前が欲しい。

——きっと、素敵な出会いや退屈しない日々が待っているはず。

満開の桜を見上げながら、私は静かに期待で胸を膨らませていた。

私が噂の御曹司を見かけたのは、入学式からしばらく経ったある日のことだった。

「沙紀、見て！　王子様が来たわよ⁉」

一緒に学食で昼食をとっていた学友たちが色めき立つ。入り口の方に目を向けると、一際華やかな存在がそこに立っていた。

くっきりとした二重の大きな目。

太めの眉は力強いものの、決してくどくはなくて、男らしい。

色白の肌に、小さめの厚い唇。

センターより少し右側から流した前髪と、襟足のちょっとはねた髪型は清潔感がある。

「あれが、須崎先輩……」

なるほど、王子様と呼ばれるのも頷（うなず）ける。容姿端麗（ようしたんれい）、眉目秀麗（びもくしゅうれい）という言葉がぴったりな御曹司は、学食の白いトレーを手に立っているだけで圧倒的なオーラを放っていた。

——でも、あれは違う。

確かに見た目はいい。でも、それだけの男じゃないと私の直感が言っている。

人当たりの良さそうな笑顔を貼り付けているが、あれは彼の本心ではない。笑顔の裏にある彼の本性はもっと黒くて——そう、私みたいに。

直感で動くタイプか策略家かといえば、間違いなく後者。立場や身分は違えども、分類するなら彼と私は同じタイプになるだろう。でも、彼の属する世界に比べればうちの田舎なんて小さな世界だったと今ならわかる。

——あの御曹司の闇は、私なんかよりももっとずっと深い。

彼の抱えているものに多少の興味はあるが、それを覗（のぞ）くつもりは毛頭ない。だって私は、そういう世界が嫌で田舎を出たのだから。

「ねえ、須崎先輩ってやっぱり素敵よね？」

「そうね……でも、私にはご縁がないわね」

見た目だけに惹（ひ）かれて騒ぐ学友たちに微笑み返しながら、少なくとも自分と彼がどうこうなるようなことはないと確信した。

多少の波風があった方が人生は楽しい。でも、私が求めているのは策略や愛憎の渦巻くドロドロな人間ドラマじゃなくて、明るくハッピーなキャンパスライフだ。

気になる人を振り回したり、振り回されたり。時には恋愛の悩みをガールズトークで相談するなんてのもいい。家柄がどうだとか、利権がどうだなんて関係ない。純粋にお互いを見て惹かれ合うような、そんな相手と恋に落ちたい。

だが、私とは縁のないはずの人物は、どういうわけかおすすめのA定食を手にまっすぐとこちらへ向かって歩いてきた。

「え、待って。ねえ沙紀、須崎先輩がこっちに来るよ!?」

俄かに学友たちの落ち着きがなくなる。私はといえば、一瞬だが彼がこちらを見て何かを確認したことが気になった。

チラリとこちらを見た御曹司が話しかけているのは、彼の友人らしい人物で――


――あ。この人だ。


王子様の後ろに立つ男の人を見た途端、私の中の歯車がカチリと合った。

稲妻に打たれたような衝撃だとか、ビビビと電流が走ったとかではない。映画やドラマにあるような運命的な出会いなんかじゃなく、たまたま偶然学食で、同じメニューを食べる人。

でも、心からの穏やかな笑みを浮かべた彼を見た瞬間、この人と共に未来を過ごすことになるという漠然とした予感が、妙に説得力を持って私の心にストンと落ちてきた。

「この席、空いてる？」

私の斜め向かいの席にA定食を置いた王子様が、事後報告で許可を求める。彼と並ぶようにして、その友人は、私の向かいの席にラーメンの載ったトレーを置いた。

光り輝く王子様のオーラで若干霞んではいるものの、この人もなかなか整った顔をしている。銀縁の眼鏡で知的な印象はあるが、どちらかと言えば可愛い系の、母性本能をくすぐるタイプ。腹黒そうな御曹司と一緒にいても染まることもなく、逆に毒気を抜いてくれそうな雰囲気は……ますます、私好みだ。

「君たち新入生？　俺は二年の羽田野悠一で、こっちは友人の須崎輝翔。よろしくね」

聞いてもいないのに律儀に自己紹介した悠一さんに、私は満面の笑みを向けた。

きっとこの人は、私の欲しいものをくれる。

――見つけた。私の、王子様。

それからというもの、私と悠一さん、ついでに須崎先輩は、学内で顔を合わせる機会が増えた。弁護士を目指す悠一さんは法学部で、私は須崎先輩と同じ経済学部。そう親しくなる機会もなさそうなものだけど、偶然学食で相席しただけの後輩をしっかりと覚えている須崎先輩が、私の姿を見かける度に目敏く声をかけてくれたからだ。

『もしかして須崎先輩って、沙紀に気があるんじゃないの？』

そんなことが続くものだから、いつの間にか友人たちも私と須崎先輩のことを噂するようになっていた。

もちろん、そんなわけがない。私と須崎先輩は同じ属性の人間であり、惹かれあう対象ではないことはお互いに理解していた。

そんなある日、キャンパスの中庭でめずらしくひとりでいた須崎先輩に会った。

「こんにちは、須崎先輩」

「ああ、君か……」

難しい顔をしていた須崎先輩に声をかけると、彼は読んでいた本から顔を上げて貼り付けた笑顔を私に向けた。

——ほら。この人が私に気があるなんて、勘違いもいいところだ。

私に声をかけるのは決まって須崎先輩だけれど、彼は挨拶以上に自ら会話を弾ませることはない。私にだって、誰に対する時とも同じ顔を見せる。彼が唯一砕けた表情を見せるのは、大学では悠一さんくらいだろう。

社交辞令だけの須崎先輩に代わっていつも話を続けるのは、悠一さんの方だった。

人のよさそうな笑みを浮かべながら一生懸命に話題を提供する様子から、女性を口説くことに慣れていないのだろうと思った。それでも、チラチラと私の顔を盗み見ているので、悠一さんの方も私に何かしらの好意を持ってくれていることは容易に察しがつく。なのに、なかなか先に進むチャンスが訪れない。

中庭の真ん中という目立つ場所で私と須崎先輩が会話をしている様子を周囲は羨ましげに見ているけれど、私はちっとも嬉しくない。

――私がふたりきりになりたいのは、この人じゃないのよ！

「ひとりだなんて珍しいですね。ゆ……羽田野先輩はどうしたんですか？」

「悠一は、み……あいつの妹の体調が悪くなったとかで、家まで連れて帰ったんだ」

悠一さんの四つ下の妹は、隣接する付属の高校に通っている。なまじ近くにいるせいか、悠一さんたちが彼女の学校が終わるのを待っては一緒に帰るのをよく見かけていた。彼はよほど妹のことを溺愛しているのか、足繁く高校にまで通っては妹の世話をしている。

――マザコンも、シスコンも、ロリコンも、旦那にするには厄介よね。

わざわざそんな面倒な相手を選ばなくとも、他にいい人はたくさんいる。

だけど、私はなぜか悠一さんに惹かれて仕方がない。

悠一さんといると不思議と心が落ち着く。たまに私が、少しだけ腹黒な本性を見せても、彼はそれすら笑って受け入れてくれた。

温かい毛布に包み込まれるような優しさ。周囲の顔色を窺(うかが)いながら自分を偽(いつわ)らなくとも、そのままの私でいていいんだよと、許されている気持ちにさせてくれる人。だから私は、彼ともっとずっと一緒にいたいと願ってしまう。

悠一さんが溺愛する妹は……はっきり言って、邪魔だわ。

「――いま、よからぬ事を考えたよね？」

ふいに低くなった声に、周囲の空気が一瞬下がったような気がした。

須崎先輩は、相変わらずの笑みを浮かべながら私をジッと見上げている。でも、その瞳はちっとも笑っていない。

「ええ……どうすれば悠一さんと、もっと親しくなれるのかと考えていました」

自分の考えをはぐらかすことなく正直に口にしたのは、なにも彼に恐れをなしたからではない。

何のことかと中途半端にシラを切っても、きっとこの人はスルーしてくれるだろう。私の考えを見抜いていても、それに気付かぬふりをして、またいつものように表面だけを取り繕(つくろ)った「よき先輩」としての顔だけを見せてくる。

でも、それだけでは事態を打開することにはならない。現状をズルズルと引き延ばすのも一興だけど、すぐ目の前に欲しいものがあるのに、黙って見ているのは性に合わない。

だから敢えて、悠一さんへの執着の片鱗を少しだけ見せた。

それに多分、この人だって、そんな駆け引きは好まないはずだ。

「否定しないんだ。面白いね」

案の定、須崎先輩の私を見る目が変わった。

「あなたに自分を偽って見せる必要はないでしょう？　私が欲しいのはあくまでも悠一さんで、あなたはそのための一番手っ取り早い足がかりだもの」

にっこりと微笑んで見せると、須崎先輩の顔が面白そうに歪む。

相手の出方を窺ったり本心を隠したりする駆け引きは、ビジネスの場では重要なことだろう。でもここは普通のありふれた大学の構内で、私も須崎先輩も、ただの学生でしかない。

それに恋愛は、心と心でするものだ。

「随分と正直だね。確かに俺たちがお互いに特別な感情を抱く可能性はないだろう。なにやら下らない噂も立っているようだけど、君が真に受けていないのはありがたいよ。でも、君のそんな策略を、俺が悠一に伝えるとは考えない？」

真っ直ぐこちらに向けられる瞳からは、これまでにはなかった人間味さえ感じさせる。

「隠したところで悠一さんならすぐに気付くでしょう？　でも、彼ならきっとそんな私でも受け入れてくれるんじゃないかしら。なんといっても、彼はあなたの親友なんですから」

——そう、私たちは似たもの同士だもの。

私と須崎先輩がお互いを選ぶことはない。でも、自分に欠けているものを補おうとすれば、たどり着く相手は自然と同じになる。

彼が悠一さんに求めているものは、きっと私と同じなのだろう。

「なるほどね。うん、今の回答は気に入ったよ——君が、女でよかった」

そう言って、輝翔さんは初めて、本当の意味で笑った。

どうして私が女でよかったのかなんて聞かない。でも、こうして私は、悠一さんの親友からの協力を取り付けることに成功した。

まさか真っ昼間のキャンパスでみんなの憧れの王子様と私がこんな黒いやり取りを交わしているなんて、周囲の人間は誰も気がつかなかっただろう。

その後、輝翔さんの協力もあって、私と悠一さんの距離は急速に接近することになる。

いつまで経っても何のアクションも起こしてくれない彼にやきもきさせられることもあったけど、彼のふとした仕草や言葉に一喜一憂する日々は、まさに私の求めていた日常だった。

特に、私に好意を持っていた同級生に飲み会帰りに無理矢理ホテルに連れ込まれそうになった時、駆けつけてくれた悠一さんには胸がキュンキュンしたものだ。

『沙紀に手を出すな！』

そう怒鳴った悠一さんは本当にかっこよくて、まるで自分が物語のヒロインにでもなったような気がした。……それだけで終わらなかったけど。

『沙紀も、俺に気があるんだから余所の男のところになんかフラフラ行くんじゃない！』

ホテルの前で、同級生と一緒に私までお説教をくらう羽目になったのは計算外。そこは、さすが悠一さんといったところだ。

ただ、奥手だと思っていた悠一さんが実は意外と年上にモテて、過去に付き合っていた女性と結婚まで考えていたと知った時には荒れたけど。

それから、一応はライバル的な存在だった、輝翔さんの親戚。……でもまあ、彼女は悠一さんにアプローチすらできない、可哀想な人だったわね。

計算外と言えばもうひとつあった。

晴れて悠一さんとのお付き合いを始めた私は、ようやく彼の妹である美月ちゃんに会えた。

『うわあ……、はじめまして。羽田野美月です。ふつつかな兄ですけど、よろしくお願いします』

恥ずかしそうに顔を赤らめながら挨拶をする彼女は、とても愛らしい存在だった。

素直で明るくて聡いけれどどこか抜けている美月ちゃんを、悠一さんが溺愛するのも仕方がないと思った。本当の姉のように屈託なく慕ってくれる彼女を、ほんの一瞬でも邪魔だと思った私はなんて擦れた考えの持ち主なのかと反省もした。

でも、悠一さんがただのシスコンで彼女を守っているわけではないということはすぐにわかる。

楽しそうに笑っている美月ちゃんに向けられる、輝翔さんの瞳――

誰にも関心を持っていなさそうだった輝翔さんが、唯一執着している女の子。それが悠一さんの妹だということに、驚きはなかった。

私が悠一さんに惹かれたように、輝翔さんは美月ちゃんに惹かれている。

神様なんて信じていなかったけど、この時ばかりは悠一さんと美月ちゃんのふたりがいてくれてよかったとつくづく思った。

――だって、もしも、どちらか一人だけしかいなかったら。

腹黒御曹司と争うなんて、そんな面倒くさいことはご免だもの。

幼い頃から父の隣で大人たちの会話を見聞きすることの多かった私は、ちょっとした内容から空気を読むことに長けていたりする。核心的な話は聞いたことはなくても、どうやら王子様が美月ちゃんに片思いしていることは、悠一さんとの間で交わされる何気ない会話の中からも簡単に読み取れた。

それでも、輝翔さんはすぐ傍にいる彼女を手に入れようと動き出すことはなかった。

疑問に思って一度だけ尋ねたことがある。

『だってそんなことをしたら、悠一にも嫌われるだろう？』

問いかけに対して、輝翔さんは、困ったように静かに笑っていた。

彼にとっての大切な人は間違いなく美月ちゃんだけれど、悠一さんだってかけがえのない友人。

美月ちゃんとのことを周囲に認めてもらえるまではと律儀に言いつけを守る輝翔さんは、年上のはずなのになぜか弟のように可愛らしく思えた。

大学を卒業する頃には悠一さんのプロポーズがあって、私も彼と同じ弁護士事務所で働くことになった。だけど悠介先生は、本来はこの席に美月ちゃんを座らせたかったらしい。

——でも、そんなことをしたら、いつまで経っても輝翔さんと美月ちゃんの物語が始まらないじゃない？

その日が来るまで、私もあなたたちを見守ってあげる。

だって、可愛い義妹と義弟のためだもの——ふふふっ。

そんなふたりも、こうして神様の前で愛を誓い合うところまでたどり着いた。目の前で純白のウエディングドレスに身を包んだ美月ちゃんとその隣に立つ輝翔さんに、私も感慨深いものがある。

ようやく輝翔さんが美月ちゃんを手に入れるために本格的に動き出した時には、私も嬉しかったものだ。輝翔さんから美月ちゃんへの告白場面をプロデュースしたり、御曹司へのプレゼントを悩む美月ちゃんの相談に乗ってみたり……ああ、風邪を引いた美月ちゃんへの接し方を輝翔さんにレクチャー、なんてこともあったわね。

友達のように、姉のように、くだらないアドバイスを送る日々は、まさに私が望んでいた日常そのもの。

腹の探り合いに、覇権争い？　そんなの、ちっとも面白くない。

悠一さんに出会って、輝翔さんと美月ちゃんに出会って、自分らしさをとり戻した私の人生は、とても楽しいものになった。

「美月ちゃんのドレスはオーダーメイドよね？　だったら今夜はそのまま誘惑しちゃいなさい」

「もう！　沙紀さんってば、どうしてそんなことばっかり!?」

「沙紀のアドバイスは美月には微妙なんだよ」

「いや、悠一が思っているほど子供でもないよ……？」

「あ、輝翔さん……！」

大きな波風なんて必要ない。この平凡でありきたりな日々を、私は今日も謳歌する。

私の人生は、毎日がハッピーだ。

俺と彼女の物語

これは、俺——羽田野悠一が、大学二年の時の話。

桜の花散るキャンパスを見下ろしながら、俺は途方に暮れていた。

つい先日、高校の時から付き合っていた年上の女性に振られた。俺が大学に入ったのと入れ替わりに卒業した彼女は、就職した先で他に好きな男ができたのだそうだ。

自分よりも年上の彼女には、落ち着いた大人の魅力があった。だが、別れを告げられた時ほど、彼女を大人だと感じたことはない。

『悠一くんには、未来があるもの』

環境が変わると人の気持ちまで変わってしまうのだろうか。いち社会人となった彼女にとって、未だ学生である自分はやはり子供に見えていたのだろう。

「未来か……」

俺の未来は、父の後を継いで弁護士になること。できればその傍（かたわ）らには伴侶として、彼女に立っていて欲しかった——

「おまえのその恋愛脳はどうにかならないのか？」

彼女の代わりに俺の横に立っていた輝翔が、小馬鹿にしたように鼻で嗤った。

「……ったく、おまえのために智美先輩をうちの会社で雇ったのに、あっさり振られやがって。別れた相手をいつまでも引きずっていたって仕方がないじゃないか。いい加減他に目を向けてみろ」

「俺の妹に何年も執着しているヤツには言われたくないね」

智美先輩は自分でＳＵＺＡＫＩ商事に入社したのだから実力だ。そりゃ、就職した彼女がまだ近いところにいてくれるのは嬉しいと、あの時は思っていたけど……

それにしても、人は変わるものだと、輝翔を見ていてつくづく思う。

中学で出会った頃の輝翔は、今とは比べものにならないほど荒んでいた。見た目がヤンキーとかだったらまだわかりやすかっただろうが、輝翔は表面上では品行方正な優等生を装いながら、その心は氷の如く凍りついていた。

男の俺から見ても惚れ惚れするほどの整った容姿に、一流企業の御曹司という家柄。輝翔の周囲には、常に地位や名声を求めて人が集まってきた。笑顔で近づいてきても、裏には野心を隠し持っている。そんな人間の二面性を幼い頃から見続けていたら、偏った人格が形成されても仕方がないのかもしれない。

『悠一くん、輝翔をお願いね。あなたたちならきっと大丈夫だわ』

輝翔の母親である蓉子社長と初めて会ったとき、なぜか彼女は自信満々にそう言った。

同年代の男同士で、将来的にパートナーを組むことが確定している。端から須崎家に取り入ろうなどという野心がない俺に、輝翔も最初から遠慮はなかった。

思えば、弁護士一家という恵まれた環境に育ちながら、華やかな生活におぼれないよう、常日頃より質素倹約を厳しく躾けられていたのは、この御曹司を相手するためだったのかもしれない。

打ち解けるまでにそう時間がかからなかった輝翔に俺は、世の中の女がすべて輝翔の思うようなゲスな考えを持っているわけではないと切々と説いた。ちょうど身近に、なぜか子供のくせに普通を追求したがる人間がいたりしたので、時折引き合いに出しながら、まるで父親のように説教じみたことだってした。

もちろん、輝翔だって素直に聞いたりはしない。だから俺だって意地になる。

確かに輝翔は人が羨むものをすべて持ってはいるが、世の中では金で買えない物だってたくさんある。打算や損得だけじゃなくて、ちゃんと人としての幸せも手に入れてもらいたかった。

——輝翔は、仕事のパートナーであるより前に、大切な親友だから。

そんな考えの延長から引き合わせた妹に、まさか、ここまで輝翔が惹かれることになろうとは……

「俺はおまえの教えの通り、身を焦がすような恋愛の相手を見つけただけなんだけど？　いい加減、美月と付き合ってもよくないか？」

「未成年に手を出したら、身を焦がす以前に滅びるぞ」

――うちの妹は、まだ高校生になったばかりだ！

御曹司に溺愛されているとも知らない妹は、今頃、隣接する付属高校で入学式に臨んでいる。

「美月も今日から高校生か……一緒のキャンパスとか、歩きたかったな」

「おまえの方がよっぽど恋愛脳になってるぞ？」

悲しいかな美月に恋して以来、輝翔は大人しくなった。

あいつのために『いい先輩』の顔を続けていく内に、すっかりそっちの方が身についたらしい。いや、多分拗らせていた性格が本来のものへと戻っただけなのだろう。

美月とは、年齢や身分の違いがある。付き合った時に周囲からとやかく言われないように根回しや準備をする姿には涙ぐましいものもあった。それが余計に複雑な気分にさせる。

あの時、蓉子社長が言った『あなたたち』は俺と輝翔を指していると思っていたが、もしかしたら違っていたのかもしれない。

俺と同様、輝翔のために純粋培養されたような妹……

せめてお前の貞操は、兄ちゃんが守ってやるからな！

……なんて、人の心配をしている場合でもない。

輝翔の恋愛対象が妹だというのは複雑だけれど、恋愛によって輝翔の毎日は豊かなものになった。

なんだかんだで、美月を守りながら一途に想っている輝翔が、少しだけ羨ましい。

——俺にも、どこかにいないかな……

身を焦がすほどの恋に落ちる相手が、きっと、どこかにいるはずなんだ。

ちょうど講堂の扉が開いて、入学式を終えた新入生たちがぞろぞろと出てきた。何気なく目をやった先で、俺の目が釘付けになった。

満開の桜の下で、君を見つけた——

彼女を見つけた途端、心臓が止まるかと思った。

顔立ちは整っていて綺麗だけれど、強烈に美人というわけではない。でも、髪を風になびかせながら舞い落ちる桜の花びらを見上げる彼女から、目が離せなかった。

凛とした意思の強そうな瞳に儚げな横顔。心の底には強い信念を隠し持っていそうだけれど、本当は誰かに守ってもらいたいと願っている女性。

ただ静かに桜を見上げる姿は、自分を取り巻く環境から脱げ出そうと足掻(あが)いていたあの頃の輝翔を彷彿(ほうふつ)とさせる。

「見つけた……俺の、桜」

自分でも意識しないうちに、無意識に口にしていた。

「あの子か？　でもあれは桜というより……でも、桜は木の下に埋まった死体の養分を吸い取って育つという逸話もあるし……うん。悠一には、合ってるかもな」

隣から窓の外を覗き込んだ輝翔がなにやら呟(つぶや)いていたけれど、そんなことすら耳に入らなかった。

君は何を想っているのだろう？

今は静かに舞い散る桜の花びらを映している瞳に、いつか俺を映してもらいたい。そして心からの笑顔を見せて欲しい。

――近いうちに必ず、偶然を装(よそお)って君に会いに行こう。

君を一目見た瞬間から、俺はもう、恋に落ちていた。

大手商社で働く新人の美月。任される仕事はまだ小さなものが多いけど、やりがいを感じて毎日、楽しく過ごしている。そんな彼女が密かに憧れているのは、イケメンで頼りがいのある、専務の輝翔。兄の親友でもある彼は、何かと美月を気にかけてくれるのだ。だけどある日、彼からの突然の告白で二人の関係は激変して――!?

B6判　定価：640円＋税　ISBN 978-4-434-22536-9

エタニティ文庫

庶民な私が御曹司サマの許婚!?

エタニティ文庫・白

4番目の許婚候補1〜5

富樫聖夜　　装丁イラスト／森嶋ペコ

文庫本／定価 640 円＋税

セレブな親戚に囲まれているものの、本人は極めて庶民のまなみ。そんな彼女は、昔からの約束で、一族の誰かが大会社の子息に嫁がなくてはいけないことを知る。とはいえ、自分は候補の最下位だと安心していた。ところが、就職先で例の許婚が直属の上司になり——!?

※エタニティブックスは大人の女性のための恋愛小説レーベルです。ロゴマークの色で性描写の有無を判断することができます(赤・一定以上の性描写あり、ロゼ・性描写あり、白・性描写なし)。

詳しくは公式サイトにてご確認ください。
http://www.eternity-books.com/

携帯サイトはこちらから!

恋愛小説「エタニティブックス」の人気作を漫画化!
EC
Eternity COMICS
4番目の許婚候補
[漫画]柚和 杏
Anzu Yuwa
[原作]富樫聖夜
Seiya Togashi
1
んっ…
…んっ…
なんで…!?
は
んんっ…!
急に…
こんなこと
君が好きだ
恋人にするなら
上条さんがいい

4番目の許婚候補
1
柚和杏 富樫聖夜
庶民な私が
御曹司サマの許婚!?
純情OL×腹黒上司
エタニティCOMICS

派遣OLの杏奈が働く老舗デパート・銀座桜屋の宝石部門はただ今、大型イベントを目前に目が回るような忙しさ。そんな中、上司の嶋崎の一言がきっかけとなり杏奈は思わず仕事を辞めると言ってしまう。ところが、原因をつくった嶋崎が杏奈を引き止めてきた！その上、エリートな彼からの熱烈なアプローチが始まって――!?

B6判　定価：640円+税　ISBN 978-4-434-22634-2

本書は、2016年4月当社より単行本として刊行されたものに書き下ろしを加えて文庫化したものです。

エタニティ文庫

キャントストップフォーリンラブ
Can't Stop Fall in Love 3

ひがきもりわ
桧垣森輪

2017年1月15日初版発行

文庫編集－西澤英美・塙綾子
発行者－梶本雄介
発行所－株式会社アルファポリス
〒150-6005 東京都渋谷区恵比寿4-20-3 恵比寿ｶﾞｰﾃﾞﾝﾌﾟﾚｲｽﾀﾜｰ5階
TEL 03-6277-1601（営業） 03-6277-1602（編集）
URL http://www.alphapolis.co.jp/
発売元－株式会社星雲社
〒112-0005東京都文京区水道1-3-30
TEL 03-3868-3275
装丁イラスト－りんこ。
装丁デザイン－ansyyqdesign
印刷－株式会社暁印刷

価格はカバーに表示されてあります。
落丁乱丁の場合はアルファポリスまでご連絡ください。
送料は小社負担でお取り替えします。

ISBN978-4-434-22777-6 C0193